Unsere Träume vom Haus am Meer

Susanne O'Leary

Unsere Träume vom Haus am Meer

Übersetzt von Michaela Link

bookouture

Herausgegeben von Bookouture, 2022

Ein Imprint von Storyfire Ltd.
Carmelite House
50 Victoria Embankment
London EC4Y 0DZ

www.bookouture.com

ISBN: 978-1-83790-254-5
eBook ISBN: 978-1-80314-461-0

Für Becky

EINS

Als der Flieger aus Miami auf dem Flughafen Kerry landete und Cordelia von ihrem Fensterplatz aus zum ersten Mal die sonnenbeschienenen grünen Hügel erblickte, konnte sie nur noch staunen. Sie war tatsächlich in Irland, dem Land ihrer Vorfahren. Nicht einmal in ihren kühnsten Träumen hätte sie gedacht, dass sie jemals hierher kommen würde – bis das vergangene Jahr ihr Leben für immer verändert hatte. Dank einer Frau namens Philomena Duffy.

»Endlich sind wir da«, seufzte Betsy neben ihr. »Ich hatte zwar gehofft, einmal nach Irland zu kommen, aber mir nie vorgestellt, dass die Umstände so traurig sein würden.«

»Ja«, antwortete Cordelia und legte der älteren Frau tröstend die Hand auf den Arm. Sie wusste, dass Betsy nicht nur Phils Verlegerin, sondern auch eine gute Freundin gewesen war. »Ich kann noch gar nicht glauben, dass sie uns nicht begrüßen wird, so wie wir es ausgemacht hatten.«

Betsy tupfte sich die Augen ab. »Ich kann gar nicht mehr aufhören zu weinen, seit ich es erfahren habe.« Sie putzte sich die Nase. »Ich bin eine schreckliche Heulsuse. Phil wäre angewidert gewesen. Nichts konnte sie umhauen.«

»Sie war ein wunderbarer Mensch«, pflichtete Cordelia ihr mit feuchten Augen bei. »Wir haben uns zwar nur kurz gekannt, aber wir sind uns sehr nahe gekommen.«

»Sie hat Sie sehr gern gehabt. Sie sind ihr eine große Stütze gewesen.«

»Sie wäre auch ohne mich zurechtgekommen, aber ich bin froh, dass ich mich nützlich machen konnte. In den letzten Monaten waren wir ein Team. Ich habe jeden Augenblick der Lesereisen genossen und ihr gern zugehört, wenn sie im Radio oder im Fernsehen war. Das war für mich keine Arbeit, sondern eine sehr aufregende Zeit.«

»Sie haben sie in einen Filmstar verwandelt.« Betsy löste ihren Gurt, als das Flugzeug zum Stehen kam.

Cordelia schnallte sich ebenfalls ab und griff nach ihrer Handtasche. »Vielen Dank, dass Sie mir ein Upgrade in die erste Klasse besorgt haben. Das weiß ich wirklich zu schätzen. In der Holzklasse wäre der Flug wesentlich unbequemer gewesen.«

Betsy tätschelte ihr den Arm. »Gern geschehen, Liebes. Sie waren mir eine angenehme Gesellschaft. Ich glaube, es ist uns sogar beiden gelungen, ein paar Stunden zu schlafen.«

»Ja, zum Glück.«

»Sind Sie sicher, dass Sie fahren möchten?«

Cordelia nickte. »Natürlich. Wenn ich es von New York nach Miami schaffe, dann schaffe ich auch ein paar Stunden auf irischen Straßen. So schwer kann das ja nicht sein. Keine Angst, ich werde uns schon nicht in den Graben fahren«, versuchte sie Betsys Sorge mit einem Scherz zu zerstreuen.

»Hier herrscht Linksverkehr«, gab Betsy zu bedenken. Sie wirkte immer noch leicht nervös.

Cordelia lächelte beruhigend. »Ich weiß. Aber der Verkehr wird wohl kaum so schlimm sein wie auf der Schnellstraße hinter dem Lincoln-Tunnel. Schreien Sie einfach ›Links!‹, wenn ich mich auf die falsche Straßenseite verirre.«

»Das mache ich, falls ich nicht vorher einschlafe.« Betsy unterdrückte ein Gähnen, als sie ihr Handgepäck nahm und sich mit Cordelia in die Schlange zum Ausgang einreihte. »Auf Wiedersehen«, sagte sie zu der Stewardess an der Tür. »Danke, dass Sie sich so gut um uns gekümmert haben.«

»Gern geschehen«, antwortete die Stewardess mit einem Lächeln. »Passen Sie gut auf sich auf.«

»Vielen Dank. Ich wünsche Ihnen noch einen schönen Tag.« Betsy erwiderte ihr Lächeln. »Nette Frau«, sagte sie zu Cordelia. »Ich werde in Zukunft nur noch mit Aer Lingus fliegen.«

Cordelia warf einen Blick zu den Passagieren in der Touristenklasse, die sich immer noch aus den Sitzen kämpften und ihr Handgepäck aus den Staufächern zerrten. »Und ich werde versuchen, in Zukunft nur noch in der ersten Klasse zu fliegen. Es war sehr komfortabel.«

»Ja«, pflichtete Betsy ihr bei, »es macht lange Flüge viel angenehmer.«

Als sie die Gangway hinunterstiegen und auf den Asphalt traten, atmete Cordelia die süße Luft ein, in die sich der Duft von Blumen und frisch gemähtem Gras mischte. Ein leichter Wind spielte mit ihrem Haar, und es war herrlich, nach den vielen Stunden in dem stickigen Flugzeug die warme Sonne zu spüren. Sie fühlte sich sofort heimisch. Das Gefühl verstärkte sich noch, als die Grenzpolizei sie willkommen hieß und der Mitarbeiter der Autovermietung sich größte Mühe gab, ihr das Fahren mit Schaltung und den Weg zu ihrem Ziel zu erklären: dem Dorf Sandy Cove am Ring of Kerry.

»Zu dieser Jahreszeit ist es auf den Straßen ziemlich voll«, erklärte der Mann. »Der Juli ist hier der verkehrsreichste Monat.«

»Das kann ich mir vorstellen«, sagte Cordelia. »Aber ich komme schon klar. Schlimmer als in Amerika kann es nicht sein.«

»Überhaupt nicht«, versicherte er ihr. »Es wird ein Kinder-spiel für Sie sein. Also, vergessen Sie nicht, die Klimaanlage einzuschalten. Ab morgen soll es richtig heiß werden, laut Wettervorhersage bis fünfundzwanzig Grad.«

»Wir kommen gerade aus Florida«, schaltete Betsy sich ein. »Fünfundzwanzig Grad sind für uns kalt.«

»Ah, na dann wird es angenehm für Sie werden«, antwor-tete der Mann sichtlich beeindruckt. »Wir sind so eine Hitze nicht gewöhnt. Ich wünsche Ihnen einen schönen Aufenthalt in Kerry, und melden Sie sich, wenn Sie ein Problem mit dem Wagen haben.«

Sie bedankten sich, verstauten ihr Gepäck im Kofferraum und fuhren auf die belebten Straßen von Killarney, nur um zehn Minuten später im Stau zu stehen.

»So ein Mist«, stöhnte Betsy. »Das kann ich ja gar nicht leiden. Wer sind diese ganzen Leute, und wo wollen sie hin?«

»Hauptsächlich Urlauber«, antwortete Cordelia und schob sich die Sonnenbrille in die kurzen dunklen Locken. Sie ließ den Blick an der langen Autoschlange entlangwandern. »Sieht so aus, als kämen die meisten aus anderen europäischen Ländern. Frankreich, Italien, Deutschland, und da drüben sehe ich einen Wagen aus Spanien. Wir sind schließlich mitten in der Touristensaison.«

»Ich weiß.« Betsy strich sich seufzend das fast weiße Haar aus dem Gesicht. Plötzlich sah man der großen, schlanken Frau von Anfang sechzig ihr Alter an. Während sie sonst mit ihrem akkurat geschnittenen Bob, der roten Brille und ihrem schlichten Kleidungsstil eine gepflegte Erscheinung bot, wirkte sie jetzt von dem Flug und der Trauer um ihre liebe Freundin erschöpft. Sie hatte im Lauf ihrer Zusammenarbeit ein sehr vertrauliches Verhältnis mit Phil aufgebaut. Cordelia vermu-tete, das hatte viel damit zu tun, dass sie derselben Generation angehörten. »Achten Sie nicht auf mich. Ich habe einen Jetlag und stehe etwas neben mir.« Betsy lehnte den Kopf an die

Kopfstütze und schloss die Augen. »Ich werde versuchen, ein bisschen zu schlafen. Würden Sie mich wecken, wenn wir da sind?«

»Mach ich«, antwortete Cordelia. »Sieht so aus, als würde es sich etwas entspannen. Dieser Kreisverkehr ist wie ein Nadelöhr. Muckross«, murmelte sie, während sie die Straßenschilder las. »Okay, da müssen wir lang, und dann Richtung Sneem und Caherdaniel …«

Sie folgte dem Verkehrsstrom durch Killarney und vorbei an Muckross Park. Hier bogen viele Leute ab und stiegen aus, um einen Spaziergang um den See zu machen und das berühmte viktorianische Herrenhaus zu besichtigen, von dem Phil erzählt hatte. Cordelia dache an Phil und die Zeit, die sie gemeinsam verbracht hatten. Sie hatten geplant, dass Cordelia Phil hier in diesem Teil von Irland besuchen sollte, den sie so geliebt hatte. Phil hatte sie ihren entfernten Verwandten vorstellen wollen und ihr versprochen, dass sie sich dann etwas irischer fühlen würde. Doch dann war Phil krank geworden, bevor sie diesen Besuch in die Tat umsetzen oder sich auch nur verabschieden konnte. Als Cordelia im Vorbeifahren die hübsche kleine Stadt und die grünen Hügel dahinter sah, überkam sie eine Welle der Traurigkeit. Sie würde Phil nie wiedersehen, würde nie mehr ihre schöne, melodische Stimme hören. Sie schauderte bei dem Gedanken an die bevorstehende Beerdigung. Wie würde sie nur die nächsten Tage der Trauer überstehen?

Der Verkehr lichtete sich, und Cordelia erhöhte die Geschwindigkeit. Eine atemberaubende Landschaft flog vorbei: Berge erhoben sich hinter grünen Feldern, und zwischen den Bäumen blitzte oft das klare Wasser von Seen und Flüssen auf. Alles war so saftig grün, und die Häuser sahen aus wie in den Touristenbroschüren, vor allem die weiß getünchten Cottages mit Strohdächern. Sie waren fast schon klischeehaft irisch. Cordelia warf Betsy einen raschen Seitenblick zu. Die ältere

Frau schnarchte mit halb offenem Mund. Gut. Nach allem, was in den vergangenen Tagen geschehen war, brauchte Betsy eine Pause.

Eine Stunde später erreichten sie Sneem, ein kleines Dorf auf halbem Weg nach Sandy Cove. Cordelia hielt vor einem Café auf dem Marktplatz, und Betsy öffnete die Augen.

»Was ist los?«

»Boxenstopp«, verkündete Cordelia. »Ich muss mal verschwinden und brauche eine Tasse Kaffee und ein Brötchen oder was es hier so gibt.«

Betsy richtete sich auf. »Gute Idee. Das Frühstück, das man uns im Flugzeug vorgesetzt hat, hat den Namen nicht verdient. Es war eher ein Imbiss.«

Nach einem Abstecher auf die kleine Toilette setzten sie sich an einen Fenstertisch und studierten die Speisekarte auf der Tafel über der Theke. Eine Frau mit weißer Schürze erschien und fragte sie lächelnd: »Hallo. Willkommen in Sneem. Was darf ich Ihnen bringen?«

»Frühstück«, antwortete Betsy. »Woraus besteht das ›Full Irish‹?«

»Das sind Würstchen, Spiegeleier, Speck, Blutwurst, Pilze und gegrillte Tomaten. Dazu gibt es Toast oder Sodabrot und Tee oder Kaffee.«

»Mein Gott«, sagte Betsy. »Klingt nach einer ernsten Gefahr für die Gesundheit. Das nehme ich, mit Kaffee, bitte. Und Sie, Cordelia?«

Cordelia lachte. »Ich fürchte, das würde ich nicht schaffen. Für mich bitte nur ein pochiertes Ei auf Toast und Kaffee.«

»Kommt sofort«, sagte die Frau und öffnete die Tür zur Küche. »Ein irisches Frühstück, ein pochiertes Ei und zwei Tassen Kaffee«, rief sie. Dann schloss sie die Tür und wandte sich wieder den beiden Frauen zu. »Mein Sohn. Manchmal muss man ihn wecken. Sie sind heute unsere ersten Gäste, aber bald kommen Busladungen von Touristen, daher muss er seinen

Hintern in Bewegung setzen, wie man bei Ihnen in Amerika sagt.«

Das Frühstück kam kurze Zeit später, und Betsy machte sich mit Genuss darüber her. »Das ist gut gegen Jetlag«, erklärte sie zwischen zwei Bissen. »Wie schmecken Ihre Eier?«

»Ganz wunderbar.« Cordelia nippte an ihrem Kaffee und war froh, die Farbe in Betsys Wangen zurückkehren zu sehen.

»Die Pause war eine gute Idee«, bemerkte Betsy. »Für Sie, meine ich. Es muss anstrengend sein, in einem fremden Land zu fahren.« Sie schaute hinaus auf den sonnigen Platz, der von kleinen Cottages umgeben war. Die Rosen und Hortensien in den hübschen Gärten standen in voller Blüte. »Ist das schön hier. Ich liebe Irland jetzt schon, Sie nicht auch?«

»O ja«, stimmte Cordelia zu. Sie schob den leer gegessenen Teller von sich. »Ich wünschte nur ...« Sie brach ab, senkte den Blick und blinzelte ein paar Tränen weg.

»Ich weiß.« Betsy seufzte. Sie aß den letzten Bissen ihres Riesenfrühstücks und griff nach ihrer Tasse. »Ich kann nicht glauben, dass sie tot ist. Ich wusste nicht einmal, dass sie krank war. Ich dachte, dass sie einfach nur müde war und Vitaminmangel hatte. Wie dumm von mir. Ich hätte sie zum Arzt schicken sollen.«

Cordelia legte Betsy die Hand auf den Arm. »Machen Sie sich deswegen bitte keine Vorwürfe. Ich habe sie angefleht, zum Arzt zu gehen, und sie wollte es tun, wenn sie wieder in Irland war. Aber da war es zu spät. Der Krebs war zu weit fortgeschritten. Es ist niemandes Schuld. Vielleicht hat Phil gespürt, dass ihr Leben zu Ende geht, und wollte leise und ohne viel Aufhebens sterben.« Seufzend schaute sie in Betsys trauriges Gesicht. »Ich weiß, wie schwer das für Sie sein muss.«

»Ja. Es ging alles so schnell. Und jetzt werden wir nur wenige Tage nach ihrem Tod zu ihrer Beerdigung gehen, die wohl aus zwei Teilen besteht. Zuerst findet heute Abend die

Überführung statt, wie Maeve mir erklärt hat, und morgen dann die Beisetzung. Seltsam, finden Sie nicht?«

»Nein«, antwortete Cordelia. »Das ist in Irland so Brauch. Bei der Überführung heute Abend wird der ... der Sarg vom Bestattungsunternehmen in die Kirche gebracht. Anschließend gibt es einen Gottesdienst und danach die Totenwache. Am nächsten Tag folgt dann die eigentliche Beerdigungsmesse. So habe ich es jedenfalls für meine Mutter gemacht, obwohl sie in Amerika gestorben ist.« Wieder musste Cordelia Tränen wegblinzeln. Ihre Mutter war erst vor drei Jahren gestorben, und ihr Tod war ihr noch frisch im Gedächtnis.

Betsy tätschelte ihr tröstend die Hand. »Ich weiß. Das mit Ihrer Mom ist ja noch nicht so lange her. Es muss schwer für Sie sein.«

»Ja, manchmal schon.«

»Und als Sie Phil entdeckt haben, war das ein großer Trost für Sie, nicht wahr? Eine Verwandte Ihrer Mutter gefunden zu haben, die sie tatsächlich gekannt hat. Unglaublich.«

Cordelia lächelte bei der Erinnerung. »Ja. Es war seltsam festzustellen, dass meine Lieblingsautorin keine Geringere war als die Cousine meiner Mutter.«

»Es war wie ein Wunder. Oder vielleicht nur wie ein glücklicher Zufall. Und wenn Sie nicht zufällig die Sendung im Fernsehen gesehen hätten, in der Phil über ihr Leben und ihre Familie in Irland gesprochen hat, wären Sie jetzt nicht hier.«

»Ich weiß.« Cordelia spielte mit ihrem Kaffeelöffel. »Ich hatte Bedenken, ob ich mich mit Ihnen in Verbindung setzen sollte. Ich dachte, Phil würde mich nicht sehen wollen.«

»Warum nicht?«

Cordelia zuckte die Achseln. »Sie hatte so viele Verwandte in Irland. Warum sollte sie sich da für mich interessieren? Ich meine, sie war eine berühmte Schriftstellerin. Es muss viele Leute gegeben haben, die Kontakt mit ihr aufgenommen haben.«

»Ja, das stimmt. Viele wollten sie auch persönlich kennenlernen. Aber bei Ihnen war es etwas anderes. Sie wusste sofort,
dass Sie aufrichtig sind.«

»Wir haben uns auf Anhieb verstanden.«

»Sie haben Ihr das Leben sehr erleichtert. Ich habe gesehen,
wie sie sich in Ihrer Gegenwart entspannt hat, und durch Ihre
Hilfe bei den Lesereisen hat sie mehr Ruhe zum Schreiben
gefunden. Sie waren ein Geschenk des Himmels für sie.«

»Das ist schön zu wissen.«

Betsy seufzte und leerte ihre Tasse. »Berühmte Schriftstellerin mit verschollener Verwandter wiedervereint, der Tochter
ihrer Cousine, die vor vielen Jahren fortgelaufen ist. Und dann
sind Sie ihre gute Freundin und Assistentin geworden. Es ist
wirklich eine schöne Geschichte, dass Sie und Phil sich auf
diese Art gefunden und festgestellt haben, dass Sie miteinander
verwandt waren.«

Cordelia lächelte Betsy voller Zuneigung an. Sie hatte
recht. Es war eine schöne Geschichte. Wenn sie doch nur wahr
wäre.

ZWEI

An dem schicksalhaften Tag, an dem Cordelia Phil das erste
Mal gesehen hatte, war sie begeistert gewesen, ein Fernsehinter-
view mit einer ihrer Lieblingsautorinnen zu sehen. Phil erin-
nerte sie spontan an ihre Mutter. Und als das Gespräch auf
Phils irische Familie kam, lief Cordelia ein Schauer über den
Rücken.

Cordelia verdankte ihr schwarzes Haar und ihre goldbraune Haut den italienischen Vorfahren ihres Vaters, aber ihre
strahlend blauen Augen und die Sommersprossen auf ihrer
Nase und ihren Wangen waren durch und durch irisch, so wie
in der Familie ihrer Mutter. Die gewölbten Brauen und das
Grübchen in ihrem Kinn waren ebenfalls typisch für ihre
irischen Gene: »Du bist deiner Großmutter wie aus dem
Gesicht geschnitten«, hatte ihre Mutter immer mit einem traurigen kleinen Seufzer bemerkt. Was ihr Vater darüber dachte,
wusste Cordelia nicht. Er hatte sie verlassen, als sie drei war,
und lange Zeit war er nur eine Stimme am Telefon an Geburts-
tagen und zu Weihnachten gewesen. Die Anrufe hörten irgendwann auf, und die Erinnerung an ihn verblasste wie ein
Gespenst aus ihrer frühen Kindheit. Sie selbst empfand keine

Traurigkeit, aber Frances, ihre Mutter, die oft einsam und verloren wirkte, tat ihr leid. Sie lebten in einem kleinen Haus in Morristown in New Jersey, wo ihre Mutter als Musiklehrerin an der Highschool arbeitete und in ihrer Freizeit Klavierunterricht gab.

Nach zehn Jahren in Amerika hatte Frances Gino kennengelernt und geheiratet, und ein Jahr später war Cordelia zur Welt gekommen. Die Ehe war kurz und stürmisch gewesen. Cordelia erinnerte sich schwach an Streit und Türenknallen, aber nachdem ihr Vater sich davongemacht hatte, waren Frieden und Erleichterung in das kleine Haus eingekehrt. Cordelia war mit dem Gefühl aufgewachsen, die einzige Stütze und Vertraute ihrer Mutter zu sein. Sie arbeitete nach der Schule als Babysitterin und am Wochenende in einem Lebensmittelladen. Gemeinsam gelang es ihnen so gerade, die Rechnungen zu bezahlen. Sie hatten kein Geld für eine College-Ausbildung gehabt, aber Frances hatte genug zusammengekratzt, damit Cordelia eine Lehre als Kosmetikerin machen konnte.

Als sich Frances' Gesundheit verschlechtert und der Arzt empfohlen hatte, irgendwo hinzuziehen, wo es warm und sonnig war, zögerte Cordelia keine Minute, sich mit ihrer Mutter in Miami niederzulassen und eine Stelle in einem Hotel anzunehmen. Nachdem Frances friedlich im Krankenhaus gestorben und unter erstaunlich großer Anteilnahme beerdigt worden war, war es für Cordelia undenkbar, Miami zu verlassen. Außerdem waren Miete und Lebensmittel dort billiger als in New York, was ihr zugutekam, als die ersten Arztrechnungen ihrer Mutter eintrafen.

Während Cordelia um ihre Mutter trauerte und durch ihre zwei Jobs bis zur Erschöpfung gefordert war, stieß sie auf Phils Geschichten, die sie aufs Angenehmste der Wirklichkeit entrissen. Die romantischen Abenteuer der Heldinnen mit gut aussehenden Männern machten den Mangel an Romantik in

Cordelias Leben wett, und sie freute sich darauf, zur Schlafens-
zeit wieder in Phils Welt eintauchen und an exotischen Schau-
plätzen mit aufregenden Männern flirten zu können.

Cordelia schaltete den Fernseher in dem Moment ein, als
die Talkshowmoderatorin Phil unter ihrem Künstlernamen
Fanny l'Amour ankündigte. Ihr Herz schlug schneller, als die
große Frau das Set betrat und wie ein Profi in die Kamera
lächelte. Cordelia beugte sich vor, starrte auf den Bildschirm
und betrachtete Phils Gesicht genau: Eine bezaubernde alte
Frau mit dunklem Haar und schönen Augen, das Gesicht faltig,
aber mit einem strahlenden Lächeln, sodass Cordelia sich sofort
in sie verliebte. Was für eine reizende, charmante und warm-
herzige Frau sie sein musste.

Die Moderatorin plauderte mit Phil erst über die Bücher
und sagte dann: »Ich würde gern ein wenig über Sie und Ihr
Leben reden und wer Sie, die Frau hinter diesen wunderbaren
Büchern, wirklich sind.«

Phil lachte. »Da gibt es nichts Besonderes zu berichten«,
antwortete sie mit ihrem melodischen irischen Akzent. »Ich
komme aus dem County Kerry in Irland. Mein lieber verstor-
bener Mann war Anwalt für Völkerrecht und ist mit mir
während seiner beruflichen Laufbahn um die ganze Welt
gereist. Als er in den Ruhestand ging, sind wir nach Irland
zurückgekehrt und haben in Willow House gelebt, meinem
Elternhaus an der Atlantikküste. Ich wohne dort immer noch,
wenn ich nicht gerade auf Lesereise bin. Im Sommer kann ich
hoffentlich dorthin zurückkehren und es mit Roisin, meiner
Nichte, als Gästehaus führen. Roisin leitet während meiner
Abwesenheit die Renovierungsarbeiten am Haus.«

Cordelia starrte wie gebannt auf den Bildschirm. *Philomena
Duffy,* dachte sie. *Was für ein toller Name. Irin, wie Mom ...*

»Was ist mit Ihren Verwandten?«, fragte die Moderatorin,
»Wohnen die alle in der Nähe?«

»Ein paar von ihnen«, antwortete Phil. »Mein Bruder lebt

in Spanien, aber meine beiden Nichten leben in Sandy Cove, wo auch mein Haus steht. Ein wunderbares Dorf. Ruhig, friedlich und sehr schön. Meine anderen Verwandten sind leider alle tot.«

»Alle?«, hakte die Moderatorin nach. »Sie haben nicht zufällig Verwandte in Amerika?«

»Nein«, hatte Phil gesagt und dann gezögert. »Das heißt, da fällt mir ein, es gab noch eine Cousine namens Frances. Sie war zehn Jahre jünger als ich und ist als junge Frau nach Amerika gegangen. Ich weiß noch, wie traurig ich war, als sie uns verließ. Ein ganz reizender Mensch. Aber wir haben nie wieder von ihr gehört. Sie schien wie vom Erdboden verschluckt. Ich habe das Gefühl, dass sie tot ist, aber ich weiß es nicht.«

»Vielleicht lebt sie ja noch?«, überlegte die Moderatorin.

»Keine Ahnung«, antwortete Phil mit einem traurigen Achselzucken. »Es wäre wahrscheinlich unmöglich, sie zu finden.«

Die Moderatorin hatte sich zur Kamera gedreht. »Wer weiß? Warum fragen wir nicht die Zuschauer, ob sie eine Frau namens Frances kennen ...« Sie hielt inne. »Wie war ihr Nachname?«

»Fitzgerald«, antwortete Phil. »Unsere Mütter waren Schwestern. Meine Mutter hat einen McKenna geheiratet, meinen Vater, und meine Tante Clodagh einen Mann namens Jim Fitzgerald, genannt Jimmy Fitz. Frances war ihre einzige Tochter.«

»Eine Frau namens Frances Fitzgerald«, fuhr die Moderatorin fort. »Etwa sechzig Jahre alt?«

Phil lachte. »Ich sollte protestieren und behaupten, ich sei neunundvierzig, aber das wäre nun doch etwas übertrieben. Ja, etwa in dem Alter. Vierundsechzig, denke ich. Und sie stammte aus Dublin. Als sie neun war und ich ein Teenager, hat sie uns im Sommer in Sandy Cove besucht. Ich sollte am Strand auf sie aufpassen, und wir haben zusammen Geschichten gelesen. Sie war ein liebes Kind, ist aber später etwas rebellisch geworden, wie ich gehört habe. Dann ist sie ganz allein nach Amerika gegangen, und danach haben wir nichts mehr von ihr gehört.« Phil seufzte und wirkte plötzlich wieder traurig. »Ich glaube wirklich nicht, dass es möglich ist, sie nach all der Zeit wiederzufinden, aber manchmal geschehen Wunder.«

»Dann hoffen wir, dass sich jemand meldet«, sagte die Talkshowmoderatorin. »Und nun zu Ihrer neuen Buchreihe ...«

Cordelia versuchte, sich auf den Rest des Interviews zu konzentrieren, während die Worte in ihrem Kopf widerhallten: *Frances aus Dublin. Etwa vierundsechzig Jahre alt. Derselbe Vorname wie Mom und so alt, wie sie jetzt gewesen wäre ...* Aber der Mädchenname von Cordelias Mutter war Ó Braonáin gewesen, die gälische Variante von O'Brien, vermutete Cordelia. Sie war allerdings auch ein Einzelkind gewesen. Es handelte sich wahrscheinlich um eine andere Frances, doch die Ähnlichkeiten waren trotzdem erstaunlich.

Cordelia seufzte. Es wäre so schön gewesen, wenn ... dann machte etwas in ihrem Kopf klick. *Vielleicht war es ja doch möglich,* dachte sie, während der Abspann über den Bildschirm lief. Wie in Trance griff sie nach dem Handy und googelte die Telefonnummer des Fernsehsenders. Ihr Herz schlug ihr bis zum Hals und ihr Magen krampfte sich zusammen, als sie die Nummer wählte. Während sie wartete, legte sie sich zurecht, was sie sagen würde. *Wäre das alles gelogen?,* fragte sie sich. Gerade als sie auflegen wollte, nahm jemand den Anruf entgegen, und sie hörte sich aufgeregt, aber überzeugend sagen, dass sie gerade gehört habe, wie Fanny l'Amour nach ihrer Verwandten gefragt hatte, und dass sie, Cordelia, dachte, dass sie vielleicht einige Hinweise haben könnte ... Sie gab dem Sender ihre Kontaktdaten und legte auf, in der Annahme, dass nichts dabei herauskommen würde. Vielleicht hatten sich Unmengen von Zuschauern mit ähnlichen Geschichten gemeldet, die ebenfalls vorgaben, sie seien mit Philomena Duffy verwandt. *Wenn es nur wahr wäre,* dachte Cordelia, *wenn meine Mutter nur wirklich die echte Frances gewesen wäre ...*

An dem Tag geschah nichts mehr, aber am nächsten Abend klingelte das Telefon, und einen Moment später hatte sie Phil in der Leitung.

»Hallo?«, erklang die schöne irische Stimme. »Mein Name ist Philomena Duffy. Spreche ich mit Miss Cordelia Mirafiore?«

»Ja«, bestätigte Cordelia, und ihr Herz schlug schneller. »Das ist richtig.«

»Und Sie haben wegen meiner Cousine Frances angerufen?«

»Genau.« Cordelia räusperte sich. »Meine Mutter hieß Frances und kam aus Dublin. Sie war zweiundsechzig, als sie starb, und ...«

»Oh!«, rief Phil. »Wie außergewöhnlich. Aber ... sie ist tot?«

»Ja. Sie starb vor zwei Jahren an Lungenkrebs.«

»Das tut mir aufrichtig leid. Wie traurig für Sie, meine Liebe.«

»Danke.« Cordelia wollte sich gerade verabschieden und auflegen, als Phil weitersprach.

»Aber Sie sind ebenfalls mit mir verwandt, nicht wahr? Meine Nichte zweiten Grades?«

Cordelia zögerte. »Das könnte durchaus sein.«

»Wunderbar«, entgegnete Phil glücklich. »Ich würde Sie furchtbar gern kennenlernen.«

»Das wäre schön«, hörte Cordelia sich sagen.

»Wo?«, fragte Phil aufgeregt. »Und wann?«

»In Miami Beach gibt es ein kleines Café nicht weit von dem Hotel, in dem ich arbeite. Es heißt The Coffee Pot. Wir könnten uns morgen früh um zehn Uhr dort treffen.«

»Das klingt perfekt«, antwortete Phil. »Ich wohne ganz in der Nähe bei meiner Verlegerin. Also, bis morgen, liebe kleine Nichte.«

Cordelia legte auf und fragte sich, ob sie träumte.

Passierte das gerade wirklich? Sie war versucht, Phil zurück-
zurufen und ihr ihre Zweifel klarzumachen. Phil hatte nichts
hinterfragt, Name und Alter hatten ihr genügt. Doch die
Vorstellung, sie kennenzulernen und womöglich mit ihr
verwandt zu sein, war einfach zu schön, um ihr zu
widerstehen.

Am nächsten Morgen ging Cordelia mit Schmetterlingen
im Bauch zu dem Café. Sie hatte sich sorgfältig gekleidet und
trug eine grüne Leinenbluse und eine schwarze Hose, und sie
fand, dass das Grün der Bluse sie irischer aussehen ließ. Eine
Flut von Gedanken ging ihr durch den Kopf, während sie
nervös auf Phils Ankunft wartete. Sollte sie gleich gestehen,
dass ihre Mutter außer dem Vornamen und Ort und Zeit ihrer
Geburt nichts mit der irischen Cousine gemeinsam hatte? Oder
sollte sie so tun, als wäre alles in Ordnung und sie sich hundert-
prozentig sicher, dass es sich um dieselbe Person handelte?
Oder ...

Cordelia warf einen Blick auf ihre Armbanduhr. Phil war
bereits über zwanzig Minuten zu spät. Sollte sie wieder gehen
und das Ganze vergessen? Gerade als sie im Begriff war, genau
das zu tun, ging die Tür des Cafés auf und eine große dunkelhaarige Frau in einem knöchellangen weißen Leinenkleid kam
hereingesegelt. Sie sah sich suchend um und strahlte, als
Cordelia unwillkürlich die Hand hob und winkte.

Phil eilte zu ihrem Tisch und lächelte sie an. »Da bist du ja,
Cordelia.« Sie streckte die Hand aus. »Hallo, ich bin Phil. Wie
schön, dich kennenzulernen.«

»Hallo«, sagte Cordelia schüchtern. Sie schüttelte Phils
kalte Hand, atmete den leichten Duft von Chanel No. 5 ein
und erwiderte das herzliche Lächeln. »Ich freue mich auch,
dich kennenzulernen.«

»Es tut mir furchtbar leid, dass ich mich verspätet habe«,
sagte Phil mit Blick auf Cordelias leere Tasse. »Ich kann mich
nie entscheiden, was ich anziehen soll, und stand ewig vor dem

Kleiderschrank. Aber dieses Kleid hier ist schlicht, luftig und macht mich nicht zu alt. Was meinst du?«

»Du siehst großartig aus«, antwortete Cordelia, verblüfft vom Charme und der Ausstrahlung der älteren Frau. Sie hatte etwas Warmes und Freundliches an sich, sodass man ihre Freundin sein wollte, dachte Cordelia. Ihre braunen Augen strahlten Intelligenz und Empathie aus, und es war unübersehbar, dass sie die Welt mit einer gesunden Prise Humor betrachtete. Sie war einfach unwiderstehlich.

Phil ließ sich auf den Stuhl Cordelia gegenüber sinken und musterte sie aufmerksam. »Bis auf die blauen Augen hast du keine große Ähnlichkeit mit Frances«, bemerkte sie.

»Mein Vater ist Italiener«, erwiderte Cordelia.

Phil nickte. »Ah, was für ein Glück. Das erklärt dein schwarzes Haar und die goldbraune Haut. Eine sehr hübsche Kombination.« Phil hielt inne und winkte der Kellnerin. »Huhu!«, rief sie durch das Café. »Seien Sie so lieb und bringen Sie mir einen großen Eiskaffee mit Milch und ein Croissant.«

Die Bestellung wurde umgehend gebracht, Phil strahlte die Kellnerin an und dankte ihr überschwänglich. Dann bezahlte sie für sich und Cordelia und gab ein großzügiges Trinkgeld, das mit einem Lächeln quittiert wurde. Während sie ihren Eiskaffee vorsichtig durch den Strohhalm trank, wandte sie sich zu Cordelia. »Also ... wo waren wir stehen geblieben?«

»Ähm ... Frances. Meine Mutter ...«

»Ah ja«, erwiderte Phil. »Natürlich. Was für ein wunderbarer Zufall. Da habe ich in einer Fernsehsendung über mein Leben und meine Familie gesprochen, und du hast zugeschaut und angerufen, und nun sind wir beide hier.« Sie legte Cordelia die Hand auf den Arm. »Das mit deiner Mutter tut mir sehr leid. Es muss schwer gewesen sein, sie auf diese Weise zu verlieren.«

Phils Mitgefühl trieb Cordelia die Tränen in die Augen. Diese Frau hatte etwas an sich, das sie an ihre Mutter erinnerte,

etwas in ihrer Stimme und in ihren Augen. Vielleicht waren sie
ja doch verwandt? Plötzlich wünschte sie es sich so sehr, dass
ihre Zweifel dahinschmolzen. Es musste einfach wahr sein, und
die Sache mit dem Nachnamen spielte im Grunde keine Rolle,
jedenfalls nicht jetzt. Sie schob ihre Bedenken beiseite und
lächelte unter Tränen. »Vielen Dank«, antwortete sie. »Es ist
wirklich schwer, und manchmal fühle ich mich einsam.«

»Aber jetzt bin ich ja da, und wir werden Freundinnen
sein, nicht wahr?«, sagte Phil, und in ihren schönen Augen glit-
zerten ebenfalls Tränen. »Ich bin nämlich auch sehr einsam.
Ich vermisse meine Nichten und mein schönes Haus. Amerika
ist zwar großartig und aufregend, aber es ist eben nicht Irland.«
Sie richtete sich auf und lächelte strahlend.

Cordelia erzählte Phil von ihrer geliebten Mutter, der sie so
nahegestanden hatte. Sie erzählte ihr von ihrer Kindheit, die
auch ohne Vater glücklich gewesen war, von den gemeinsamen
Unternehmungen, von der Musik, die ständig das kleine Haus
erfüllt hatte, und von den Wochenenden in den Bergen und
den Ausflügen ans Meer. Sie hatten zwar nur wenig Geld
gehabt, doch das hatte keine Rolle gespielt. »Sie hat mir eine
fröhliche und glückliche Kindheit geschenkt«, beendete
Cordelia ihren Bericht mit einem wehmütigen Lächeln.

»Wie schön«, sagte Phil und wirkte von der Geschichte
zutiefst berührt. »Ich bin froh, dass du so glückliche Erinnerungen hast. Sie helfen sehr, nicht wahr?«

»Ja, natürlich«, bestätigte Cordelia und hatte plötzlich das
Gefühl, einer verwandten Seele begegnet zu sein. Sie saßen
lange in dem Café, erzählten sich ihre Lebensgeschichten, trös-
teten sich gegenseitig und schufen eine Verbindung, die immer
stärker wurde. Danach trafen sie sich oft, meistens in
demselben kleinen Café oder abends zu einem Strandspaziergang.

Cordelia war von Phil fasziniert: von ihrem Charme, ihrer
Warmherzigkeit, ihrem scharfen Verstand und der Freund-

schaft, die sie ihr anbot. Es war, als ob all ihre Wünsche in Erfüllung gingen und sich ihr einsames, verzweifeltes Leben ändern würde. Plötzlich hatte sie eine liebenswerte Tante, die ein Leben führte, von dem die meisten Frauen nur träumen konnten. Und als Phil Cordelia eine Stelle als persönliche Assistentin anbot, sagte sie sofort zu.

Es war überraschend leicht, ihre Zweifel zu vergessen. Cordelia zog umgehend in Betsys Wohnung in der Nähe von Miami Beach. Platz gab es in Hülle und Fülle, da die Wohnung über drei Schlafzimmer verfügte, und als Phils Verlegerin in der folgenden Woche aus New York kam, hatte Cordelia sich bereits als Phils Assistentin und Stylistin etabliert. Da sie ein Händchen für Stil und Mode besaß, hatte sie Phil vorgeschlagen, sich nicht mehr die Haare zu färben und den natürlichen silberfarbenen Ton beizubehalten, der ihr viel besser stand und weicher als das unecht wirkende Dunkelbraun war. Das natürliche Grau betonte Phils schöne dunkle Augen und ihre strahlende Haut. Auch das neue Farbschema für Phils Kleidung, das Cordelia vorgeschlagen hatte, schmeichelte ihr und verlieh ihr als elegante reife Frau einen Hauch von Glamour. Betsy war von ganzem Herzen einverstanden, und die drei Frauen verstanden sich während ihres ersten gemeinsamen langen Wochenendes blendend.

Betsy hatte ihr ihren Segen gegeben und lobte Cordelia dafür, dass sie den Mumm gehabt hatte, sich bei Phil zu melden. »Sie waren das fehlende Glied in unserer Partnerschaft«, hatte sie gesagt, bevor sie nach New York zurückgekehrt war. »Ich weiß, dass Phil in guten Händen ist und dass ihre Bücher jetzt noch besser werden, weil sie sich nicht mehr um Kleidung und Make-up zu kümmern braucht und was sonst noch alles nötig ist, um bei Lesungen und Signierstunden gut auszusehen.«

Die mit Terminen vollgepackten Wochen waren wie im Flug vergangen, bis es für Phil Zeit wurde, nach Willow House zurückzukehren. Aber als sie nach der letzten Veranstaltung der Werbekampagne wieder in die Wohnung kam, verkündete sie, dass sie gern noch etwas länger in Florida bleiben wolle. Sie sei zu müde, um die Vorbereitungen für ihre Rückkehr nach Willow House zu treffen, wo ihre Nichten mit dem neuen Gästehaus alle Hände voll zu tun hatten und Maeve kurz vor der Geburt ihres ersten Babys stand.

»Ich wäre da nur im Weg«, hatte sie gesagt. »Roisin und Cian werden die Pension gut führen, da muss ich mich nicht einmischen. Wenn das Baby da ist, fliege ich hin und nehme an der Taufe teil. Hier kann ich in Ruhe schreiben, während du dich um mich kümmerst.«

Cordelia war einverstanden und fand auch, dass Phil müde aussah. Die hektischen vergangenen Wochen wären selbst für einen halb so alten Menschen anstrengend gewesen. Nun brauchte sie sich noch nicht von Phil zu verabschieden, die ihr sehr ans Herz gewachsen war. Es war eine Freude gewesen, sich um sie zu kümmern, die beste Zeit ihres Lebens – wenn da nicht dieses nagende Gefühl gewesen wäre. Sie hatten ihre Verwandtschaft nie wirklich bestätigt, und Cordelia hatte nie zugegeben, dass der Name ihrer Mutter O'Brien war. Aber sie schob diese Gedanken beiseite und konzentrierte sich auf das Positive: dass Phil dankbar war für alles, was Cordelia getan hatte, und erklärte, sie käme ohne sie nicht mehr zurecht. Es wurde immer unwichtiger, dass Cordelia vielleicht nicht diejenige war, für die Phil sie hielt; es zählten vielmehr die Nähe und die Liebe, die sich seit ihrer ersten Begegnung zwischen ihnen entwickelt hatten. Der Schmerz über den Tod ihrer Mutter ließ etwas nach, während Cordelia sich um Phil kümmerte, und die langen, einsamen Monate hatten endlich ein Ende. Cordelia hatte das Gefühl, dass sie zur Familie gehörte, ganz gleich, wie ihre verwandtschaftliche Beziehung wirklich aussah.

»Wo bist du nur mein Leben lang gewesen?«, seufzte Phil

eines Tages, als Cordelia ihr einen Saft aus tropischen Früchten brachte, während sie am Computer saß und an ihrem nächsten Roman arbeitete. »Du scheinst meine Gedanken lesen zu können. Gerade dachte ich, dass ich gern etwas Kaltes zu trinken hätte, und schon kommst du mit einem Glas Saft, bevor ich dich darum bitten kann.«

»Ich finde, du brauchst eine Pause. Du schreibst schon seit über einer Stunde.«

»Ich habe gerade eine kreative Phase«, sagte Phil und nippte an dem Getränk. »Der neue Roman macht Spaß. Ich habe eine neue Heldin namens Monique. Sie ist eine Kreolin von den Französischen Antillen. Aber ...« Sie hielt inne und stellte das Glas ab. »Was den Helden betrifft, bin ich mir nicht sicher. Wie soll er aussehen? Welchen Beruf soll er haben?«

Cordelia setzte sich auf den Hocker am Schreibtisch. »Vielleicht sollte er einen Kontrast zu Monique bilden. Sie ist eine Brünette mit dunklen Augen, vermute ich?«

»Ja.« Phil lachte. »Ein bisschen wie du, mit goldbrauner Haut. Es kann ja nicht angehen, dass meine Heldin nach zehn Minuten in der Sonne krebsrot wird.«

»Nein, das geht nicht«, pflichtete Cordelia ihr bei. »Aber der Mann in ihrem Leben ... vielleicht könnte er vom Aussehen her das genaue Gegenteil von ihr sein? Helles Haar und helle Augen ...« Cordelia senkte halb die Lider und beschwor das Gesicht des neuen Helden herauf. »Er sollte kurzes Haar und einen Bart haben, keinen Vollbart, sondern einen gepflegten Dreitagebart. Außerdem sollte er etwas älter sein, so um die siebenundvierzig vielleicht, und er sollte Schriftsteller oder Kriegsberichterstatter sein. Er kann schießen und Hubschrauber fliegen. Ein Indiana-Jones-Typ. Raubeinig, mürrisch, mit Wut auf die Welt. Vielleicht misstrauisch Frauen gegenüber? Ein echter Zyniker.«

»Aber dann wird er nach und nach weicher, während Monique ihn zähmt«, nahm Phil den Faden auf. »Oh, das ist genial. Und ich glaube ... ich mache einen Iren aus ihm. Einen irischen Helden hatte ich noch nicht. Was hältst du davon?«

Cordelia nickte. »Ja, gute Idee. Irische Männer sind heutzutage der letzte Schrei. Der *Poldark*-Schauspieler ist Ire. Und dann sind da noch Colin Farrell und Liam Neeson und ...«

»Das stimmt.« Phil stellte das Glas ab und wandte sich wieder dem Laptop zu. »Ich will nur schnell diese Ideen aufschreiben, damit ich sie nicht vergesse, und dann lege ich mich ein bisschen hin.«

»Das solltest du«, stimmte Cordelia mit Blick auf Phils blasses Gesicht zu. Sie sah erschöpft aus, obwohl es erst elf Uhr vormittags war. Cordelia hatte Angst, dass etwas nicht stimmte. Die Blässe lag nicht nur an der Müdigkeit. »Vielleicht solltest du mal zum Arzt gehen«, schlug sie vor. »Nur zur Kontrolle.«

Phil stand auf. »Nein, das ist einfach nur das Alter, Liebes.« Sie ging langsam zum Schlafzimmer. »Weck mich, wenn das Mittagessen fertig ist.«

Die folgenden Tage waren ganz ähnlich verlaufen. Phils Müdigkeit hielt an, und nach dem Sommer, als es Zeit für sie war, nach Irland zurückzukehren, verabschiedete Cordelia sich liebevoll von ihr und fragte sich, ob Phil wie geplant in ein paar Monaten nach Florida zurückkehren würde. Aber dazu kam es nicht.

Die Kampagne für ihr nächstes Buch entwickelte sich gut, und Cordelia bereitete die letzten Einzelheiten vor, unter anderem die Garderobe für Phils Rückkehr und den Auftakt der Lesereise. Aber dann hatte sie eines Morgens einen Anruf von Phil erhalten.

»Liebes«, begann Phil. »Ich fürchte, ich mache gerade ein wenig schlapp. Es ist so dumm von mir, aber ich scheine mir etwas ziemlich Ernstes eingefangen zu haben. Ich liege im Krankenhaus und werde untersucht. Kein Grund zur Beunruhigung, aber es bedeutet, dass ich erst einmal nicht wie geplant nach Amerika kommen kann, solange das nicht geklärt ist. Ich halte dich auf dem Laufenden. Es tut mir furchtbar leid, dass ich allen solche Unannehmlichkeiten bereite.«

»O nein!«, rief Cordelia. »Wie schrecklich. Pass auf dich auf, ja? Du musst viel schlafen und dich schonen und dir um nichts Sorgen machen. Ich kann auch nach Irland kommen, wenn du magst.«

Phil seufzte. »Das ist nicht nötig, meine Süße. Maeve und Roisin sind hier und kümmern sich rührend um mich. Ich möchte, dass du in Amerika bleibst und die Sachen für Betsy erledigst. Vielleicht könntest du auch für eine Weile meine Website und die Facebook-Seite betreuen? Kümmere dich um meine Leserinnen. Sie sind mir sehr wichtig.«

»Natürlich«, hatte Cordelia mit einem Schluchzen versprochen. »Du fehlst mir sehr, Phil. Werd schnell wieder gesund.«

»Das mache ich, Liebling. Vielleicht könntest du doch herkommen, wenn es mir wieder besser geht. Ich würde dir so gern Willow House zeigen. Im Sommer ist es wunderschön …«

Das war das letzte Mal, dass sie miteinander gesprochen hatten. Einen Monat später kam die schreckliche Nachricht, dass Phil gestorben war, und Cordelia war wieder allein.

DREI

Als sie sich dem Dorf Sandy Cove näherten, nieselte es. »Das muss einer dieser ›schönen, sanften Tage‹ sein, von denen Phil so oft gesprochen hat«, bemerkte Betsy lachend und blickte in den Regen. »Wir werden uns daran gewöhnen müssen. Vielleicht ist es ja gut für den Teint. Phil hatte eine wunderbare Haut für ihr Alter – das könnte von der weichen irischen Luft und der Feuchtigkeit gekommen sein.«

»Wahrscheinlich«, antwortete Cordelia und drosselte vor einer Kreuzung das Tempo. »Links oder rechts?«, fragte sie und sah sich um. »Da ist kein Schild.«

Betsy schaute aus dem Fenster. »Nach rechts, würde ich sagen. Die Straße links ist schmaler und scheint direkt zum Meer zu führen. Maeve hat gesagt, dass wir im Dorf die Hauptstraße entlangfahren müssen und dann nach links in einen Weg abbiegen sollen, der zu Willow House führt.«

»Ah. Gut.« Cordelia bog in die Straße auf der rechten Seite ein. *Maeve*, dachte sie, während sie wieder beschleunigte. *Maeve und Roisin, Schwestern und Phils Nichten* ... Wie würden sie sie aufnehmen, die angebliche Nichte zweiten Grades? Sie hoffte, dass sie sie genauso schnell akzeptieren würden wie Phil, die begeistert darüber gewesen war, so fern der Heimat eine Verwandte gefunden zu haben. Aber sie waren hier in ihrem eigenen Revier und brauchten sie nicht, so wie Phil. Und dann waren da noch Patrick und Anne-Marie McKenna, die Eltern der beiden, die Phil nicht sehr nahe gestanden hatten. Wie würden sie sie empfangen? Bei dem Gedanken daran bekam Cordelia ein ungutes Gefühl im Magen. Sie würde sich eine Erklärung für den Mädchennamen ihrer Mutter einfallen lassen müssen, falls das Thema zur Sprache kam. Aber warum sollte es?

»Ich bin schon gespannt auf Willow House«, meinte Betsy neben ihr. »Und auf die Familie. Es ist sehr nett von ihnen, uns dort wohnen zu lassen. Maeve hat gesagt, dass Roisin die Pension für die nächsten zwei Wochen für Gäste geschlossen hat. Das dürfte jetzt in der Hochsaison nicht ganz leicht gewesen sein, aber sie brauchen wahrscheinlich die Ruhe, um zu trauern. Die Ärmsten, sie haben Phil sehr nahegestanden.«

»Ich weiß«, murmelte Cordelia, als sie den Dorfrand erreichten. »Phil hat ständig mit ihnen telefoniert und geskypt, als sie in Miami war. Es muss ein schwerer Schock für sie gewesen sein, dass sie so krank war und dann kurz nach der Diagnose gestorben ist.«

»Krebs«, sagte Betsy und nahm ein Papiertaschentuch aus der Handtasche. »Und all das ist innerhalb von nur einem Monat passiert. Aber sie haben mir erzählt, Phil habe ihre Hände gehalten und gelächelt, als sie gestorben ist. Sie hat gesagt, dass sie sie alle im nächsten Leben wiedersehen wird und dass sie sich darauf freut, bei ihrem Mann zu sein, der Liebe ihres Lebens.« Betsy schluchzte einmal laut auf, putzte sich die Nase und steckte das Taschentuch weg. »Genug. Wir müssen stark sein.«

Cordelia blinzelte gegen ihre Tränen an. »Ja, das stimmt. Ich habe tagelang geweint, deshalb muss ich mich jetzt zusammenreißen und das Ganze durchstehen. Phil würde wollen, dass wir ihr Leben feiern und nicht ihren Tod betrauern. Sie hat nicht an den Tod geglaubt, hat sie immer gesagt.«

»Ich weiß.« Betsy warf einen Blick aus dem Fenster. »So ein schönes Dorf. Ich mag die kleinen Läden und den urigen Pub. Und sehen Sie nur ...« Sie zeigte auf ein kleines Haus am Ende der Straße. »Das muss Paschals Buchhandlung sein. Er ist Maeves Ehemann.«

»Ah, ja, aber ich glaube, jetzt führt jemand anders den Laden.«

»Wirklich? Was für ein toller Laden, aber geschlossen. Wahrscheinlich wegen der Beerdigung. Ich freue mich schon darauf, dort zu stöbern, wenn er wieder aufmacht. Ich würde gern ein Souvenir mit nach Hause nehmen.«

»Da ist der Weg«, unterbrach Cordelia sie und fuhr den schmalen Weg entlang, bis sie vor einem schmiedeeisernen Flügeltor stehen blieb. »Das Tor ist geschlossen. Da hängt ein Schild. Können Sie lesen, was darauf steht?«

»*Aus familiären Gründen bis zum 17. Juli geschlossen*«, las Betsy vor. »Maeve hat gesagt, wir sollen dreimal hupen, dann würden sie uns vom Haus aus öffnen. Die ganze Familie ist zum Mittagessen da.«

Cordelia nickte. Sie hupte dreimal, und als die Torflügel lautlos aufschwangen, fuhr sie über den Kies und hielt vor der Treppe, die zu einer schweren Eichentür führte. Beeindruckt betrachtete sie das elegante alte Haus, von dem Phil so oft erzählt hatte. Endlich war sie da. Willow House war ihr immer wie ein Märchenschloss erschienen, aber jetzt sah sie, dass es wirklich so schön und einladend war, wie Phil es beschrieben hatte.

Betsy öffnete die Beifahrertür und stieg aus. »Ich bin froh, dass wir heil angekommen sind. Sie sind wirklich gut gefahren, Cordelia. Ich hätte es nicht besser gekonnt. Das heißt, ich hätte es überhaupt nicht gekonnt.« Sie lachte. »Kommen Sie, begrüßen wir die Familie.«

»Gut.« Cordelia nickte und wischte sich die verschwitzten Hände an der Jeans ab. Dann mal los. Sie musste der Familie selbstbewusst gegenübertreten, an der Beerdigung teilnehmen und dann in ihr altes Leben zurückkehren. Ein Leben ohne Phil, die ihr so viel bedeutet hatte. In gewisser Weise war es auch ein neues Leben. Betsy hatte ihr eine Stelle in der Marketingabteilung des New Yorker Verlags angeboten. Die Arbeit würde hoffentlich Spaß machen, und sie war gut bezahlt. Aber eins nach dem anderen.

Gerade als Cordelia aus dem Wagen stieg, ging die Haustür auf und zwei Frauen erschienen, die eine klein und blond, die andere groß, mit dunkelrotem Haar und einem Baby auf der Hüfte. Betsy eilte ihnen entgegen. »Ihr Lieben«, rief sie. »Endlich sehen wir uns!«

Die Frauen lächelten und schlossen Betsy in eine Gruppenumarmung, bis das Kind einen lauten Schrei ausstieß. Sie lachten und lösten sich voneinander. Die Rothaarige schaute über Betsys Schulter hinweg zu Cordelia, ging die Treppe hinunter und hielt ihr die Hand hin.

»Cordelia? Ich bin Maeve. Willkommen in Willow House«, begrüßte sie sie.

Cordelia schüttelte ihr die Hand und sah lächelnd in die freundlichen grünen Augen. »Hallo, Maeve, schön, dich kennenzulernen.« Sie strich dem Kind über die Wange. »Und wer ist das?«

»Das ist Aisling. Sie ist gerade ein Jahr alt geworden«, erzählte Maeve und ließ das Baby auf und ab hüpfen. Es lachte und zeigte dabei unten zwei kleine Zähne. Das kleine Mädchen hatte dunkles Haar und die grünen Augen seiner Mutter. »Aisling bedeutet auf Irisch ›Traum‹. Aber sie hat gerade angefangen zu zahnen, daher wird in diesem Haus zurzeit nicht viel geträumt.«

»Oh.« Cordelia schüttelte dem Baby die Hand. »Hallo, Aisling, ich bin Cordelia. Freut mich, dich kennenzulernen.«

Aisling musterte Cordelia argwöhnisch, dann beugte sie sich vor und packte den Riemen von Cordelias Handtasche.

Maeve löste die Hand des Babys von dem Riemen. »Nein, Aisling, nicht anfassen. Drinnen ist Spielzeug für dich.« Sie nickte Cordelia lächelnd zu, bevor sie zurück ins Haus ging. »Das Mittagessen findet im Garten statt«, fügte sie über die Schulter hinzu. »Aber Roisin wird euch vorher eure Zimmer zeigen, damit ihr euch einrichten könnt.«

Cordelia drehte sich um, als Roisin ihr auf die Schulter tippte. »Hi, Cordelia. Ich bin Roisin«, stellte sie sich vor und sah Cordelia neugierig an. »Du bist also die geheimnisvolle Nichte, hm? Phil hat die ganze Zeit von dir gesprochen. Sie hatte dich sehr gern. Anscheinend hast du dich gut um sie gekümmert.«

Cordelia lächelte die hübsche blonde Frau an. »Danke, Roisin. Es war mir eine Freude, mich um Phil zu kümmern. Sie hat mir alles über euch erzählt. Ich habe fast das Gefühl, dich und Maeve bereits zu kennen.«

»Ich hoffe, sie hat nur Gutes erzählt«, entgegnete Roisin und stieß einen kleinen Seufzer aus. »Ach, es macht mich ganz traurig, in der Vergangenheitsform von ihr zu sprechen.« Sie schüttelte sich. »Aber wir sollten nicht zu trübselig zu werden. Phil hätte das nicht gewollt. Kommt, Mädels, nehmt eure Koffer, dann zeige ich euch eure Zimmer.«

Sie holten ihr Gepäck aus dem Wagen und folgten Roisin in den hellen Flur. Cordelia betrachtete das glänzende Parkett und die schöne Treppe, die sich anmutig nach oben schwang. Das Haus war behutsam restauriert worden. Während Cordelia ihren Koffer die Treppe hinaufschleppte, atmete sie den Duft von Rosenblüten und Bienenwachs ein und hatte das Gefühl, in eine andere Zeit versetzt worden zu sein.

Oben angekommen ging Roisin durch den Flur voran und öffnete die erste Tür auf der rechten Seite. »Das ist dein Zimmer, Cordelia. Es ist zwar klein, aber du kannst das Meer sehen, wenn du dich aus dem Fenster lehnst. Betsy, Sie wohnen gegenüber. Das Zimmer hat keinen Meerblick, aber dafür ist das Badezimmer größer. Ich muss wieder runter und in der Küche helfen, aber wenn ihr irgendetwas braucht, meldet euch, ansonsten sehen wir uns in einer halben Stunde auf dem Rasen hinterm Haus. Dann werdet ihr die ganze Familie kennenlernen – meinen Mann, die Jungs und unsere Eltern, die gestern Abend aus Spanien gekommen sind. Dad kann es gar nicht erwarten, dich kennenzulernen, Cordelia. Er erinnert sich noch gut an deine Mutter.«

»Oh«, war alles, was Cordelia herausbrachte. Als Roisin die Treppe hinuntereilte, sah Cordelia Betsy mit einem blassen Lächeln an. »Dann bis gleich.«

»Cheerio«, sagte Betsy und öffnete die Tür zu ihrem Zimmer. »Wir sehen uns beim Essen. Ich muss mich ein bisschen frischmachen. Sie freuen sich bestimmt darauf, den Vater kennenzulernen. Er war der Cousin Ihrer Mutter, nicht wahr?«

»Ja. Ich bin schon gespannt, ihn kennenzulernen«, antwortete Cordelia.

Sie ging in ihr Zimmer, schloss die Tür hinter sich und lehnte sich dagegen, um sich zu beruhigen. Phils Bruder. O Gott, wie sollte sie nur diese Begegnung überstehen? Würde er Fragen nach dem Mädchennamen ihrer Mutter stellen und vielleicht anzweifeln, dass sie wirklich die richtige Frances war? Nein, wahrscheinlich nicht. Er hatte die richtige Frances zuletzt vor ihrer Übersiedlung nach Amerika gesehen, als sie neunzehn war, und seitdem keinen Kontakt zu ihr gehabt. Phil hatte ihr ein Familienfoto gezeigt, das etwa ein Jahr davor aufgenommen worden war. Frances hatte im Hintergrund gestanden. Mit ihrem hellbraunen Haar und ihrer schlanken Gestalt hätte sie ohne Weiteres Cordelias Mutter sein können, die ihr von der Figur und vom Gesicht her sehr ähnlich war. Eine junge Phil hatte im Vordergrund zwischen ihren gut aussehenden Eltern gesessen. Es war nicht zu übersehen, dass sie nach ihrem Vater kam. Phil hatte nur dieses eine Foto von Frances, aber sie hatte gesagt, dass es irgendwo in einem alten Karton noch mehr geben müsse.

Cordelia schaute sich in dem hübschen Raum um, doch sie nahm kaum wahr, was sie sah – weder die schöne Tapete, das große Bett mit den bestickten Kissen oder die passenden Gardinen, die in der warmen Meeresbrise wogten, die durch das offene Fenster wehte, noch den weichen salbeigrünen Teppich. Dann stellte sie ihren Koffer ab, wankte zum Bett, ließ sich darauf fallen und starrte an die Decke. Der Jetlag und die nervöse Anspannung krampften ihr den Magen zusammen, und die pochierten Eier auf Toast, die sie erst vor einer Stunde gegessen hatte, schienen plötzlich eine ganz schlechte Idee gewesen zu sein.

Sie stand auf und taumelte auf Puddingbeinen zu dem hübschen, hellblau gefliesten Bad mit weißem Marmorboden. Wie schön es war. Wenn sie nicht so müde und angespannt gewesen wäre, hätte sie den Komfort und den Luxus des bezaubernd eingerichteten Schlafzimmers mit seinem einladenden Bad und der herrlichen Aussicht genossen. Sie betrat das Badezimmer, setzte sich auf den Rand der Wanne und wünschte, sie hätte Zeit, sich in warmem Wasser zu entspannen und die Luxuskosmetik auf dem Regal über dem Waschbecken zu benutzen. Aber ihr blieb weniger als eine halbe Stunde, bevor sie nach unten gehen und der Familie gegenübertreten musste.

Während sie gegen ein Welle der Übelkeit ankämpfte, versuchte sie, sich zu sammeln. Was konnte sie tun? Natürlich nichts. Sie musste nach unten gehen und die sein, für die man sie hielt – die Tochter von Phils Cousine. Phil hatte ihre Geschichte akzeptiert, ohne sie zu hinterfragen. Warum also sollte ihr Bruder, der Frances zuletzt als junge Frau gesehen hatte, ihr nicht glauben? Als Cordelia sich etwas besser fühlte, spritzte sie sich kaltes Wasser ins Gesicht, wusch sich die Hände und fuhr sich mit den Fingern durch die kurzen Locken.

Sie betrachtete ihr aschfahles Gesicht im Spiegel und kniff sich in die Wangen. »Du wirst es überstehen«, sagte sie sich. »Du kannst das, und du wirst es tun. Anders geht es nicht.«

Cordelia kehrte ins Zimmer zurück, nahm die Handtasche vom Bett und ging zur Tür. Okay. Es war so weit. Zeit, nach unten zu gehen und sich der die Familie zu stellen. Das würde das Schwerste sein. Der Rest würde auch nicht einfach werden, aber sobald sie akzeptiert war, hatte sie leichtes Spiel und konnte anschließend nach Amerika zurückkehren und ihr Leben wieder aufnehmen. Sie brauchte die Dinge nicht komplizierter zu machen, als sie waren; sie war nur hier, um als Freundin und Verwandte Abschied von Phil zu nehmen. Niemand musste etwas von ihren Zweifeln erfahren, und sie würde diese Leute vielleicht nie wiedersehen. Sie nahm die Schultern zurück, setzte ein fröhliches Lächeln auf und ging die Treppe hinunter.

VIER

Cordelia ging durchs Haus, schaute in die Räume und suchte nach einem Weg in den Garten. Irgendwo musste es eine Tür geben. Sie kam in einen mit Gemälden geschmückten Flur und schritt über die persischen Teppiche auf dem glänzenden Eichenparkett. Sie spähte in die Bibliothek, fand dort jedoch keinen Weg nach draußen; dann entdeckte sie rechts ein großes Esszimmer mit einem riesigen Mahagonitisch und einem Erkerfenster, das auf den Garten hinausblickte. Cordelia konnte eine Gruppe von Menschen an einem Tisch sehen, auf dem ein Buffet angerichtet war. Sie unterhielten sich miteinander, und ein hochgewachsener Mann mit weißem Haar hatte den Arm um Maeve gelegt. Betsy plauderte mit Roisin und einer anderen blonden Frau. Aber nicht einmal hier gab es einen Weg nach draußen. Dem Esszimmer gegenüber lag ein großer, heller Raum mit schönen Donegal-Teppichen, zwei ausladenden gelben Sofas links und rechts neben dem alten Kamin und bequemen Sesseln, die im Raum verteilt waren.

Am Ende des Raums entdeckte Cordelia eine offene Terrassentür und ging darauf zu, blieb aber kurz stehen, um das Gemälde über dem Kamin zu betrachten. Es war das Bildnis einer schönen rothaarigen Frau, die ein fließendes gelbes Kleid und ein mehrreihiges Perlenhalsband trug. Mit ihren haselnussbraunen Augen sah sie Cordelia an, als könnte sie ihre Gedanken lesen und als gefiele ihr nicht, was sie dort las. Cordelia riss den Blick von dem Porträt los und mahnte sich, nicht albern zu sein. Das musste Maura McKenna sein, die erste Herrin dieses Hauses, die vor über hundert Jahren hier gelebt hatte. Phil hatte Cordelia von ihr erzählt. »Temperamentvoll und vielleicht ein wenig furchteinflößend«, hatte Phil lachend gesagt. »Ganz und gar nicht die bescheidene und sanfte Seele, die wir auf dem Porträt sehen. Mehr eine eiserne Faust in einem Samthandschuh.«

Erleichtert darüber, dass diese Frau heute nicht hier war, trat Cordelia durch die Glastür und ging langsam auf die Gruppe am Ende des Rasens zu. Für einen Moment war sie abgelenkt durch den atemberaubenden Blick, den man von dieser Seite des Hauses hatte, und blieb stehen. Sie schaute auf das tiefblaue Meer, die zerklüftete Küste und die Umrisse zweier Felseninseln, die in der Ferne schimmerten. Es waren die berühmten Skellig Islands, auf denen der letzte *Star Wars*-Film gedreht worden war. Seit über tausend Jahren stand dort ein altes Kloster. Die Inseln hatten etwas Geheimnisvolles und Magisches an sich, und Cordelia wünschte, dort hinfahren zu können, statt der Familie gegenübertreten zu müssen und sich noch tiefer in diesen Albtraum aus Lügen zu verstricken. Aber es war nur für ein paar Tage, sagte sie sich und setzte die Sonnenbrille auf, als könnte sie sie vor den prüfenden Blicken schützen.

Betsy entdeckte Cordelia, als sie sich der Gruppe näherte. »Hallo, Cordelia!«, rief sie und winkte ihr zu. »Kommen Sie und lernen Sie die Familie kennen.«

Als Cordelia die Gruppe erreichte, löste der große ältere Mann sich von den anderen und kam mit ausgestreckter Hand auf sie zu. »Cordelia?«, sagte er. »Wie schön, endlich deine Bekanntschaft zu machen.«

Cordelia lächelte und schüttelte ihm die Hand. »Sie müssen Mr McKenna sein, ich meine, Patrick«, murmelte sie mit steifen Lippen.

Er nickte lächelnd. »Ja, der bin ich. Phils kleiner Bruder. Jetzt bin ich natürlich nicht mehr so klein, eher ein alter Mann.«

»So alt nun auch wieder nicht«, antwortete Cordelia und schaute ihm lächelnd in die grünen Augen. Er hatte weißes Haar und und wirkte mit seinem Sommersprossengesicht viel jünger als siebzig. »Maeve sieht genauso aus wie du«, ergänzte sie und spürte, wie ihre Angst verflog.

»Und du bist Frances' Tochter«, sagte er und musterte sie. »Sie war meine Cousine.«

Cordelia nickte. »Ich weiß. Eure Mütter waren Schwestern.«

»Genau. Aber sie standen sich nicht besonders nahe, soweit ich weiß. Ich hatte immer das Gefühl, dass zwischen ihnen eine gewisse Feindseligkeit herrschte, aber wir haben nie erfahren, was der Grund dafür war. Ich erinnere mich schwach an Frances als dünnes Mädchen mit ernstem Blick, aber ich glaube, wir sind uns nur einmal begegnet, als ich zehn und sie ungefähr sieben war. Ich habe irgendwo ein Foto gesehen, aber das ist alles. Sie war ihrer Mutter wie aus dem Gesicht geschnitten.« Er betrachtete Cordelia. »Mit dem schwarzen Haar und der goldbraunen Haut siehst du ganz anders aus als sie, aber du hast ihre blauen Augen, und eine gewisse Familienähnlichkeit ist trotzdem zu erkennen. Du bist groß und schlank, genau wie ich Frances in Erinnerung habe.«

»Ja, sie war groß«, bestätigte Cordelia. »Mein Haar und meine Haut habe ich von der väterlichen Seite der Familie. Dads Vorfahren kamen aus Italien.«

»Eine schöne Mischung.« Er lächelte sie an. »Es ist

unglaublich, dass du Phil drüben kennengelernt hast und dass ihr Freundschaft geschlossen habt. Als wäre es vorherbestimmt gewesen«, sagte Patrick mit einem warmen Leuchten in den freundlichen Augen. Dann nahm er ihre Hand. »Komm, ich stelle dich den anderen vor, und dann werden wir etwas essen. Nach der Reise über den Atlantik wirst du sicher müde sein.«

»Das ist bloß der Jetlag«, gestand Cordelia. Sie war erleichtert darüber, dass er sie so ohne Weiteres akzeptiert hatte. »Ich fühle mich nur ein bisschen benommen.«

»Iss einen Happen und leg dich dann hin. Es ist noch reichlich Zeit bis zur Überführung heute Abend um sechs, und anschließend findet im Hafenpub eine Party zu Phils Ehren statt.«

Cordelia blieb stehen. »O Gott!«, rief sie aus. »Ich hätte dir mein Beileid zum Tod deiner Schwester aussprechen sollen. Ich war so überwältigt davon, dich kennenzulernen, dass ich es beinahe vergessen hätte.«

Er tätschelte ihr die Hand. »Ist schon gut, meine Liebe. Die Nachricht von ihrem Tod war natürlich ein Schock, und es ist traurig, eine Schwester zu verlieren, sehr traurig. Aber wir hatten in den letzten Jahren kaum Kontakt, da wir in Spanien leben und sie auf Lesereise in Amerika war. Sie hat niemandem von ihrer Krankheit erzählt, und vielleicht wollte sie auch einfach im Schlaf sterben und sich schmerzhafte Behandlungen ersparen, die ohnehin nichts gebracht hätten. Ich bin zwar traurig, aber ich freue mich auch für sie. Sie hat endlich Frieden gefunden und ist wieder mit Joe vereint, der Liebe ihres Lebens.«

»Das ist schön.«

Sie hatten die Gruppe erreicht. Patrick ließ ihre Hand los und trat zu seinen Töchtern, während Betsy Cordelia erst mit Cian bekannt machte, Roisins Ehemann, einem großen Mann mit hellbraunem Haar und liebevollen Augen, und dann mit dem attraktiven Paschal mit wildem, dunklem Haar und einem netten Lächeln. Roisins drei schlaksige Teenagersöhne schüttelten Cordelia die Hand und verzogen sich dann, um sich wieder in ihre Handys zu vertiefen.

Die blonde Frau trat zu ihr und musterte sie neugierig. »Cordelia«, sagte sie. »Die Tochter der verschollenen Frances.« Sie hielt ihr die Hand hin. »Hallo, ich bin Anne-Marie, Maeve und Roisins Mutter.«

»Hallo. Mein herzliches Beileid«, antwortete Cordelia, während sie ihr die Hand schüttelte. Die forschenden hellblauen Augen der älteren Frau brachten sie leicht aus dem Konzept.

Anne-Marie nickte. »Danke. Phil war ein wunderbarer Mensch und wird uns allen fehlen, besonders meinen Töchtern. Ich glaube, du hast ihr während des vergangenen Jahres sehr nahe gestanden?«

Cordelia nickte. »Ja. Ich habe sie nicht lange gekannt, aber wir hatten ein sehr enges Verhältnis.«

»Ich habe gehört, dass du dich sehr gut um sie gekümmert hast. Phil wusste gar nicht mehr, wie sie vorher ohne dich klargekommen war. Wir sind dir daher sehr dankbar, dass du ihr bei ihren Publicity-Auftritten eine so große Hilfe warst. Die müssen für eine Frau ihres Alters sehr anstrengend gewesen sein.«

Cordelia war überrascht von diesen freundlichen Worten. Phil hatte ihr erzählt, dass sie und Anne-Marie sich nie nahe gestanden hätten; Anne-Marie, eine Karrierefrau, hatte auf Phil herabgeschaut, deren einzige Arbeit darin bestanden hatte, sich um ihren Mann zu kümmern und ihn in seiner juristischen Laufbahn zu unterstützen. Es war nicht leicht gewesen, ständig in ein neues Land zu ziehen und eine fremde Sprache zu lernen, ganz zu schweigen von der Bewirtung von hochkarätigen Gästen und der Veranstaltung von eleganten Dinnerpartys, auf denen man lächeln und gut aussehen musste, selbst wenn man innerlich traurig und einsam war. Aber Anne-Marie hatte das nie verstanden. Doch Phil war ihr dankbar gewesen, dass die Mädchen im Sommer die Schulferien bei ihr verbringen durften. Das half ihr über die Trauer angesichts ihrer eigenen Kinderlosigkeit hinweg. Im Sommer waren Maeve und Roisin ihre Töchter gewesen. In diesen glücklichen Zeiten hatten sie ausgelassen am Strand herumgetollt und im Meer gebadet.

Cordelia nickte lächelnd. »Ja, es war anstrengend für sie, vor allem die letzten Monate, bevor sie nach Irland zurückgekehrt ist. Sie wirkte sehr erschöpft. Ich habe vermutet, das mehr dahinter steckte als Müdigkeit, und ihr geraten, einen Arzt aufzusuchen, aber sie hat sich geweigert. Wenn ich doch ...«

Anne-Marie schüttelte den Kopf. »Nein. Es konnte nicht operiert werden. Es hätte nichts gebracht, zum Arzt zu gehen. Auf diese Weise hatte sie während der letzten Monate noch eine gewisse Lebensqualität. Sie hat die Tage mit Maeve und Roisin in Willow House verbracht, und sechs Wochen vor ihrem Tod musste sie zur Schmerztherapie ins Krankenhaus. Sie wollte nicht einmal, dass Roisin die Pension schloss, und hat um genaue Berichte über die Buchungen gebeten. Die Pension ist erst seit einem Jahr in Betrieb, daher ist es wichtig, sie am Laufen zu halten, damit die Gäste wiederkommen. Jedenfalls hat sie das gesagt. Vielleicht hat sie auch gehofft, dass sie wieder gesund wird und zurückkommt, um die Pension zusammen mit Roisin zu führen, aber es hat nicht sollen sein.« Anne-Marie seufzte traurig. »Sie hat dir vielleicht erzählt, dass wir uns nicht sehr nahe gestanden haben. Das war vermutlich meine Schuld. Ich hätte mir mehr Mühe geben sollen, aber ich war so auf meine Karriere konzentriert. Trotzdem war ich Phil dankbar, dass sie meinen Töchtern in diesem schönen Teil von Irland so wunderbare Sommerferien ermöglicht hat. Du musst dir unbedingt ein paar Tage Zeit nehmen, um die Gegend zu erkunden, jetzt, da du hier bist.«

»Oh, ich reise gleich nach der Beerdigung wieder ab«, antwortete Cordelia. »Übermorgen fliege ich mit Betsy zurück.«

»Ach so. Aber vielleicht kannst du ein andermal kommen? Unter glücklicheren Umständen, meine ich.«

Cordelia kniff die Augen gegen die Sonne zusammen und betrachtete die atemberaubende Aussicht. »Ich würde furchtbar gern noch einmal herkommen und mir dieses herrliche Land ansehen.«

Anne-Marie lächelte und nickte. »Natürlich. Du bist hier immer herzlich willkommen, schließlich gehörst du zur Familie. Oder?«, fragte sie und sah Cordelia so eindringlich an, dass diese sich unter ihrem Blick wand.

»Ganz recht«, schaltete Maeve sich in das Gespräch ein und trat hinzu. »Komm, nimm dir etwas zu essen und setz dich zu Roisin und mir. Aisling schläft zum Glück, daher kann ich mir eine Pause gönnen.«

Cordelia hatte diese reizende Frau sofort ins Herz geschlossen. Sie war gerührt von dem Anflug von Schmerz und Traurigkeit, den sie in ihren Augen sah. Sie wusste, wie nahe Phil und Maeve sich gestanden hatten, und es musste schwer für Maeve sein, so kurz nach Phils Tod alles zu regeln. »Es tut mir so leid«, bemerkte sie zu ihr, als sie auf den Tisch zugingen. »Es muss sehr traurig für dich sein. Phil wird dir sicher sehr fehlen.«

»Genau wie dir«, antwortete Maeve. »Phil hat mir erzählt, dass ihr in dem Jahr, das ihr euch gekannt habt, ein sehr enges Verhältnis hattet und dass du dich für sie um alles gekümmert hast. Es muss ein bisschen so gewesen sein, als hättest du wieder eine Familie. Und jetzt ist Phil auch tot.«

»Ja«, sagte Cordelia heiser und blinzelte gegen die Tränen an. »Ich kann nicht glauben, dass sie gestorben ist.«

»Wir auch nicht. Sie war so voller Energie und genoss das Leben in vollen Zügen. Alle, die sie kannten, haben sie geliebt. Ich erwarte immer noch, dass sie jeden Moment durch die Terrassentür kommt, ein tolles Vintage-Outfit anhat und uns auslacht und sagt, es sei alles ein Irrtum gewesen und sie habe nur einen Scherz gemacht.«

Cordelia lächelte wehmütig. »Ich weiß, was du meinst. Sie ist irgendwie noch so *präsent*. Ihre Leserinnen sind am Boden zerstört, vor allem die, die über die sozialen Medien mit ihr Kontakt hatten. Es war schrecklich, es bekannt geben zu müssen. Die Welle der Trauer war unglaublich.«

»Aber sie ist ja nicht wirklich tot«, erklärte Maeve. »Sie wird in den Erinnerungen der Menschen weiterleben, die sie geliebt haben, und durch ihre Bücher. Was wird aus ihrem letzten Roman, der kurz vor der Veröffentlichung stand?«

»Es waren zwei«, antwortete Cordelia. »Sie hat vor ihrer Abreise den ersten Entwurf des zweiten Buchs der neuen Serie vollendet. Betsy sagt, sie werden beide rausbringen. Nicht wegen des Geldes, sondern weil Phil es so gewollt hätte.«

Maeve nickte und warf Betsy, die sich gerade mit Roisin und Cian unterhielt, einen Blick zu. »Betsy ist eine kluge Geschäftsfrau. Die neuen Bücher werden bestimmt erfolgreiche Bestseller, und sie weiß das. Aber mir ist klar, dass die beiden sich nahe gestanden haben, daher will ich sie nicht kritisieren. Unter der harten Schale als Geschäftsfrau hat sie ein gutes Herz, und sie ist grundehrlich. Sie würde niemals lügen oder irgendetwas Unseriöses tun.«

»Nein.« Cordelia wand sich innerlich, als sie Maeves Worte hörte. Betsy war eine ehrliche Haut. Was hätte sie gesagt, wenn sie wüsste, dass Cordelia es nicht war? Dass sie Zweifel an ihrem Recht hatte, hier zu sein, und kein Wort darüber verlor? Sie würde sie im Nullkommanichts fertigmachen. Trotz des warmen Sonnenscheins fröstelte es Cordelia. Diese Familienzusammenkunft kam ihr plötzlich bedrückend und bedrohlich vor. Aber sie brauchte nur den Gottesdienst am Abend und die Beerdigung morgen zu überstehen, und bei der Totenwache konnte sie sich entschuldigen und den Jetlag vorschützen. Sie musste sich einreden, dass sie wirklich die Tochter der lange verschollenen Cousine war.

Maeve berührte Cordelia am Arm. »Ich muss etwas essen, bevor ihre kleine Hoheit aufwacht. Die Tochter einer Freundin passt auf sie auf, aber sobald sie wach ist, müssen wir hinter ihr her sein. Sie fängt gerade an zu laufen und hat ein erstaunliches Tempo drauf.«

»Sie ist ein süßes kleines Mädchen. Und der Name gefällt mir richtig gut.«

Maeve lächelte. »Ja. Wir haben sie Aisling genannt, weil es unser Traum war, dieses Baby zu bekommen, und dann ist er in Erfüllung gegangen. Eigentlich ein Wunder, wenn man mein Alter bedenkt, ich bin dreiundvierzig. Mein Arzt sagt, dass ich wahrscheinlich kein weiteres Kind mehr bekommen werde.«

»Oh. Wie schade.«

Maeve zuckte die Achseln. »Ja, aber ich bin sehr glücklich darüber, sie zu haben. Mit noch mehr Kindern würde ich vielleicht gar nicht fertigwerden.«

Sie gingen zum Tisch und nahmen sich kaltes Fleisch und Salat. »Heute Mittag gibt es nur eine Kleinigkeit«, erklärte Maeve, »weil wir heute Abend im Pub fürstlich bewirtet werden. Es ist ein Glück, dass es Nuala und Seán Óg gibt. Das sind die Besitzer des Hafenpubs und unsere besten Freunde hier. Mit Nuala kann man Pferde stehlen, und Seán Óg ist der verlässlichste, gütigste Mensch, den ich kenne. Ein tolles Paar. Sie gehören fast zur Familie.«

»Ich freue mich schon darauf, die beiden kennenzulernen«, antwortete Cordelia, obwohl sie das genaue Gegenteil empfand. Sie setzte sich auf einen schmiedeeisernen Gartenstuhl am Rand des Rasens, balancierte den Teller auf dem Schoß und stellte ihr Wasserglas ins Gras. Während sie langsam aß und trank und das Meer und den Strand unten betrachtete, fühlte sie sich allmählich besser und genoss die Umgebung. Die Luft war erfüllt vom Duft der Blumen, in den sich salziger Algengeruch mischte, und Schwalben flogen umher und stießen schrille Schreie aus. Als Roisin mit einem Teller in der einen und einem klapprigen Gartenstuhl in der anderen Hand zu ihr trat, schaute sie auf.

»Hi«, sagte Roisin und stellte den Stuhl auf den Rasen. »Ich dachte, ich setze mich zu dir. Ich brauche eine Pause von den Männern, und ich fand, dass du hier ein bisschen einsam aussahst.«

Cordelia lächelte. Roisin besaß eine Wärme, die man einfach mögen musste. »Ich wollte nur etwas durchatmen und die Aussicht genießen. Es ist wirklich unglaublich schön hier.«

»Es ist das Paradies.« Roisin seufzte und stach die Gabel ins Essen. »Aber im Moment liegt eine Traurigkeit darüber, als hätte es seine Seele verloren. Es ist wirklich das Ende einer Ära. Phil hat dieses Dorf geliebt, vor allem das Haus. Sie sagte immer, es sei ihr besonderer Ort auf Erden.«

»Ja, das hat sie mir erzählt. Sie hat sich immer danach gesehnt, hierhin zurückzukehren, und hat oft von euch erzählt und wie sehr sie sich darauf freut, das Gästehaus mit dir zu führen.«

»Ich weiß«, sagte Roisin traurig. »Sie fand die Vorstellung schön, dass Menschen aus aller Welt in dem Haus übernachten würden. Aber sie hat es nicht mehr erlebt.«

»Sie wäre eine wunderbare Wirtin gewesen.« Cordelia lächelte bei dem Gedanken. »Ich sehe sie förmlich vor mir, wie sie in ihrer Vintage-Kleidung Gäste begrüßt. Das wäre ein Wahnsinnsspaß gewesen.«

Roisin lachte. »O ja, sie wäre *großartig* gewesen. Ich merke, dass du sie wirklich gut gekannt hast.«

Cordelia nickte. »Ja. Ich fand sie faszinierend. Es ist so schön, dich und Maeve kennenzulernen, auch wenn es aus einem traurigen Anlass geschieht.«

»Geht mir genauso. Ich konnte es gar nicht erwarten, dich

kennenzulernen, nachdem Phil so viel Gutes über dich gesagt hat.«

»Oh, das freut mich.« Cordelia schaute zu Patrick McKenna hinüber. »Es ist auch schön, deinen Dad kennenzulernen. Hängt er genauso an diesem Haus wie Phil?«

»Eigentlich nicht. Dad ist mehr ein Stadtmensch, und Phil hat Willow House geliebt. Ihr Vater war überzeugt, dass Phil als alleinige Eigentümerin glücklicher sein würde. Aus dem Grund hat er ihr in seinem Testament dieses Haus hinterlassen, und Dad hat das Haus in Tralee geerbt.« Roisin kniff die Augen gegen das grelle Sonnenlicht zusammen und sah Cordelia an. »Hast du das nicht gewusst?«

Cordelia versteifte sich. »Ich weiß nicht viel über die McKennas. Phil hat nicht oft von ihnen gesprochen. Sie hat mehr über die Familie ihrer Mutter erzählt, die keinen Kontakt zu ihrer Schwester hatte.«

»Ich glaube, es hat vor langer Zeit irgendeinen Streit zwischen Granny und ihrer Schwester gegeben, aber ich weiß kaum etwas über deren Zweig der Familie. Die McKennas waren sehr dominant. Sie hatten das Geld und das Ansehen. Die Arroganz des alten Königreichs von Kerry, wenn man es so nennen will.«

»Königreich?«, wiederholte Cordelia. »Wie meinst du das?«

»In Kerry gibt es ein altes Sprichwort, das etwa so lautet: ›Es gibt nur zwei Königreiche, das Reich Gottes und das Reich von Kerry.‹ Kerry wird schon seit dem Mittelalter als Königreich bezeichnet, als der Clan der O'Sullivans darüber herrschte. Wir sind deshalb sehr stolz und vielleicht sogar ein bisschen arrogant. Die McKennas sind alle Kerry-Patrioten.«

»Ah. Wie interessant. Ich weiß nicht viel über die irische Geschichte. Mom hat nur über den Osteraufstand von 1916 und den anschließenden Bürgerkrieg gesprochen. Und sie hat mir ein bisschen von Dublin und den Bergen dahinter erzählt. Sie ist dort als Kind mit ihrem Dad wandern gegangen.«

»Ja, mit Jimmy Fitz. Von dem habe ich gehört.«

»Ach ja?.« Cordelia fühlte sich unwohl unter Roisins prüfendem Blick und wandte die Augen ab. Aber das waren nur ihre Nerven, die ihr einen Streich spielten. Warum sollte Roisin nicht glauben, dass ihre Mutter die echte Frances gewesen war? Doch Roisin war schwer zu durchschauen. Sie schien zwar offen und humorvoll zu sein, aber da war auch eine gewisse Skepsis, als würde sie sich von Äußerlichkeiten nicht täuschen lassen.

Sie wurden von Patrick unterbrochen, der mit dem Smartphone in der Hand auf sie zukam. Er wirkte leicht erschüttert. »Ich habe gerade einen Anruf vom Anwalt bekommen. Phil hat ein Testament gemacht. Der Anwalt will, dass alle Begünstigten am Donnerstag in sein Büro kommen. Damit bist du gemeint, Roisin, und Maeve. Und du auch, Cordelia. Du musst auch da sein, hat er gesagt.«

»Ich? Warum?«, fragte Cordelia erschrocken.

Patrick zuckte die Achseln. »Das hat er nicht gesagt. Es hat etwas damit zu tun, dass du in Phils Testament erwähnt wirst. Wahrscheinlich hat sie dir etwas hinterlassen, daher musst du anwesend sein.«

»Um die Formulare zu unterschreiben?«, fragte Cordelia.

»Ja, kann sein.« Patrick nickte. »Nur eine Formalität. Aber du musst auch deine Identität bestätigen.«

Cordelia spürte, wie ihre Hand jegliche Kraft verlor, und ließ das Glas, das sie hielt, auf den Rasen fallen. *Meine Identität,* dachte sie. Bei dem Wort zuckte sie zusammen. Sie hatte keinen Beweis dafür, dass sie mit Phil verwandt gewesen war, auch wenn sie sich dessen mittlerweile instinktiv sicher war. Wie lange würde es dauern, bis die Wahrheit ans Licht kam?

FÜNF

Die Totenwache war nicht so traurig, wie Cordelia gedacht hatte. Sie hätte in einer Ecke stehen und ein paar Tränen in ein Glas Portwein vergießen sollen, aber stattdessen bekam sie zum ersten Mal in ihrem Leben ein Glas Guinness. Sie lauschte der wehmütigen irischen Musik, die Paschal auf der Tin Whistle spielte, die dann aber schnell in einen lebhaften Jig überging, bei dem er von einem Banjospieler und einer Geigerin begleitet wurde. Cordelia sah, dass Maeve und Roisin zu tanzen begannen, dann tanzten Cian und ihre Söhne mit, als hätten sie nie etwas anderes getan.

Cordelia nippte behutsam an ihrem Guinness. Es schmeckte anders als jedes Bier, das sie in ihrem Leben probiert hatte. Es hatte einen bittersüßen Geschmack, der zwar nicht unangenehm, aber etwas gewöhnungsbedürftig war. Sie ließ den Blick über die plaudernde und trinkende Menge in dem Pub schweifen. Diese Party war genau das, was Phil sich gewünscht hätte: Eine Feier ihres Lebens, keine stille Zusammenkunft daheim, bei der alle in ihre Teetassen schluchzten und am Kuchen knabberten, wie die Leute es nach dem Tod ihrer Mutter getan hatten.

Es tat gut, etwas Dampf abzulassen nach dem anstrengenden Nachmittag, der mit einem kurzen, schönen Gottesdienst in der kleinen Dorfkirche geendet hatte. Als Cordelia den Sarg gesehen hatte, war ihr schlagartig bewusst geworden, dass Phil wirklich tot war und am nächsten Tag beerdigt werden würde. Sie würde nie wieder ihr bezauberndes Lächeln sehen oder die melodische Stimme hören, nie wieder mit ihr auf dem Balkon in Miami plaudern und lachen und die kühle Abendbrise vom Meer genießen. *Nie wieder,* dachte Cordelia. Als eine glockenhelle Stimme in der Kirche erklang und zu »On Eagle's Wings« anhob, kamen ihr die Tränen. Plötzlich brach sich die aufgestaute Trauer Bahn. Außerstande, aufzuhören, hatte Cordelia den ganzen Gottesdienst durchgeweint, während Maeve ihr die Hand gehalten und sie getröstet hatte, obwohl sie selbst in Trauer war.

Cordelia schauderte bei der Erinnerung, und sie nahm einen Schluck von dem seltsam schmeckenden Bier. Sie hörte, wie die anderen Gäste über Phil sprachen und darüber, was für eine wunderbare, faszinierende Frau sie gewesen war. Obwohl man sie sehr liebte und betrauerte, wurde auch akzeptiert, dass der Tod ein Teil des Lebens war. Alle teilten das tröstliche Gefühl, dass ihr Leben nicht zu Ende war und dass sie nur aus diesem Leben in das nächste übergegangen war. Das war eine beruhigende Vorstellung, auch wenn Cordelia sich nicht ganz sicher war, ob sie daran glaubte.

Während sie dastand, hatte sie plötzlich das Gefühl, dass jemand sie ansah. Sie schaute sich um und entdeckte auf der anderen Seite des Pubs einen Mann, der lässig in der offenen Tür zum Restaurant lehnte und an einem Glas Guinness nippte. Er trug ein weißes Hemd und Jeans, war groß und sah mit seinem hellen kurzen Haar und dem gepflegten Bart sehr gut aus. Seine leuchtend grauen, schwarz bewimperten Augen waren auch von Weitem gut zu erkennen. Dann sah er sie direkt an. Als ihre Blicke sich trafen, durchfuhr es Cordelia wie ein elektrischer Schlag. Sie versteifte sich, als er sich durch die Menge einen Weg zu ihr bahnte, und die Hand, mit der sie das Glas hielt, zitterte leicht. Dann war er bei ihr und lächelte in ihre erschrockenen Augen.

»Hallo«, rief er über den Lärm hinweg. »Wir sind uns zwar nicht vorgestellt worden, aber ich weiß, wer Sie sind. Ich habe Sie hier ganz allein stehen sehen. Geht es Ihnen gut?«

»Ja, alles bestens, danke«, antwortete Cordelia laut mit angestrengten Stimmbändern, damit er sie verstand. »Aber ich bin natürlich traurig«, fügte sie hinzu, gerührt von der Freundlichkeit in seinen Augen. Er beugte sich vor, um sie zu verstehen, dann fasste er sie am Ellbogen und führte sie durch die Menge hinaus auf die Terrasse, wo es herrlich ruhig und viel kühler war.

»So.« Er trat zurück und sah sie an. »Da drin konnte ich Sie kaum hören. Jetzt können wir uns unterhalten. Ich bin Declan, ein Flüchtling aus Dublin, auch bekannt als der Zugezogene. Und Sie sind die amerikanische Nichte, nicht wahr? Aber wie heißen Sie?«

»Cordelia Mirafiore«, antwortete sie. »Und ja, ich komme aus Amerika.«

Er nickte. »Ich wusste einfach, dass Sie die Frau waren, über die geredet wurde.«

»Es wurde über mich geredet?« Plötzlich fiel ihr auf, dass er die Verkörperung des Helden war, den sie und Phil sich bei der Arbeit an ihrem letzten Buch ausgedacht hatten. Helles Haar, kurzer Bart, blaugraue Augen. Die Ähnlichkeit war geradezu unheimlich. »Sind Sie Kriegsberichterstatter?«, fragte sie. »Und können Sie Hubschrauber fliegen?«

Er schüttelte lachend den Kopf. »Ich fürchte, nein, weder noch. Warum?«

Sie lächelte. »Nur so. Sie haben mich an etwas erinnert, worüber Phil und ich vor einiger Zeit geredet haben.« Bei der

Erwähnung des Namens überkam sie eine Welle der Traurigkeit.

Er sah sie mitfühlend an. »Mein aufrichtiges Beileid. Phil war eine bemerkenswerte Frau.«

»Haben Sie sie gut gekannt?«

»Nein, nur flüchtig, wie ich zu meinem Bedauern sagen muss. Ich habe sie kurz vor der Einweisung ins Krankenhaus für einen Artikel interviewt. Jetzt wird daraus wohl ein Nachruf«, fügte er hinzu und sah sie traurig an. »Ich bin Journalist«, erklärte er.

»Das dachte ich mir«, antwortete sie lächelnd. »Ich habe das Gefühl, dass Phil Sie gern hatte.«

Cordelia betrachtete Declan und fragte sich, ob Phil von ihm inspiriert worden war, als sie ihren letzten romantischen Helden erschaffen hatte.

»Das hoffe ich«, erwiderte er. »Aber wie gesagt, ich bin ihr nur ein paarmal begegnet. Ich habe das Gefühl, die Bekanntschaft eines ganz besonderen Menschen verpasst zu haben.«

»Ja, das haben Sie wirklich«, bestätigte Cordelia ihm. »Sie war wunderbar.«

»Dann ist das für Sie und den Rest der Familie natürlich umso trauriger.«

»Das stimmt.« Cordelia seufzte und strich sich eine Locke aus dem Gesicht, die ihr in die Augen gefallen war. »Aber sie würde nicht wollen, dass wir traurig sind. Sie hat gern gefeiert und Spaß gehabt und Witze erzählt und mit Menschen geplaudert und …« Cordelia holte Luft.

Er berührte sie am Arm. »So sollten Sie sie auch in Erinnerung behalten. Ich würde für den Nachruf gern noch etwas mehr über sie sprechen. Vielleicht könnten Sie mir von ihrer Schriftstellerkarriere und ihren Lesungen und den Medienauftritten in den USA erzählen? Und von den Reaktionen der Leserinnen?«

Der Ausdruck in seinen Augen überwältigte sie mit einem Mal. »Natürlich. Aber nicht jetzt.«

»Natürlich nicht.« Er lachte. »Es hat keine Eile. Ich mag übrigens Ihren Namen. Cordelia Mirafiore. Sehr poetisch. Cordelia«, wiederholte er. »Was bedeutet das?«

»Ich ... ich weiß es nicht.«

»Dann muss ich es nachschlagen. Und Mirafiore ... ein italienischer Name, stimmt's?«

»Ja.« Cordelia konnte nicht aufhören, ihn anzusehen. Aus der Nähe war er noch attraktiver als von Weitem, und es lag ein Hauch von Misstrauen in seinen Augen, als hätte er schon viel durchgemacht und das Vertrauen in die Menschheit verloren. Aber seine Liebenswürdigkeit zeigte sich in der Art, wie er sie ansah, als würde er sich bemühen, sie aufzumuntern. Sie schätzte ihn auf Anfang vierzig oder vielleicht etwas älter. Er hatte Fältchen um die Augen und einen Mund, der ihn nur noch interessanter machte.

»Ah!«, rief er plötzlich. »Jetzt habe ich's. Cordelia war die jüngste Tochter König Lears und sein Liebling. Waren Ihre Eltern zufällig Shakespeare-Fans?«

»Keine Ahnung. Ich glaube nicht.«

»Vielleicht sollten Sie sie fragen?«

»Das geht nicht. Meine Mutter ist vor drei Jahren gestorben, und mein Vater ...« Sie zuckte mit den Schultern. »Ich weiß nicht einmal, ob er noch lebt. Meine Eltern haben sich vor dreißig Jahren getrennt, als ich erst drei war. Seitdem habe ich meinen Vater nicht mehr gesehen.«

»Das ist hart«, bemerkte er, und seine Augen waren voller Mitgefühl. »Beide Eltern zu verlieren muss Ihnen das Gefühl gegeben haben, ganz allein auf der Welt zu sein.«

»Der Tod meiner Mutter war schlimm. Aber mein Vater?« Cordelia zuckte die Achseln. »Ich war nicht besonders traurig, da ich ihn kaum gekannt habe. Ich habe mir nur deshalb einen

Vater gewünscht, weil alle anderen einen hatten. Aber meine Mom war wunderbar, und wir waren glücklich zusammen.«

Er nickte. »Ich weiß, was Sie meinen. Ich bin auch bei einer alleinerziehenden Mutter aufgewachsen. So schlimm war das gar nicht. Für sie war es schwerer als für mich, ganz allein dazustehen.« Er sah sie eindringlich an. »Aber Ihre Geschichte ist trotzdem faszinierend – dass Ihre Mutter aus Irland stammt und Sie nach all den Jahren auf eine Verwandte von ihr stoßen, die zufällig eine berühmte Schriftstellerin war ... das ist einfach unglaublich. Roisin hat mir erzählt, wie Sie beide sich gefunden haben. Vielleicht sollten Sie nach Dublin fahren und Nachforschungen anstellen, um zu schauen, ob Sie noch mehr Verwandte aufspüren können? Wenn Sie möchten, helfe ich Ihnen dabei. Es würde eine großartige Story für die Sonntagsausgabe einer überregionalen Zeitung abgeben.«

»Nein«, sagte Cordelia erschrocken. »Ich meine, das ist sehr freundlich von Ihnen, aber ich möchte nicht in die Zeitung. Ich kehre bald nach Amerika zurück. Ich musste die Reise wegen des Testaments um ein oder zwei Tage verschieben, aber sobald das geklärt ist, fliege ich nach Hause.«

»Das Testament?«, wiederholte er mit einem aufgeregten Glitzern in den Augen. »Phil hat Sie in ihrem Testament bedacht? Bedeutet das ...?«

»Ich weiß es nicht«, blaffte Cordelia. Plötzlich ärgerte sie sich über seine bohrenden Fragen. Wollte er herausfinden, ob sie etwas geerbt hatte? »Außerdem geht Sie das überhaupt nichts an«, fügte sie hinzu, obwohl sie wusste, dass sie unhöflich klang. Aber er hatte einen wunden Punkt getroffen, als er wegen des Testaments nachgefragt hatte. Die Sache ließ ihr keine Ruhe, seit sie davon erfahren hatte, und seine Frage hatte das Ganze wieder präsent gemacht.

Er legte ihr beschwichtigend die Hand auf den Arm. »Natürlich nicht. Es tut mir leid, wenn ich Sie verärgert habe.«

»Ist schon gut. Mir tut es leid, dass ich Sie so angefahren habe.«

»Kein Problem. Ich hätte die Frage nicht stellen sollen.« Er warf einen Blick auf ihr Glas. »Guinness ist wohl nichts für Sie, oder?«

»Nicht wirklich«, gestand sie.

Er nahm ihr das Glas aus der Hand. »Ich hole Ihnen etwas Besseres. Was hätten Sie gern?«

»Einen Wodka Tonic mit Zitrone«, sagte sie. »Falls das möglich ist.«

»Rühren Sie sich nicht vom Fleck. Ich bin sofort wieder da. Möchten Sie auch etwas essen?«

Cordelia wurde plötzlich bewusst, dass sie einen Bärenhunger hatte. »O ja. Ein Stück von dem gegrillten Lamm und Salat wären großartig. Aber ich kann es mir selbst holen.«

»Nicht nötig. Ich schaue mal, was ich für Sie auftreiben kann. Versprechen Sie mir, nicht wegzugehen, bevor ich wieder da bin.«

»Ich werde mich nicht von der Stelle rühren«, beteuerte sie lachend, und ihre Laune hob sich. Er war so verführerisch, wie er den Kopf zur Seite neigte und ihr flehend in die Augen sah. Sie vergaß ihre Sorgen wegen der Beerdigung am nächsten Tag und des Besuchs beim Anwalt, als sie sein Lächeln erwiderte und die Bewunderung in seinen Augen sah. Es war lange her, dass ein Mann sie so angesehen hatte.

»Setzen Sie sich und genießen Sie die Aussicht, während ich weg bin«, befahl er. »Es wird nicht lange dauern.« Er schenkte ihr ein herzliches Lächeln und ging.

Cordelia setzte sich an einen Tisch und entspannte sich zum ersten Mal seit dem Morgen. Einige Gäste kamen mit ihren Tellern nach draußen und nahmen an den Tischen Platz. Sie nickten ihr lächelnd zu, und sie erwiderte ihr Lächeln, dann wandte sie sich ab und blickte auf den Hafen, wo die tief stehende Sonne ein butterweiches Licht auf das blaue Wasser warf. Kleine bunte Fischkutter, die im Hafen vor Anker lagen, schaukelten sanft auf der leichten Dünung, und Möwen flogen lautlos übers Meer, schossen herab, stiegen wieder auf und verschwanden in der Ferne. Es war noch warm, und ein sanfter Wind ging, der ihr kühlend über die heißen Wangen strich. Was für ein magischer Ort, so friedlich und beruhigend. Sie schloss für einen Moment die Augen, atmete tief ein und dann langsam wieder aus, während sie sich entspannte. Als sie die Augen aufschlug, sah sie Declan, der mit einem beladenen Tablett auf sie zukam. Sie lächelte ihn an.

»Drinks und etwas zu essen«, verkündete er und stellte das Tablett auf den Tisch. »Ich hätte einen Kellner gebeten, es nach draußen zu bringen, aber sie haben mit Servieren und Abräumen alle Hände voll zu tun. Außerdem konnte ich mich so nach draußen schleichen, ohne auf Fragen von Ihrer Verwandtschaft zu antworten. Oder möchten Sie lieber bei ihnen sitzen?«

»Nein, so ist es mir recht«, antwortete Cordelia. Sie war ganz froh, ihnen für eine Weile zu entkommen, auch Betsy. »Ich werde mich nach dem Essen mit ihnen unterhalten.«

»Gut.« Er reichte ihr einen Teller. »Hier, bitte. Lamm, Salat, Kartoffeln und eine Scheibe Sodabrot mit Räucherlachs. Wodka Tonic war leider nicht zu bekommen, da an der Theke Hochbetrieb herrschte, daher habe ich mir einfach eine Flasche Wein für uns beide geschnappt, einen schönen leichten Chianti. Ich hoffe, das ist in Ordnung.«

»Wunderbar.« Cordelia machte sich mit Appetit über das Essen her und ließ sich das saftige Lammfleisch, den knackigen Blattsalat und den mit Schnittlauch angemachten Kartoffelsalat schmecken. »Köstlich«, murmelte sie mit vollem Mund. »Ich habe gar nicht gemerkt, was ich für einen Hunger habe.«

»Muss an der frischen Luft liegen«, sagte er, spießte ein Stück Kotelett auf und biss hinein. »Seeluft macht Appetit und beruhigt.«

»Kann sein«, antwortete sie. »Aber im Moment möchte ich einfach nur essen.«

»Natürlich«, sagte er. »Das müssen Sie auch.«

»Ja.« Sie griff nach ihrem Glas und nippte daran. »Guter Wein.«

»Ja. Italienisch, wie Sie.«

»Ich bin Amerikanerin«, korrigierte sie ihn, und er sah verwundert auf. »Nicht mehr und nicht weniger.«

»Natürlich«, sagte er und klang zerknirscht. »Ich wollte nicht ... ich war nur von Ihrem Namen so angetan. Wir vergessen hier manchmal, dass Amerika ein großer Schmelztiegel ist und dass die Menschen trotz der verschiedenen Namen aus allen möglichen Ländern ganz einfach Amerikaner sind und dass sie stolz darauf sind.«

»Genau. Meine Mutter war Irin, aber sie war sehr bemüht, so amerikanisch wie möglich zu sein. Sie hat unser Land geliebt und war dort trotz aller Schwierigkeiten sehr glücklich, vor allem in Morristown, wo ich aufgewachsen bin. Eine kleine Stadt in New Jersey«, erklärte sie.

»Sie klingt nach einer Frau, die sich nicht unterkriegen lässt.«

»Oh, das war sie«, bestätigte Cordelia wehmütig. »Die beste Mom aller Zeiten. Wir standen uns sehr nahe.«

»Genau wie Phil. Ich nehme an, Sie haben ihr auch nahegestanden.«

»Ja, sehr.« Cordelia stocherte im Rest ihrer Mahlzeit herum. »Und jetzt bin ich wieder allein.«

Declan wirkte überrascht. »Wirklich? Kein Ehemann oder Partner?«

»Nein.« Sie seufzte. »Mir fehlte immer die Zeit, um unter Leute zu gehen. Ich habe meine Mom fast zwei Jahre lang gepflegt, bevor sie gestorben ist. Danach war mir nicht nach Gesellschaft oder Feiern zumute. Und dann, als ich Phil gefunden hatte, hat meine Arbeit für sie einen großen Teil meiner Zeit beansprucht. Ich habe mich ein paarmal mit Männern verabredet, aber es war keiner dabei, den ich länger als eine Stunde ertragen habe. Phil hat mich gedrängt, auszugehen und mich zu amüsieren, also habe ich mich bei einer Dating-Website angemeldet. Auf dem Bildschirm sahen die Männer immer gut aus, aber in echt ...« Sie schüttelte lachend den Kopf. »Die meisten waren der totale Albtraum.«

Er schmunzelte. »Ich weiß, was Sie meinen. Ich hatte eine Reihe von Blind Dates, die so furchtbar waren, dass Sie sich kaputtlachen würden.«

»Ich wette, meine Dates waren schlimmer.«

»Wir sollten irgendwann einen Wettbewerb veranstalten. Ich erzähle Ihnen von meinen, wenn Sie mir von Ihren erzählen.« Er berührte sie am Arm. »Sie sind eine attraktive Frau. Irgendwann wird der Richtige kommen. Ich kann mir nicht vorstellen, dass Sie lange allein sein werden.«

Sie versuchte, nicht zu erröten, spürte aber, wie ihr die Hitze ins Gesicht stieg. »Vielleicht«, murmelte sie und nahm einen kleinen Biss von dem Brot mit Räucherlachs. Wieder genoss sie den weichen, salzigen Geschmack. »Der Lachs ist köstlich«, sagte sie, um das Thema zu wechseln.

»Er stammt aus Kerry«, antwortete er und nahm seine eigene Scheibe Lachsbrot in die Hand. »In Killorglin gibt es eine Lachsräucherei, gar nicht weit von hier.«

Cordelia deutete auf ihren leeren Teller. »Das Essen war ausgezeichnet. Das Lamm, das Gemüse und die Kartoffeln, sogar die Butter. Ich habe noch nie so frische Sachen gegessen.«

»Die irische Küche ist hervorragend«, antwortete er stolz. »Vor allem hier und vor allem im Sommer. Junge regionale Kartoffeln mit Kerrygold-Butter und einer Prise Salz. Ein Gedicht.«

»Ich wünschte, ich könnte hierbleiben und Urlaub machen.«

»Was spricht dagegen?«, fragte er.

»Ich ziehe nach New York, um eine neue Stelle anzutreten. Betsy, Phils Verlegerin, hat mir einen guten Job in ihrem Verlagshaus angeboten. Es ist die Chance meines Lebens, darum kann ich mir wirklich nicht freinehmen.«

Er nickte. »Natürlich. Herzlichen Glückwunsch.«

»Danke.«

»Juhu, Cordelia«, trällerte Betsy, die winkend auf sie zukam. »Da sind Sie ja«, rief sie.

»Hi, Betsy«, sagte Cordelia und deutete auf Declan. »Das ist Declan. Er ist Journalist.«

»Ach?« Betsy schob die Brille hoch und musterte Declan. »Hallo, freut mich, Sie kennenzulernen.« Sie wandte sich an Cordelia. »Ich habe Ihre Buchung geändert, damit Sie zu dem Treffen mit dem Anwalt bleiben können. Ich fliege übermorgen zurück, aber Sie nehmen jetzt den Flug am Freitagmorgen. Die Einzelheiten schicke ich Ihnen noch per E-Mail, damit Sie selbst einchecken können. Dann haben Sie das Wochenende, um zu packen und die Wohnung abzuschließen, und wir sehen uns am Montagmorgen in New York im Büro. Ich habe für Sie ein Zimmer in einem akzeptablen Hotel an der Ecke 35th und 7th Street reserviert. Es liegt in Laufentfernung zur U-Bahn-Haltestelle Penn Station. Dann müssen Sie sich so schnell wie möglich nach einer Wohnung umsehen.«

Cordelia nickte. »Wunderbar. Vielen Dank, dass Sie meine Heimreise organisiert haben, Betsy.«

Betsy tätschelte ihr den Arm. »Gern geschehen. Ich gehe jetzt zurück zu Willow House. Ich bin erschöpft, und morgen wird es sicher sehr anstrengend. Wir sehen uns morgen früh, Liebes.« Sie nickte Declan zu und verschwand im Gedränge der Gäste.

Declan sah Cordelia an und lachte. »Die Frau macht Nägel mit Köpfen.«

Cordelia lächelte. »Ja, allerdings. Ich mag sie sehr, aber sie ist eine echte Powerfrau, eine typische New Yorkerin. Sie arbeitet achtzehn Stunden am Tag, alles muss gestern erledigt werden, und ein Nein als Antwort akzeptiert sie nicht. Ich kann es gar nicht erwarten, mit ihr zusammenzuarbeiten.«

»Ich hätte Todesangst.« Er zögerte. »Meinen Sie, sie hätte vielleicht Interesse an meinem Roman?«

»Nur wenn es sich um einen heißen Liebesroman handelt.«

Declan machte ein langes Gesicht. »Das nun nicht gerade. Es handelt sich mehr um ein literarisches Werk, das in der Welt des Journalismus spielt. Ich hatte vergessen, dass Phils Verlag sich auf Liebesromane spezialisiert hat.«

»Er will demnächst auch andere Genres herausgeben, unter anderem Romantic Thriller. Vielleicht könnten Sie Ihr Buch ummodeln und mehr Gefühl und Spannung hineinbringen?« Sie lachte.

»Ich fürchte, das wäre unmöglich.« Er seufzte. »Ach, dann werde ich mich eben woanders umsehen müssen.«

Plötzlich überkam Cordelia eine Welle der Müdigkeit, und sie unterdrückte ein Gähnen. »Entschuldigung. Ich bin ziemlich erledigt. Es war ein langer Tag, und meine innere Uhr ist noch auf amerikanische Zeit eingestellt. Ich glaube, ich werde Betsys Beispiel folgen und zu Bett gehen.«

Er sprang auf. »Ich begleite Sie nach Hause.«

»Oh«, begann Cordelia, wurde aber von Roisin unterbrochen, die gerade an ihrem Tisch erschienen war.

»Ach, hier bist du«, sagte sie und warf Declan einen kurzen Blick zu. »Wie ich sehe, hat Declan sich um dich gekümmert. Wir fahren jetzt alle zurück zum Haus, und ich dachte, du bist vielleicht müde.«

»O ja.« Cordelia seufzte. »Ich wollte auch gerade gehen.«

»Gut. Ich hole nur schnell die Jungs und Cian, und dann können wir los. Bis morgen, Declan.« Roisin ging davon, und Cordelia griff nach ihrem Tablett, aber Declan kam ihr zuvor.

»Das mache ich. Gehen Sie nur.« Er lächelte und sah ihr in die Augen. »Es war schön, Sie kennenzulernen, Cordelia Mirafiore. Wir sehen uns bei der Beerdigung, aber wir werden wahrscheinlich keine Gelegenheit mehr haben, uns zu unterhalten.«

»Nein«, antwortete Cordelia. »Ich habe unser Gespräch genossen.«

»Ich auch. Viel Glück mit dem neuen Job. Und mit der Familie. Ich habe das Gefühl, dass Sie es brauchen werden.«

»Danke«, sagte Cordelia. Sie wusste, dass er recht hatte. In den nächsten Tagen würde sie eine große Portion Glück brauchen. Und einen kühlen Kopf.

SECHS

Das Anwaltsbüro in Killarney war schmucklos und kalt. Weiße Wände, ein großes Regal mit juristischen Büchern und ein Schreibtisch, auf dem sich Aktenstapel türmten. Davor standen drei Stühle, die auf die drei Erbinnen warteten. Als Maeve, Roisin und Cordelia den Raum betraten, erhob sich ein hochgewachsener Mann mit lichtem Haar und Brille, schüttelte ihnen die Hand und bat sie, Platz zu nehmen. »Wir haben uns schon bei der Beerdigung gesehen«, begann er. »Gestatten Sie mir, Ihnen erneut mein Beileid zum Tod Ihrer Tante auszusprechen. Sie war eine beeindruckende und sehr nette Frau. Sie wusste bis zum Schluss, was sie wollte.«

Maeve nickte. »Danke. Ja, Phil war ein wunderbarer Mensch. Sie fehlt uns sehr.«

Roisin schniefte leise und putzte sich die Nase. »Ich kann immer noch nicht glauben, dass ich sie nie wiedersehen werde.« Sie betupfte sich die Augen. »Entschuldigung. Es hat mich alles sehr mitgenommen.«

Cordelia schwieg. Sie saß nur da, umklammerte die Armlehnen des Stuhls und wartete darauf zu erfahren, was Phil ihr hinterlassen hatte. Sie war eine der Begünstigten, hatte Patrick gesagt, sie würde also etwas erben. Was konnte es sein? Ein bisschen Geld vielleicht, oder ein Schmuckstück. Es wäre schön, ein Andenken an das glückliche Jahr zu haben, in dem sie und Phil sich so nahe gekommen waren. Das Sitzen und Warten war nervenaufreibend. Sie hatte nicht gut geschlafen, war mehrmals aufgewacht, hatte in die Dunkelheit gestarrt und sich gefragt, ob sie beim Anwalt entlarvt werden würde. Hatte Phil eine Ahnung gehabt, dass sie doch nicht mit der Familie verwandt war? Würde der Anwalt unter Berufung auf eine Aussage von Phil die Wahrheit über sie bestätigen? Aber Cordelia hatte Phil gegenüber nie ihre Bedenken erwähnt, daher ... Sie fuhr zusammen, als der Anwalt sich räusperte und begann, ein Schriftstück zu verlesen.

»Ich vermache meinen Nichten Maeve und Roisin und meiner Nichte zweiten Grades Cordelia Mirafiore zu gleichen Teilen mein gesamtes Anwesen, sodass sie gemeinsam Eigentümerinnen von Willow House werden. Ebenso erhalten sie zu gleichen Teilen das Geld, das sich nach meinem Tod auf meinem Bankkonto befindet. Desgleichen sollen die Rechte und Einnahmen aus meinen Werken auf sie übergehen.«

Ein Keuchen war zu hören, dann herrschte erschrockenes Schweigen im Raum. Maeve und Roisin sahen erst sich und dann Cordelia an, die sich bemühte, nicht in Ohnmacht zu fallen. Sie klammerte sich so fest an die Stuhllehnen, dass es wehtat. Sie war fassungslos. Damit hatte sie nicht gerechnet. Es konnte unmöglich wahr sein. Sie war eine der Haupterbinnen von Phils Besitz?

»Da muss ein Irrtum vorliegen«, stieß sie hervor, kaum imstande zu sprechen. »Ich glaube nicht, dass Phil ...«

»Es ist kein Irrtum«, unterbrach der Anwalt. »Phil wusste, was sie wollte.«

»Ich kann es nicht glauben«, murmelte Roisin. »War sie

wirklich ganz da, als sie das unterschrieben hat? Geistig, meine ich?«

»Roisin«, tadelte Maeve ihre Schwester. »Das ist nicht sehr ...«

»Ich weiß«, fiel Roisin ihr ins Wort und mied Cordelias Blick. »Aber wir müssen sicher sein, dass Phil geistig gesund war, als sie das Testament unterzeichnet hat. War sie das?«

»Vollkommen gesund«, stellte der Anwalt fest. »Und ich muss Sie daran erinnern, dass das Testament der letzte Wille des Verstorbenen ist und buchstabengetreu respektiert werden muss. Es war Phils Wunsch, dass ihr Nachlass nach ihrem Tod so aufgeteilt wird.«

»Natürlich«, murmelte Maeve.

»Und«, fuhr er fort, »es unterliegt alles der Testamentsvollstreckung, das heißt, das Erbe wird erst dann ausgehändigt, wenn sie beendet ist.«

»Testamentsvollstreckung?«, fragte Cordelia. »Was bedeutet das genau?«

Der Anwalt räusperte sich. »Bei der Testamentsvollstreckung stellen wir fest, wer der Eigentümer einer Immobilie ist und ob andere Personen Ansprüche geltend machen. Das Nachlassgericht muss eine Genehmigung erteilen, bevor wir das Erbe auszahlen können. Es ist zwar nur eine Formalität, aber alle Testamente müssen auf diese Weise abgewickelt werden.«

Cordelia nickte. »Ich verstehe. Vielen Dank.«

»Keine Ursache«, sagte der Anwalt. »Für den Moment brauche ich nur Ihre Unterschriften, dass Sie das Testament gelesen und verstanden haben. Außerdem benötige ich einen Identitätsnachweis. Maeve und Roisin, ich bräuchte Ihren Führerschein oder einen anderen Ausweis mit Ihrer Sozialversicherungsnummer, und Miss ... Mirafiore, Ihren Pass, bitte. Wir werden Fotokopien anfertigen, damit wir sie zu den Akten nehmen können.«

Sie kramten in ihren Handtaschen und händigten ihm die gewünschten Dokumente aus. Er gab sie an eine Sekretärin weiter, die damit verschwand. Dann schob er drei Blatt Papier mit Zahlen und Spalten über den Schreibtisch.

»Das sind die Guthaben der verschiedenen Bankkonten und die Einkünfte, die Phil aus ihren Tantiemen und Lizenzen bezog. Sie sind ziemlich beträchtlich. Unterschreiben Sie bitte an den markierten Stellen. Ich benötige Ihre Bankverbindungen. Vielleicht könnten Sie gemeinsam entscheiden, wie Sie mit den Einnahmen aus Tantiemen verfahren wollen, die zweimal im Jahr ausgezahlt werden. Sie werden ein Konto dafür einrichten müssen und könnten den Betrag dann dritteln und sich monatlich überweisen lassen. Das liegt bei Ihnen. Reden Sie mit Ihren Banken darüber. Dann wäre da noch die Erbschaftssteuer. Nach irischem Recht gibt es einen Freibetrag. Was ihn übersteigt, muss versteuert werden.« Er holte Luft. »Ist das alles klar?«

Sie nickten und unterschrieben schweigend ihre Papiere, immer noch erschüttert über den Inhalt des Testaments. Roisin und Maeve tauschten erneut einen Blick, und Cordelia verspürte eine gewisse Feindseligkeit. Aber das war eine normale Reaktion. Sie war ihre Cousine zweiten Grades, von deren Existenz die beiden bis vor Kurzem nichts gewusst hatten, und es war nur verständlich, dass sie schockiert und verwirrt darüber waren, dass Phil ihr einen gleichen Anteil hinterlassen hatte. Aber es war nicht ihre Schuld. Es war Phils Wunsch gewesen, dass Cordelia eine Begünstigte war und den gleichen Anteil erhielt wie ihre anderen Nichten. Trotzdem kam es ihr irgendwie ungerecht vor. Cordelia hatte nicht viel getan, um ein solches Erbe zu verdienen. Nun gut, sie hatte sich rund um die Uhr um Phil gekümmert, aber das hatte sie gern getan. Phil war eine faszinierende, intelligente und witzige Frau mit einer Ausstrahlung gewesen, der man nur schwer widerstehen konnte. Cordelia hatte sich in ihrer Gegenwart wohlgefühlt und es geliebt, wenn sie bis spät in die Nacht hinein geredet hatten, weil Phil nicht schlafen konnte, oder wenn sie Kleider gekauft und wie Schulmädchen über alberne Outfits gekichert hatten. All das ging ihr durch den Kopf, als sie bestürzt die Zahlen auf dem Papier betrachtete. Das war eine Menge Geld, mehr, als sie je im Leben verdient hatte.

Und dann das Haus ... Willow House, von dem jetzt ein Drittel ihr gehören würde. Es war unglaublich, wie ein Traum, aus dem sie bald erwachen würde. Die Stuhlkante drückte in ihre Oberschenkel, und sie spürte kalten Schweiß unter den Achseln. Sie wusste nicht, was sie tun sollte. Die Zweifel, die sie für sich behalten hatte, kamen ihr jetzt tausendmal schlimmer vor, und sie wusste, dass sie etwas sagen sollte. Aber was dann? Würden sie die Polizei rufen? Und was würde Betsy sagen? Sie würde wütend sein und sie feuern, noch bevor sie die neue Stelle angetreten hatte. Sie würde sie vielleicht sogar verklagen.

Cordelia schluckte hörbar und wusste, dass sie weiterhin die sein musste, für die man sie hielt: die Tochter von Phils Cousine.

Bevor sie gingen, reichte der Anwalt jeder von ihnen einen Umschlag mit ihrem Namen in Phils Handschrift darauf. »Sie hat mich gebeten, Ihnen diese Briefe nach der Testamentsverlesung zu geben. Ich nehme an, darin wird sie ihre Entscheidung erklären.«

Maeve steckte ihren Brief in die Handtasche. »Danke. Ich lese ihn, wenn ich zu Hause bin.«

»Ich auch«, entschied Roisin und schob ihren Umschlag in ihre große Stofftasche, während Cordelia ihrem Beispiel folgte. Sie würde den Brief in der Abgeschiedenheit ihres Zimmers in Willow House lesen.

Als sie die Kanzlei verließen, schlug Maeve vor, gemeinsam

zu Mittag zu essen, bevor sie sich auf den Rückweg nach Sandy Cove machten. »Es ist so ein schöner Tag«, sagte sie mit Blick auf den blauen Himmel. »Wie wär's mit Muckross Park? Es gibt da ein schönes Café im Freien, wo man Salat und Sandwiches bekommt.«

»Ich kriege jetzt nichts runter«, sagte Roisin, die sehr blass war.

»Du musst etwas essen«, beharrte Maeve. »Und du auch, Cordelia. Wir müssen reden.«

Roisin seufzte und nickte. »Du hast recht. Wir müssen entscheiden, was mit Willow House geschehen soll.« Sie sah Cordelia an. »Als neue Miteigentümerin musst du an allem beteiligt sein.« Roisin schüttelte den Kopf. »Was hat Phil sich nur dabei gedacht? Wahrscheinlich erklärt sie es in den Briefen, aber sie muss doch gewusst haben, dass es, gelinde gesagt, kompliziert sein würde.«

Maeve lächelte. »Natürlich wusste sie das. Sie hat sich einen kleinen Scherz mit uns erlaubt. Ich kann sie förmlich hören, wie sie oben im Himmel mit Onkel Joe auf einer Wolke sitzt und kichert. ›Das Leben darf nicht zu einfach sein‹, pflegte sie immer zu sagen, weißt du noch? Sie fand, dass der Kampf mit Problemen jung hält. Vielleicht hatte sie ja recht.«

Roisin zuckte die Achseln. »Auf dieses Problem könnte ich gut verzichten.«

»Es ist nicht deine Schuld, Cordelia«, warf Maeve mit einem warnenden Blick zu Roisin ein. »Du wusstest ja nicht, dass das passieren würde.«

»Oder etwa doch?«, unterbrach Roisin ihre Schwester und sah Cordelia an.

»Nein«, antwortete Cordelia. »Natürlich nicht. Ich dachte, ich falle in Ohnmacht, als ich es gehört habe.«

»Ich auch.« Maeve nahm ihren Autoschlüssel aus der Tasche. »Ich habe weiter unten an der Straße geparkt, Roisin ist mit mir gefahren. Wo steht dein Wagen, Cordelia?«

»Auf dem Parkplatz gegenüber von Killarney House. Dann treffen wir uns am besten in dem Café in Muckross Park. Ich bin auf dem Hinweg daran vorbeigekommen.«

Maeve nickte. »Ja. Fahr einfach durch den Haupteingang. Das Café ist nicht weit vom Herrenhaus. Dann bis gleich.«

»Gut.« Cordelia drehte sich um und ging das kurze Stück zu ihrem Wagen.

Maeve hatte sie am Morgen gefragt, ob sie mit ihnen mitfahren wolle, aber Cordelia hatte erklärt, dass sie anschließend noch allein den Ring of Kerry erkunden wolle, ohne zu ahnen, dass sie sich von dem Schock angesichts der Erbschaft erholen würde müssen. Sie schaute sich um und bemerkte, wie hübsch Killarney war. Die Hauptstraße war von Geschäften und Pubs gesäumt, durch deren offene Fenster traditionelle Musik zu hören war. Touristen drängten sich auf der Straße und kauften Souvenirs in den vielen Kunsthandwerksläden, in denen man von Tweedjacken und handgestrickten Pullovern bis hin zu Postkarten und Tassen mit Kleeblättern alles bekam. Vielleicht war die Stadt auch etwas zu touristisch und kommerziell, aber mit ihrem Mix aus alten und neuen Häusern mit bunten Fassaden und den üppigen Blumenampeln an der Straße besaß sie noch den Bilderbuchcharme, der allen irischen Kleinstädten eigen war.

Als Cordelia den Wagen erreichte, fühlte sie sich etwas besser, obwohl der Brief schwer in ihrer Tasche lag und verlangte, gelesen zu werden. Aber nein, sie konnte ihn jetzt nicht hervorholen, sie musste sich mit Maeve und Roisin zum Mittagessen treffen und dieses Gespräch mit ihnen führen, das vermutlich emotionsgeladen sein würde.

Warum jetzt, fragte sie sich, und warum hier? Konnten sie sich nicht genauso gut unterhalten, wenn sie wieder in Willow House waren? Wollte Maeve vielleicht sofort Grenzen ziehen oder klarstellen, wer der Boss war? Würden sie und Roisin sich gegen Cordelia wenden und ihren Betrug durchschauen? Wäre es das Beste, auf ihr Erbe zu verzichten und ihnen alles zu überschreiben und dann für immer fortzugehen? Das wäre natürlich ehrenhaft und das Einzige, was ihr ernsthafte Schwierigkeiten und mögliche Rechtsstreitigkeiten ersparen würde. Aber irgendetwas sagte ihr, dass sie ihr Erbe nicht einfach aufgeben sollte, denn schließlich war es Phils Wunsch gewesen, dass sie es bekam.

Cordelia fuhr in aufgewühltem Zustand die kurze Strecke nach Muckross Park und fragte sich, was sie nur tun sollte. Unterwegs fiel ihr ein, was Phil ihr über ihre beiden Nichten erzählt hatte:

»Maeve ist fürsorglich, nett und sehr einfühlsam. Sie ist fleißig und eine kleine Perfektionistin. Roisin ist eher ein Hitzkopf und sehr ehrgeizig. Gibt man ihr ein Projekt, zieht sie es bis zum Ende durch, und wenn es sie umbringt. Sehr loyal, sobald man sich ihr Vertrauen verdient hat. Ich denke immer, wenn ich Trost brauche, würde ich zu Maeve gehen, aber wenn etwas erledigt werden muss, ist Roisin dein Mann, ich meine, deine Frau«, hatte sie den Satz kichernd beendet. »Ich bin so stolz auf die beiden«, hatte Phil gesagt. »Du wirst sie lieben, und sie werden dich lieben. Eines Tages werden wir alle zusammen sein, wenn ich nach Irland zurückkehre. Versprich mir, dass du dann mitkommst und bei mir bleibst.«

Cordelia hatte es versprochen, ohne es wirklich ernst zu meinen, da sie nicht damit rechnete, dass es dazu kommen würde. Aber jetzt war sie doch in Irland, nur aus einem anderen, traurigeren Anlass, als Phil es vorhergesagt hatte.

Muckross Park war zauberhaft. Cordelia fuhr durch das beeindruckende Tor, vorbei an dem malerischen kleinen Pförtnerhaus mit Schieferdach und Bleiglasfenstern und dann die schmale Zufahrt entlang, die durch den Wald führte. Hohe Kiefern mischten sich hier mit Rhododendren, Palmen und anderen subtropischen Bäumen und Sträuchern und beschatteten die Straße. Das Sonnenlicht schimmerte durch das Laub und sorgte für ein diesiges, magisches Licht. Cordelia fuhr langsamer und sah sich um. Fast rechnete sie damit, dass hinter den Bäumen Feen hervorkommen würden. Zu schade, dass keine Zeit war, auszusteigen und durch den Wald zu gehen, der in viktorianischer Zeit gepflanzt worden war. Sie konnte sie beinahe vor sich sehen, die Damen in langen Röcken mit Sonnenschirmen, wie sie auf ihren täglichen Spaziergängen durch den Wald und die Gärten schlenderten.

Als sie zum Café fuhr, sah sie das alte Herrenhaus am Rand des großen Sees, hinter dem sich hohe, majestätische Berge erhoben. Das Café war modern, aber der nahe Rosengarten verströmte noch die Atmosphäre alter Zeiten, und auch der schöne Wintergarten und die Gewächshäuser hinter den Blumenbeeten und Springbrunnen hatten die Zeit überdauert.

Cordelia ging durch das Café auf die Terrasse hinaus, wo sie Maeve und Roisin an einem runden Tisch im Schatten eines großen weißen Sonnenschirms fand.

»Hallo«, sagte Maeve. »Wir sind auch gerade erst gekommen.«

»Es ist wunderschön hier.« Cordelia zog einen Stuhl vom Tisch und setzte sich. Es war kühl unter dem Sonnenschirm, und sie war dankbar für den Wind in ihrem heißen Gesicht. »Es wird jetzt wirklich warm«, bemerkte sie.

Roisin fächelte sich mit der Speisekarte Luft zu. »Ich weiß. Angeblich steht uns eine Hitzewelle bevor. Ich kann sie schon spüren.«

Maeve nahm Roisin die Speisekarte ab und schlug sie auf. »Wir sind nicht an Hitze gewöhnt, aber du schon, oder?«

Cordelia nickte. »Ja. Nach sechs Jahren in Florida wird mir die Hitze hier nichts ausmachen, aber ich mag heißes Wetter auch nicht. Ich bin froh, dass ich nach New York ziehe. Da gibt es noch richtige Winter.«

Roisin setzte sich auf. »Du ziehst nach New York?«

Cordelia nickte. »Ja. Betsy hat mir eine Stelle angeboten,

die ich angenommen habe. Ich werde ihrer Marketingmanagerin assistieren und außerdem Lesereisen und alle möglichen Werbekampagnen für die Autoren organisieren. Der Verlag expandiert und stellt mehr Personal ein.« Sie holte Luft und fragte sich, wann der Small Talk enden und das Gespräch über die Erbschaft beginnen würde und wie sie damit umgehen wollten. »Das war zumindest mein Plan«, fuhr sie fort. »Aber jetzt ...«

»Jetzt?«, hakte Roisin nach. »Was hast du vor?«

Cordelia sah sie an. »Keine Ahnung. Wie ist es mit euch? Ich meine, jetzt, da ich eine Begünstigte von Phils Testament bin, steht ihr vor einer völlig neuen Situation. Ihr habt doch sicher andere Pläne gehabt.«

Maeve seufzte. »Wir hatten gar keine Pläne. Wir konnten nur an Phil denken und dass sie sterben würde. Sie ist viel früher von uns gegangen, als wir dachten. Sie schien loslassen zu wollen.« Ihre Augen füllten sich mit Tränen. »Es war so schwer, einfach dazusitzen und zuzusehen, wie sie immer schwächer wurde.«

Cordelia spürte, dass ihre eigenen Augen feucht wurden, und sie legte die Hand über die von Maeve. »Es tut mir leid. Ich wollte nicht ...«

Maeve nickte, nahm ein Taschentuch aus der Handtasche und tupfte sich die Augen ab. »Natürlich nicht. Wir sind alle noch traurig und erschüttert. Du ja auch, Cordelia. Ich weiß, dass ihr euch im vergangenen Jahr sehr nahegekommen seid. Sie hat erzählt, dass du ihr das Leben gerettet und ihr geholfen hast weiterzumachen, als sie anfing sich krank zu fühlen. Dank dir konnte sie schreiben, was sie so geliebt hat, und dann hast du alles für sie getan und bist sogar nachts aufgestanden und hast dich zu ihr ans Bett gesetzt, wenn sie nicht schlafen konnte. Sie meinte, dass ihr euch gemeinsam den Sonnenaufgang angesehen habt. Das muss anstrengend gewesen sein.«

»Es war wunderschön, und ich bin froh, dass wir diese Augenblicke hatten«, antwortete Cordelia.

Roisin stand auf. »Hier ist Selbstbedienung. Wenn ihr mir sagt, was ihr wollt, bringe ich es mit.«

»Danke, Roisin«, antwortete Maeve. »Ich möchte nur etwas Leichtes. Vielleicht ein Vollkornbrot mit Eiersalat und ein Glas Wasser.« Sie lächelte Cordelia an. »Klingt langweilig, aber ein irisches Eiersalatsandwich ist köstlich.«

»Dann muss ich das probieren«, entgegnete Cordelia. »Wenn du magst, komme ich mit«, bat sie Roisin an.

»Nein, bleib bei Maeve. Ich brauche nicht lange«, versprach Roisin und ging in das Café.

Maeve lehnte sich zurück und sah sich um. »Der Garten ist zu dieser Jahreszeit besonders schön.«

»Ein Traum«, pflichtete Cordelia ihr bei und atmete die nach Rosen duftende Luft ein. »Es ist toll, dass man hier die viktorianische Atmosphäre erhalten hat.«

»Man kann sich richtig vorstellen, wie die Damen lustwandelten und ihre langen Röcke über den Boden schleiften«, sagte Maeve träumerisch.

»Genau.«

Maeve fächelte sich seufzend Luft zu. »Es ist so heiß.« Sie richtete den Blick auf Cordelia. »Du fliegst morgen zurück?«

»Ja. Betsy hat mein Ticket umgebucht.«

»Bist du dir sicher, dass du wieder nach Amerika gehen willst? Vielleicht wäre es besser, wenn du noch bleibst, jetzt, wo du von dem Testament erfahren hast. Vielleicht solltest du dir sogar überlegen, für längere Zeit hierzubleiben. Ich meine, wir drei sind jetzt Partnerinnen. Zunächst einmal müssen wir entscheiden, was mit dem Haus geschehen soll. Und wir müssen die Aufteilung des Geldes und der Tantiemen organisieren. Es gibt viel zu bedenken, und es wäre einfacher, wenn du hier wärst.«

»Oh.« Cordelia sah Maeve an. »Darüber habe ich noch gar nicht nachgedacht.«

»Klar, es ist ja auch sehr viel auf einmal, und für dich ist es richtig lebensverändernd. Aber wir haben es ja gerade erst erfahren, daher müssen wir uns wohl erst einmal daran gewöhnen. Um ehrlich zu sein, ich stehe immer noch unter Schock.«

»Ja. Ich auch.« Cordelia dachte einen Augenblick nach. »Ich muss mir das gut überlegen. Es könnte bedeuten, dass ich den neuen Job in New York nicht annehmen kann. Ich muss wissen, über welches Einkommen ich verfügen würde und solche Dinge. Und wenn ich für längere Zeit hierbleibe ... ich weiß nicht, ob ... Das hängt auch von dem Visum ab.«

»Was für ein Visum?«, unterbrach Roisin das Gespräch und stellte ein Tablett mit Sandwiches und einer Wasserkaraffe auf den Tisch. »Hast du keinen irischen Pass?« Sie setzte sich und nahm sich eins der Sandwiches.

»Nein«, antwortete Cordelia. »Wie auch? Ich bin amerikanische Staatsbürgerin.« Sie griff nach einem Sandwich mit Eiern, Mayonnaise, Schnittlauch, Tomaten und grünem Salat und biss hinein. »Gott, ist das lecker«, sagte sie mit vollem Mund.

»Ein irischer Klassiker«, erklärte Maeve und nahm sich ihr Sandwich.

Roisin wandte sich an Cordelia. »Wusstest du nicht, dass man die irische Staatsbürgerschaft beantragen kann, wenn ein Eltern- oder Großelternteil in Irland geboren wurde? Du brauchst nur seine und deine Geburtsurkunde und ein ausgefülltes Antragsformular. Angeblich wird das schnell und unkompliziert bewilligt.«

»Ach.« Cordelia starrte Roisin an. »Das wusste ich nicht. Meine Mutter hat nie etwas davon gesagt. Sie hatte auch gar keinen Pass. Nach der Hochzeit mit meinem Dad wurde sie amerikanische Staatsbürgerin, und sie war sehr stolz darauf.«

»Dann ist sie noch nicht einmal für einen Besuch nach

Irland zurückgekehrt?«, fragte Maeve. »Und sie ist auch sonst nirgendwo hingereist?«

»Nein. Wir sind ein bisschen durch die USA gereist, aber nie ins Ausland. Ich habe mir auch erst letztes Jahr einen Pass besorgt, weil Phil mich darum gebeten hat, für den Fall, dass ich mit ihr nach Irland gehen würde.« Cordelia legte ihr Sandwich auf den Teller und wischte sich die Finger an der Serviette ab. »Aber meine Mutter wollte nicht nach Irland zurückkehren. Wir hätten es uns auch gar nicht leisten können. Nachdem mein Dad uns verlassen hat, hat sie an der Highschool als Musiklehrerin gearbeitet und in ihrer freien Zeit Klavierunterricht gegeben. Als ich alt genug war, habe ich als Babysitterin gearbeitet und im Supermarkt Regale aufgefüllt.« Cordelia sah in überraschte Gesichter und lächelte. »Aber wisst ihr was? Wir waren glücklich. Es gab nur uns beide, und wir kamen gut zurecht. Wir haben in einem gemieteten Haus in Morristown gewohnt, einer hübschen Kleinstadt in einem schönen Teil von New Jersey. Ich hatte eine Freundin, die ganz in der Nähe auf einer Farm auf dem Land lebte. Sie hatten Ponys, mit denen wir im Wald geritten sind, und im Winter sind wir auf dem See Schlittschuh gelaufen. Ich kann mich nicht daran erinnern, dass ich das Gefühl hatte, arm zu sein. Wir hatten alles, was wir brauchten.«

Maeve lächelte. »Klingt nach einer glücklichen Kindheit. Deine Mum muss ein besonderer Mensch gewesen sein.«

Cordelia nickte, und eine Welle der Liebe für ihre Mutter überkam sie. »Ja, das war sie. Sie hat immer gern Witze erzählt und gelacht. Sie hat mir oft gesagt, sie sei früher frech und abenteuerlustig gewesen und dass sie erwachsen geworden sei, nachdem sie mich bekommen hat. Es muss schrecklich für sie gewesen sein, dass mein Dad uns verlassen hat, aber sie hat es sich nicht anmerken lassen.« Cordelia zuckte die Achseln und nahm ihr Sandwich wieder in die Hand. »Ich war damals erst drei, daher hatte es auf mich keinen großen Einfluss. Er hat sich

ohnehin nicht an der Erziehung beteiligt und war viel
unterwegs.«

»Was ist mit deiner Freundin von der Farm?«, fragte Roisin.
»Habt ihr noch Kontakt?«

»Nein. Sie hat gleich nach dem Abschluss einen Mann aus
Illinois geheiratet und ist nach Chicago gezogen. Ich habe eine
Ausbildung zur Kosmetikerin gemacht und dann in New York
gearbeitet, bis ich nach Miami gegangen bin.«

»Und dann ist deine Mutter gestorben und du hast Phil
kennengelernt«, fasste Maeve zusammen.

Cordelia lächelte, während sie ihr Sandwich aß. »Die kurze
Geschichte meines Lebens«, sagte sie, als sie aufgegessen hatte.

Roisin trank einen Schluck Wasser. »Was ist mit
Männern?« Sie lächelte mit einer plötzlichen Wärme in den
Augen. »Entschuldige. Mir ist klar, dass das eine persönliche
Frage ist, aber es interessiert mich. Du bist sehr hübsch, daher
dachte ich, dass du bestimmt ein interessantes Liebesleben
hast.«

Cordelia errötete bei dem Kompliment und entspannte
sich. »Danke. Ich habe mich selbst nie so gesehen. In der Schule
war ich eher eine Außenseiterin.« Ermutigt von dem freundlichen Ausdruck in Roisins Augen fuhr sie fort. »Männer haben
in meinem Leben keine große Rolle gespielt. In New York hatte
ich einen Freund, Doug, einen Börsenmakler. Wir haben uns
kennengelernt, als er seine Mutter in den Schönheitssalon
gebracht hat, in dem ich gearbeitet habe.« Bei dem Gedanken
an ihn lächelte sie träumerisch. »Wir waren über ein Jahr
zusammen. Er war süß, sexy und reich, es stimmte einfach alles,
dachte ich. Aber im Lauf der Zeit habe ich gemerkt, dass er ein
richtiges Muttersöhnchen war. Er musste sie für alles um
Erlaubnis fragen.« Cordelia verdrehte die Augen. »Er hat
ständig mit ihr telefoniert, selbst wenn wir zusammen ausgegangen sind. Irgendwann hatte ich das Gefühl, dass sie auch
mit uns im Bett war, und das hat mich wirklich abgetörnt.«

Roisin lachte. »Entschuldige, aber es klang so lustig, wie du das gesagt hast.«

Auch Maeve musste lachen. »Ich kann es mir so richtig vorstellen, wie seine Mutter ihm heiße Tipps gibt.«

Cordelia grinste. »Genauso kam es mir vor. Jetzt ist es witzig, aber damals fand ich es irgendwie traurig. Er war wirklich nett, aber er ist nie erwachsen geworden. Am Ende ging es mir derart auf die Nerven, dass ich mit ihm Schluss gemacht habe. Alle waren darüber erleichtert, ich am allermeisten. Ich wette, dass er immer noch jeden Tag mit seiner Mutter telefoniert und die Frauen scharenweise in die Flucht treibt.«

»Und danach gab es keine Männer mehr in deinem Leben?«, fragte Maeve.

Cordelia seufzte. »Nein. Ich hatte natürlich Verabredungen und bin freitagabends mit Kolleginnen ausgegangen, aber ich habe keinen gefunden, mit dem ich zusammenbleiben wollte. Die Männer in New York sind ... keine geeigneten Heiratskandidaten. Die meisten von ihnen sind nur auf eine schnelle Affäre aus oder sogar nur auf einen One-Night-Stand.« Sie seufzte und verzog das Gesicht. »Ich hab's mit Online-Dating probiert, aber ...«

Maeve schüttelte lachend den Kopf. »Wenn das nur annähernd so war wie das, was ich in London erlebt habe, brauchst du nichts zu erklären. Ich habe es ein- oder zweimal versucht, aber die Männer, die zu den Dates gekommen sind, hatten nicht viel mit denen auf ihren Profilfotos zu tun.«

Cordelia kicherte. »Das kann man wohl sagen. Einer hatte seine Größe mit einsachtzig angegeben, aber er war höchstens einssechzig groß, und das war wahrscheinlich auch sein Bauchumfang. Außerdem muss er mindestens zehn Jahre älter gewesen sein, als er geschrieben hat. Und beim Essen hat er sich die ganze Zeit in den Zähnen herumgestochert. Brrr.«

»Ein Traumdate, verglichen mit meinen«, witzelte Maeve.

»Wirklich?«, fragte Cordelia, um das Gespräch von ihrem

nicht existenten Liebesleben wegzulenken. »Du musst in London doch ein aufregendes Leben geführt haben.«

»Na ja«, seufzte Maeve. »Es war nur Arbeit, Arbeit, Arbeit, bis ich zur Erholung hierhergekommen bin, als ich kurz vor einem Nervenzusammenbruch stand. In London gab es einen Mann, der perfekt zu sein schien, aber er hat sich als das genaue Gegenteil entpuppt.«

»Dann ist sie Paschal begegnet, der sie gerettet hat«, warf Roisin ein. »Und jetzt leben sie glücklich bis ans Ende ihrer Tage in ihrem hübschen kleinen Cottage am Meer.«

Maeve warf Roisin ein Lächeln zu. »Klingt nach einem Klischee, aber im Großen und Ganzen war es so. Ich musste viele Frösche küssen, bevor ich meinen Prinzen gefunden habe. Roisin hingegen brauchte niemanden zu küssen. Ihr Prinz hat ihr durch einen vollen Hörsaal zugezwinkert, und dann haben sie geheiratet, als sie praktisch noch Teenager waren. Damals hat niemand gedacht, dass die Ehe halten würde, aber so kann man sich irren.«

»Ja«, bestätigte Roisin mit einem glücklichen Seufzen. »Und jetzt sind wir nach fast zwanzig Jahren und drei Kindern immer noch zusammen.«

»Und es waren zwanzig glückliche Jahre«, bemerkte Maeve. »Abgesehen von dem kleinen Zwischenspiel im vergangenen Jahr.«

Cordelias Brauen schnellten in die Höhe, als Roisin ihre Schwester mit einer zusammengeknüllten Serviette bewarf.

Roisin wandte sich zu Cordelia um. »Cian hat sich letztes Jahr gegen meinen Willen ein Wohnmobil gekauft und hat damit eine Tour an der Westküste gemacht.« Sie holte Luft. »Aber zurück zu dir und deinem Leben. Du warst für eine Weile in New York, nicht wahr?«

Cordelia nickte. »Ja, und dann bin ich nach Miami gezogen, um meine Mom zu pflegen. Während der Zeit war mir nicht nach Ausgehen, obwohl ich immer davon geträumt habe, eines

Tages den Richtigen zu finden und eine Familie zu gründen. Komischerweise war das die Zeit, in der ich Fanny l'Amours Bücher entdeckt habe. Ich habe sie regelrecht verschlungen. Die exotischen Schauplätze, die sie beschrieben hat, waren wunderbar, um der Traurigkeit zu entfliehen. Und die Liebesszenen ... wow.«

»Sie war eine tolle Schriftstellerin«, bemerkte Maeve.

»Ganz großartig«, bestätigte Cordelia. »Ich konnte es nicht glauben, als ich ihr persönlich begegnet bin und sich herausstellte, dass sie die Cousine meiner Mutter war.«

»Das war ein unglaublicher Zufall«, sagte Maeve.

»Ja. Als ob ein Traum in Erfüllung geht«, pflichtete Cordelia ihr mit einem traurigen kleinen Seufzer bei. »Und wir haben uns auf Anhieb gut verstanden.«

»Aber ich kann mir vorstellen, dass es ein Fulltime-Job war, sich um Phil zu kümmern«, warf Roisin ein.

»Allerdings.« Cordelia lächelte wehmütig. »Aber ich hatte auch Dates. Phil hat mich fast dazu gezwungen. Sie wollte mich sogar mit Männern aus den Radio- und Fernsehsendungen verkuppeln, in denen sie zu Gast war. Sie meinte, ich sei jung und hübsch und solle mich amüsieren, anstatt zu Hause zu bleiben und mich um eine alte Frau zu kümmern. Also habe ich das getan. Sie ist dann immer aufgeblieben und wollte hinterher genau wissen, wie es war, als würde sie stellvertretend durch mich leben. Sie hat mir sogar geholfen, meine Outfits auszuwählen. Sie hatte ein unglaubliches Gespür für Stil.« Cordelia blinzelte die Tränen weg, die ihr in die Augen stiegen.

»Ja, ich weiß«, stimmte Maeve ihr zu und tätschelte ihr tröstend den Arm. »Die Erinnerungen machen uns traurig. Aber was, wenn wir sie nicht hätten? Wenn wir Phil nicht in unserem Leben gehabt hätten? Dann wären wir jetzt zwar nicht traurig, aber wir hätten auch nicht das Glück gehabt, sie zu kennen.«

»Oder ihr Geld«, warf Roisin ein. Sie schlug sich die Hand

vor den Mund. »Oha. Ich und meine große Klappe. Es ist mir einfach so rausgerutscht. Ich habe es nicht so gemeint, wie es geklungen hat. Es geht wirklich nicht um das Geld.«

»Nein«, eilte Maeve ihr zur Hilfe. »Um das Geld mache ich mir auch keine Sorgen, aber um das Haus. Das wird ein echtes Problem, wenn wir uns nicht einig werden.«

»Ich weiß«, antwortete Roisin. »Aber es ist noch zu früh, um darüber zu reden. Ich habe nur ...« Sie brach ab. »Entschuldige, Cordelia, aber ich war so schockiert, als ich von der Erbschaft gehört habe. Ich habe nicht verstanden, warum Phil dir ein Drittel von Willow House vermacht hat. Du bist ja nicht einmal eine McKenna.«

Angst stieg in Cordelia auf. Wie meinte Roisin das? Hatte sie ... dann atmete sie aus. Natürlich. Frances, die echte Frances, war keine McKenna gewesen, da ihre Mutter eine geborene Brennan war und dann einen Fitzgerald geheiratet hatte. »Ich weiß. Es ist merkwürdig. Vielleicht hat sie es in den Briefen erklärt, die sie geschrieben hat?«

»Bestimmt«, antwortete Roisin. »Aber jetzt, nachdem du uns alles erzählt hast, wird mir klar, wie wichtig du für Phil gewesen sein musst, und ich bin nicht mehr schockiert. Wir werden sicher eine Lösung finden. Ich würde jetzt gern nach Hause fahren und in Ruhe meinen Brief lesen.«

»Ja.« Maeve nickte und stand auf. »Ich auch, und dann treffen wir uns wieder und reden darüber. Paschal ist bestimmt völlig erledigt, nachdem Aisling ihn den ganzen Vormittag auf Trab gehalten hat.«

»Gute Idee.« Roisin griff nach ihrer Handtasche. »Fahren wir. Es ist hier ohnehin zu heiß. Wir unterhalten uns beim Abendessen. Mum und Dad müssen um fünf Uhr los, um den Abendflug von Cork nach Málaga zu erwischen. Ich möchte noch ein bisschen Zeit mit ihnen verbringen. Eigentlich wollten wir sie im August mit den Jungs besuchen, aber da ich jetzt das Gästehaus führen muss, habe ich den Urlaub auf Eis gelegt.«

»Ja, zumindest für den Moment«, stimmte Maeve ihr zu. »Bis wir entschieden haben, was wir tun wollen. Wir sollten das Gästehaus auf jeden Fall bis nächstes Jahr weiterführen, da wir bis Ende der Saison Buchungen haben. Phil würde nicht wollen, dass wir unsere Gäste enttäuschen.«

»Ja«, sagte Cordelia. Sie hatte zugehört und dabei ihr Sandwich gegessen. »Das ist eine gute Idee.«

»Finde ich auch«, erklärte Roisin. »Aber jetzt möchte ich nur noch nach Hause.« Sie ging zügig vor ihnen her durch den Rosengarten zum Parkplatz.

Maeve und Cordelia folgten ihr. »Hast du immer noch vor, morgen früh abzureisen?«, fragte Maeve.

»Das werde ich wohl müssen. Vielleicht rufe ich Betsy an und erzähle ihr, was passiert ist. Mit etwas Glück gibt sie mir mehr Zeit.«

Maeve lachte. »Das bezweifele ich. Nach allem, was du von Betsy erzählt hast, wird sie darauf bestehen, dass du dich an ihren Zeitplan hältst. Bei Betsy gibt es kein Wenn und Aber.«

»Nein. Das stimmt«, pflichtete Cordelia ihr bei, die dem Gespräch mit gemischten Gefühlen entgegensah. »Um ehrlich zu sein, bin ich mir nicht sicher, was ich tun soll.«

»Natürlich würden wir uns freuen, wenn du bleibst. Es wäre schön, wenn du das Gästehaus gemeinsam mit uns führen würdest. Aber du musst selbst entscheiden, was das Beste für dich ist«, sagte Maeve und hakte Cordelia unter.

Cordelia nickte. »Ja, ich weiß, aber die Entscheidung ist schwer. Ich habe mich so lange nach den Wünschen anderer gerichtet, dass ich es gar nicht mehr gewöhnt bin, an mich selbst du denken.«

»Ich habe das Gefühl, dass du das noch nie getan hast.«

»Oh.« Cordelia blieb wie angewurzelt stehen und entzog Maeve ihren Arm. »So habe ich das noch nie gesehen.«

»Manche Menschen sind einfach selbstlos und großzügig und denken immer zuerst an andere.« Maeve ging weiter. »Kein schlechter Charakterzug, aber es besteht die Gefahr, dass man sich unterbuttern lässt, und dann ist man sein eigener schlimmster Feind.«

»Ja, kann sein«, antwortete Cordelia. Was würde Maeve wohl sagen, wenn sie wüsste, wie selbstsüchtig es von ihr gewesen war, herzukommen?

»Du wirst wahrscheinlich nach Miami zurückkehren müssen, um alles zu regeln und deine Sachen zu packen«, unterbrach Maeve Cordelias Gedanken. »Und vielleicht musst du sogar nach New York fliegen und schauen, wie dir die Arbeit dort gefällt.«

»Das habe ich vor. Aber ...«

»Wir könnten in der Hochsaison wirklich Unterstützung gebrauchen«, warf Maeve mit einem Lächeln ein. »Aber vielleicht ist das egoistisch von uns. Ich möchte dich auf keinen Fall unter Druck setzen.«

»Ach«, entgegnete Cordelia und schaute zu den grünen Hügeln auf. »Ich glaube, so schwer ist die Entscheidung dann doch nicht. Aber ich muss für einige Tage zurück nach Hause, um meine Gefühle zu ordnen – und mein Leben.«

»Das ist das Schwerste, nicht wahr?«, fragte Maeve. »Sein Leben zu ordnen.«

Cordelia lachte. »O ja. Absolut.« Sie ging schneller, weil sie Roisin neben Maeves Wagen stehen und winken sah. »Aber wir sollten einen Zahn zulegen. Roisin wirkt etwas ungeduldig.«

»Ja. Sie möchte zurück zu Cian und den Jungs. Sie wollen übers Wochenende mit dem Wohnmobil wegfahren, und sie will nachsehen, ob auch alles gepackt ist. Dann kann sie ein bisschen die Füße hochlegen, bevor das Gästehaus am Montag wieder öffnet.«

»Sie arbeitet sehr hart.«

»Ja, aber sie braucht das.« Maeve lachte. »Ich war früher auch zwanghaft ehrgeizig. Seit ich hier lebe, bin ich etwas entspannter geworden, und mit einem Baby rückt beruflicher

Ehrgeiz sowieso erst einmal in den Hintergrund.« Sie beschleunigte den Schritt.

Sie stiegen in ihre Autos und fuhren durch den zauberhaften Wald und durch das Tor auf die Hauptstraße. Auf dem Rückweg unterhielten Maeve und Roisin sich angeregt, während Cordelia in ihrem Mietwagen tief in Gedanken versunken war.

SIEBEN

Sobald Cordelia wieder in ihrem schönen Zimmer in Willow House war, öffnete sie das Fenster, um die kühle Meeresbrise hereinzulassen, und nahm den Brief aus der Handtasche. Sie stapelte ein paar spitzengesäumte Kissen auf das große Bett, trat die Sandalen von den Füßen und legte sich hin. Den Brief an die Brust gedrückt, versuchte sie, ruhig zu bleiben. Sie hatte das Gefühl, dass sein Inhalt den Rest ihres Lebens bestimmen würde. Es war die letzte Nachricht von Phil, ihre allerletzten Gedanken und Gefühle, bevor sie dieses Leben verlassen hatte, um ins nächste hinüberzugehen. Mit klopfendem Herzen riss Cordelia den Umschlag auf und las.

Liebste Cordelia,

es bricht mir das Herz, wenn ich daran denke, dass ich nicht mehr da sein werde, wenn du diesen Brief liest. Es macht mich glücklich, dass ich im nächsten Leben wieder bei meinem geliebten Joe sein werde, aber es betrübt mich, dass du in deiner Trauer ganz allein sein wirst und weder eine Familie noch eine Heimat hast. Ich weiß, dass die liebe Betsy sich um dich kümmern wird. Bei unserem letzten Gespräch hat sie mir versprochen, dir eine gut bezahlte Stellung in ihrem Verlag anzubieten, aber das ist nicht deine einzige Wahl. Inzwischen kennst du die Einzelheiten meines Testaments.

Ich habe dir und meinen Nichten gleiche Anteile an meinem Besitz und den daraus resultierenden Einkünften vermacht. Dazu gehört auch mein schönes Willow House, was euch vielleicht überrascht hat. Ich kann mir vorstellen, dass Maeve und Roisin im Moment ein wenig schockiert sind, nachdem sie erfahren haben, dass sie alles, auch das Haus, mit dir teilen müssen. Du fragst dich vielleicht nach dem Grund, da das Haus Eigentum der McKennas ist und nichts mit der Familie mütterlicherseits zu tun hat. Aber du bist genauso Teil meiner Familie wie sie. Und du hast ja nun mal sonst keine Familie mehr und hattest nie eine richtige Heimat. Maeve und Roisin sind privilegiert und hatten alles, was man sich nur wünschen kann: eine Kindheit im Kreise einer großen Familie, eine gute Ausbildung und jetzt Männer und Kinder. Du hast nichts davon und hast es nie gehabt. Was immer zwischen Frances und ihrer Familie vorgefallen ist, hat sie aus Irland vertrieben, und sie hat ein entbehrungsreiches Leben fern der Heimat geführt. Ich möchte nicht, dass dir das Gleiche geschieht.

Du hast mir während der Zeit in Miami so viel gegeben: Liebe, Gesellschaft und deine Fürsorge, als ich sie am meisten gebraucht habe. Du hast immer zuerst an mich gedacht und warst immer an meiner Seite. Unsere gemeinsame Zeit habe ich sehr geschätzt, und ich hatte das Bedürfnis, etwas zurückzugeben. Geld wäre nicht genug gewesen, aber auf diese Weise kann ich dir ein

Zuhause und vielleicht sogar eine Familie geben, falls sie dich mit offenen Armen aufnimmt, wovon ich überzeugt bin.

Es liegt an dir, wie du mit diesem Geschenk umgehst, und du solltest gut darüber nachdenken, was du damit machen willst. Ich sitze hier in meinem Bett und stelle mir vor, dass du zumindest den Sommer über in Willow House bleiben wirst. Dann hast du Zeit, um das Land deiner Mutter kennenzulernen, das schöne, freundliche Dorf, in dem ich aufgewachsen bin, und das Haus, das meiner Familie gehört hat, seit es vor über hundert Jahren erbaut wurde. Aber es ist deine Entscheidung, dein Erbe, daher musst du tun, was dein Herz dir sagt. Aber wie du dich auch entscheidest, du wirst etwas Geld haben und die Einkünfte aus den Tantiemen, solange die Bücher sich verkaufen. Das gibt dir die Freiheit, deinem Stern zu folgen und das zu tun, was du möchtest. Triff eine kluge Entscheidung, meine liebste Cordelia, und kümmere dich nicht um das, was andere wollen oder denken. Du hast dein junges Leben damit verbracht, für andere zu sorgen. Jetzt ist es an der Zeit, nur an dich selbst zu denken.

Ich wünsche dir alles Gute und viel Glück. Schau in einer klaren Nacht zu den Sternen empor. Wenn du einen siehst, der blinkt, dann bin ich es und lächle auf dich hinab und freue mich an deinem Glück.

Auf immer die deine,

Phil

Cordelia las die letzten Zeilen mit tränenüberströmtem Gesicht. Ach, Phil war wirklich ein Schatz. Sie wollte ihr eine Familie und eine Heimat schenken, weil sie beides nie gehabt hatte. Das war jetzt anders. Wenn sie sich nur sicher sein könnte, dass sie wirklich verwandt waren. Cordelia hatte vom ersten Moment an ein seltsames Gefühl der Verbundenheit mit Phil verspürt. Wenn sie in ihre schönen dunklen Augen geschaut hatte, hatte sie tief im Innern ein Ziehen verspürt, das nicht von ihrem Verstand, sondern aus ihrem Herzen und ihrer Seele kam. Waren sie Seelenverwandte? Oder lag es an ihrer DNA? Hatten sie dieselben Gene?

Cordelia hatte die gleichen seltsamen Schwingungen bei ihrer ersten Begegnung mit Maeve wahrgenommen und in geringerem Maße auch bei Roisin, als sie sich begrüßt hatten. Das Gefühl war da gewesen, wie ein leichtes Zittern, und sie war sich sicher, dass die beiden es ebenfalls gespürt hatten. Wenn sie nur mehr über ihre Mutter und ihre frühen Jahre in Dublin in Erfahrung bringen könnte. Wenn sie sich nur sicher sein könnte. Was hatte Phil noch gleich über ihre Mutter geschrieben? Cordelia überflog die eng beschriebene Seite und fand die Stelle: *Was immer zwischen Frances und ihrer Familie vorgefallen ist, hat sie aus Irland vertrieben, und sie hat ein entbehrungsreiches Leben fern der Heimat geführt. Ich möchte nicht, dass dir das Gleiche geschieht.* Phil hatte also nicht gewusst, weshalb Frances Irland verlassen hatte ... Was konnte der Grund gewesen sein? Oder hatte Phil es doch gewusst, aber beschlossen, es Cordelia nicht zu sagen, weil sie dachte, es könnte zu schmerzhaft sein? Aber es hätte ihr eine große Hilfe sein können und ihr vielleicht einen Hinweis darauf geliefert, wer ihre Mutter wirklich war. Die echte Frances – oder jemand mit einer ähnlichen Geschichte?

Seufzend steckte Cordelia den Brief zurück in den Umschlag. Sie würde das große Geheimnis nie erfahren. Aber vielleicht konnte sie herausfinden, ob ihre Mutter die echte

Frances gewesen war. Irgendwie, auf irgendeine Weise ... Sie musste einfach anfangen, in der Vergangenheit zu graben, und sei es auch nur, um sich selbst Gewissheit zu verschaffen.

Aber eins nach dem anderen. Cordelia setzte sich im Bett auf und griff nach ihrem Handy. Sie musste entscheiden, was sie tun wollte. Langsam nahm in ihr ein Plan Gestalt an. Sie scrollte durch ihre Kontaktliste zu Betsys Nummer. Es war Zeit, in die Gänge zu kommen. Immer einen Schritt nach dem anderen ...

Betsy schnappte nach Luft, als Cordelia ihr von Phils Testament berichtete. »Heilige Mutter. Ich hatte ja keine Ahnung. Sie teilen sich Phils ganzen Nachlass mit Maeve und Roisin?«

»Sieht so aus«, gestand Cordelia. Sie saß auf der Bettkante und drückte sich das Handy ans Ohr.

»Meine Güte, das ist wirklich eine unerwartete Überraschung. Was haben Sie nun vor? Bedeutet das, dass Sie nicht nach New York kommen werden?«

»Doch, ich nehme morgen früh den Flug nach Miami. Dann werde ich das Wochenende mit Packen verbringen. Ich muss auch Phils Sachen einpacken.«

»Das habe ich bereits getan. Es hat mich einen ganzen Tag gekostet, bevor ich den Abendflug nach New York genommen habe. Die Kartons werden nächste Woche nach Irland verschickt. Sie brauchen also nur Ihr Zeug zu packen, Ihren eigenen Kram zu regeln und Ihren Hintern nach New York zu schwingen. Natürlich nur, wenn Sie den Job immer noch wollen. Wenn nicht, müssen Sie mir schnell Bescheid geben, damit wir uns nach jemand anderem umsehen können. Wir brauchen sofort mehr Personal für das neue Imprint.«

»Ich weiß. Aber ... ich dachte, dass ich eine Weile für Sie

arbeite und dann nach Irland zurückkehre, sobald die Testamentsvollstreckung beendet ist.«

»Wann wird das sein?«

»In zwei Monaten oder so, glaube ich. Wäre das in Ordnung?«

»Es gefällt mir zwar nicht, aber klar, warum nicht. Ich schätze, es ist besser, Sie für kurze Zeit zu haben als gar nicht. Während der zwei Monate können Sie uns helfen, einen Nachfolger für Sie zu finden. Aber ich warne Sie: Es gibt wahnsinnig viel zu tun.«

»Wann gibt es das nicht?«, scherzte Cordelia.

Als Cordelia später am Nachmittag in einem von Phils Badeanzügen an den Strand ging, legte sie ein Handtuch auf den warmen Sand und trat ans Wasser. Der Blick über die blaue Bucht war atemberaubend, und die in der Ferne schimmernden Inseln verliehen der Aussicht einen Hauch von Magie. Die Sonne wärmte Cordelia den Rücken, die Wellen schwappten an ihre Zehen, und als sie in das kristallklare Wasser watete, überkam sie ein tiefes Gefühl des Wohlbefindens. Das Wasser war kälter als in Miami, wo sie fast jeden Tag geschwommen war. Sie war schon immer lieber schwimmen gegangen als stundenlang im Fitnessstudio zu trainieren. Sie sei ein richtiges Wasserkind, hatte ihre Mutter früher immer gesagt, wenn sie während der Sommerferien an die Atlantikküste gefahren waren. Aber hier, an Irlands Westküste, waren die Landschaft wilder, das Wasser kälter und die Luft viel frischer. Das Schwimmen hier würde ein Genuss und eine Herausforderung sein, dachte Cordelia, während sie ihren Mut zusammennahm und tiefer hineinging. Dann stürzte sie sich ohne weiteres Zögern spritzend ins Wasser und schwamm langsam mit gleichmäßigen Zügen geradeaus auf den glitzernden Horizont zu. Das kalte Wasser ließ sie nach Luft schnappen, aber sie gewöhnte sich schnell daran und fand es angenehm kühl auf ihrer heißen Haut. Nach einer Weile drehte sie sich auf den Rücken, ließ sich treiben und schloss die Augen gegen das Sonnenlicht. Wie schön es war, einfach nur schwerelos auf dem Wasser zu liegen, weit weg von dem Haus und der Familie, die sich unter dem großen Ahornbaum zum Tee versammelt hatte.

»Du hast die gleiche Figur wie Phil«, hatte Maeve gesagt, als Cordelia bedauert hatte, dass sie keinen Badeanzug mitgenommen hatte. Sie waren nach unten in Phils Zimmer gegangen und hatten den Badeanzug geholt, der zwischen den Kleidern im Schrank hing. »Das müssen die Brennan-Gene sein«, hatte Maeve hinzugefügt, als sie ihn Cordelia gereicht hatte. »Phils und Dads Mutter«, erklärte sie auf Cordelias verwirrten Blick hin. »Unsere Großmutter und die Tante deiner Mutter. Olive und Clodagh waren Schwestern, die Brennan-Mädchen. Dann hat Olive Brian McKenna geheiratet und Phil und Patrick bekommen. Etwa zehn Jahre später heiratete Clodagh Jim Fitzgerald und bekam die kleine Frances, deine Mutter.«

»Ah ja, natürlich«, entgegnete Cordelia beiläufig und nahm den Badeanzug entgegen. Sie warf einen Blick in den Kleiderschrank, wo eine lange Reihe von Kleidern in schönen Farben ordentlich aufgereiht hing. »Was für eine Garderobe«, sagte sie bewundernd. »Ich wusste, dass Phil eine Menge Vintage-Kleidung hatte, aber nicht, dass es so viel war.«

Maeve strich lächelnd über den Ärmel einer Chanel-Jacke. »Ja. Eine tolle Sammlung. Wir werden die Sachen durchgehen und schauen, was wir behalten wollen. Ich habe zwar keine Gelegenheit, so etwas zu tragen, aber es wäre schön, ein Erinnerungsstück zu haben.«

»Ich glaube nicht, dass ich etwas davon will«, sagte Cordelia mit leichtem Schaudern. Sie hielt den türkisfarbenen Badeanzug hoch, der im Licht schimmerte. »Der hier ist toll. Ich weiß noch, wie sie ihn in Miami gekauft hat. Der würde mir genügen.«

»Dann behalte ihn«, erklärte Maeve und schloss den Schrank. »Strandtücher sind im Wäscheschrank oben im Flur. Ich gehe jetzt Aisling und Paschal holen. Wir wollen mit Mum und Dad im Garten Tee trinken, bevor sie fahren. Du kannst natürlich gern dazustoßen.«

»Danke, aber ich gehe lieber schwimmen. Dann kannst du dich in Ruhe mit deinen Eltern unterhalten. Ich habe mich schon von ihnen verabschiedet, als wir zurückgekommen sind. Dein Dad war übrigens sehr nett zu mir. Er meinte, er freue sich für mich.«

Maeve nickte. »Ich glaube, das hat er ernst gemeint. Er hat gesagt, dass er dich mag. Mum natürlich auch, aber sie kann manchmal ein bisschen abweisend sein.«

»Das ist sicher nicht böse gemeint«, besänftigte Cordelia sie und dachte an die unterkühlte Verabschiedung von Maeves Mutter. »Vielleicht war das Testament für sie ein kleiner Schock, aber das ist verständlich. Die Nachricht muss wie eine Bombe eingeschlagen sein.«

Maeve zuckte die Achseln. »In gewisser Weise schon, aber eigentlich nicht. Dad wusste, dass er nichts erben würde. Phil hat mit ihm lange vor ihrer Erkrankung darüber gesprochen. Aber vielleicht war Mum der Ansicht, dass Roisin und ich das Haus allein hätten bekommen sollen.« Sie seufzte. »Es ist, wie es ist. Phils Wünsche müssen respektiert und befolgt werden.«

Da Cordelia nicht recht wusste, was sie noch sagen sollte, ging sie nach oben, um sich den Badeanzug anzuziehen und ein Strandlaken herauszusuchen.

Als sie jetzt in dem kühlen Wasser trieb, schaute sie blinzelnd in den blauen Himmel und fragte sich, was Maeve wirklich empfand. Sie wirkte so warm und mitfühlend, aber vielleicht verbarg sie Gefühle des Grolls und Misstrauens. Roisin war leichter zu durchschauen, da sie offener und

direkter war und oft ohne nachzudenken mit dem heraus-
platzte, was ihr durch den Kopf ging. Aber eins war klar: Die
Schwestern bildeten eine geeinte Front, die niemand würde
durchbrechen können. Sie waren nett zu Cordelia, und nach
dem anfänglichen Schock über das Testament waren sie bereit
gewesen, Phils letzten Wunsch zu akzeptieren. Aber wie
würden sie auf lange Sicht miteinander auskommen? Sie waren
Schwestern, und Cordelia war nur eine Cousine zweiten
Grades. Sie würde nie ein so enges Verhältnis zu ihnen haben
wie sie es miteinander hatten.

Cordelia schwamm langsam zurück ans Ufer und grübelte
über diese Probleme nach. Wie um alles auf der Welt sollte sie
sich das Haus mit den Schwestern teilen? Sollte sie darauf
verzichten, ihnen ihren Anteil überlassen und alles gestehen?
Oder zurückkommen, wenn das Nachlassverfahren abgeschlossen war, und die kleine Pension mit ihnen gemeinsam
führen? Oder ...

Eine andere Lösung kam ihr in den Sinn. Sie könnte sie
bitten, ihr ihren Anteil auszuzahlen, das Geld nehmen und ihr
neues Leben in New York damit beginnen. Dann würde sie
einen Teil des Geldes zurücklegen und von dem Rest leben,
sich eine eigene Wohnung kaufen, vielleicht studieren und
einen Abschluss machen und dann eine ganz neue Karriere
wählen ... Diese Lösung schien zu gut, um ihr zu widerstehen,
könnte aber in der Umsetzung schwierig sein. Es wäre unfair,
Maeve und Roisin um die Auszahlung ihres Anteils an einer
Immobilie zu bitten, die sehr wertvoll zu sein schien. Es würde
sie auch wieder von dieser Familie trennen, die sie so bereit-
willig aufgenommen hatte und zu der sie Phils Wunsch gemäß
gehören sollte. Das Dilemma erschien ihr plötzlich unlösbar.

Cordelia watete an den Strand, setzte sich auf das Hand-
tuch und schaute durch den Hitzenebel über das schimmernde
Wasser der Bucht zu den zerklüfteten Umrissen der Inseln.
Möwen glitten mit klagenden Rufen durch die Luft. Der sanfte

Wind spielte behutsam mit ihrem Haar, und als sie sich umdrehte und zu dem rosafarbenen Haus schaute, das stolz auf dem grünen Hügel stand und dessen Fenster in der Sonne glänzten, wusste sie plötzlich, was sie zu tun hatte. Es war Phils Wunsch, dass sie herkam und ein Teil dieses Hauses und dieses Dorfes wurde.

Es war mehr als ein Erbe, es war Teil ihrer Herkunft, ihrer irischen Wurzeln. Ihre Mutter hatte ihre Abstammung verleugnet und versucht, ihr wahres Ich zu vergessen. Cordelia musste herausfinden, was mit der echten Frances geschehen war, die sie immer mehr für ihre Mutter hielt. Sie musste es einfach beweisen, nicht nur dieser Familie, sondern sich selbst. Phil hatte ihr mit ihrem Vermächtnis eine Familie und eine nie gekannte Zugehörigkeit geschenkt. Als Cordelia klein war, hatte sie Familien beobachtet und sich gewünscht, selbst Teil einer Familie zu sein, hatte sich Schwestern und Brüder, Tanten und Onkel, Cousinen und Großeltern gewünscht. Es war ein Traum, von dem sie nicht gedacht hätte, dass er einmal in Erfüllung gehen würde. Aber nun war er zum Greifen nahe.

Während sie langsam über den Strand ging und die Treppe hinaufstieg, vernahm Cordelia Stimmen von der Teegesellschaft im Garten, die sich gerade aufzulösen schien. Sie war fast oben angelangt, als sie Worte hörte, die sie erstarren ließen.

»Wir werden Nachforschungen anstellen«, sagte Anne-Marie. »Wir haben jemanden engagiert, der sowohl in Amerika als auch in Dublin recherchieren wird.«

»Ist das wirklich notwendig?«, fragte Maeve. »Phil hätte doch sicher ...«

»Phil war eine Romantikerin. Sie hat bestimmt nicht viele Fragen gestellt. Sie wollte glauben, dass diese Frau ihre Nichte war, also hat sie es geglaubt. Es war schön, dass sie jemanden hatte, der sich während ihrer Krankheit um sie gekümmert hat, aber jetzt ist das eine ganz andere

Geschichte. Es geht um Besitz und Geld. Wir müssen uns absolut sicher sein, dass sie diejenige ist, die sie vorgibt zu sein.«

»Ich bin davon überzeugt, dass du feststellen wirst, dass sie die Wahrheit sagt«, antwortete Maeve. »Aber nur zu, tu es, wenn es dich glücklich macht.«

»Wir wollen das Beste für dich und Roisin und eure Kinder«, warf Patrick ein. Dann fügte er mit leiser Stimme etwas hinzu, das Cordelia nicht verstehen konnte, aber sie hatte den Eindruck, dass sie sich verabschiedeten. Nach einer Weile gingen sie alle davon, und sie blieb zitternd, wo sie war, bis sie den Wagen wegfahren hörte.

Als sie sich sicher war, dass alle fort waren, lief sie über den Rasen ins Haus. Sobald sie in ihrem Zimmer war, nahm sie eine heiße Dusche und zog sich langsam an, in Gedanken bei dem Gespräch, das sie gerade mitangehört hatte. Die Tatsache, dass sie an ihrer Identität zweifelten, überraschte sie nicht, aber Anne-Maries Worte hatten sie erschreckt und hätten sie verletzt, wenn Maeve sich nicht für sie eingesetzt hätte. Das war unerwartet nett. Maeve war offenbar ebenso fair wie freundlich, und das machte sie Cordelia noch sympathischer. Aber die Eltern würden anfangen, in der Vergangenheit ihrer Mutter zu wühlen – ein beunruhigender Gedanke, der Cordelia in ihrem Entschluss bestärkte, selbst nach Antworten zu suchen. Und es war besser, den anderen zuvorzukommen. Im Gegensatz zu ihnen wusste sie immerhin, wo sie anfangen musste.

Cordelia schaltete das kleine Radio auf dem Nachttisch ein. Es schien auf einen lokalen Sender eingestellt zu sein, und schon bald drang klassische Musik durch den Raum, bei der sie sich ein wenig entspannte. Dann wechselte das Programm nach einer kurzen Nachrichtensendung zu der »Spätnachmittags- show«. Die tiefe, etwas raue Stimme des Moderators ließ Cordelia erstaunt aufhorchen. Sie hatte diese Stimme erst vor

Kurzem gehört. Oder? Ja. Die nächsten Worte des Sprechers bestätigten es:

»Hallo, liebe Feierabendpendler. Hier ist Declan O'Mahony mit Entspannungsmusik für die Heimfahrt nach einem Tag im Büro. Ich beginne mit Mozarts ›Kleiner Nachtmusik‹, gefolgt von einer ›Nocturne‹ von Chopin. Wenn Sie dann noch wach sind, habe ich eine Widmung und etwas Moderneres für Sie. Lehnen Sie sich zurück, entspannen Sie sich und lassen Sie den Stress von sich abfallen ...«

Cordelia streckte sich lächelnd auf dem Bett aus und schloss dösend die Augen, als die Musik begann. Bei den ersten Klängen der »Nocturne« erinnerte sie sich, wie ihre Mutter dieses Stück in dem kleinen Haus in Morristown auf dem Klavier gespielt hatte. Sie hatte so schöne Erinnerungen an diese Zeit: Ihre Mutter hatte das Haus mit Musik erfüllt und ihr eine glückliche Kindheit geschenkt. Sie hatten Mühe gehabt, über die Runden zu kommen, aber das hatte sie beide stark und belastbar gemacht. Cordelia überkam eine Welle der Liebe und Dankbarkeit, während sie der Musik lauschte.

Der Moderator wartete, bis der letzte Ton der »Nocturne« verklungen war. »War das nicht schön? Aber ich würde jetzt gern die Richtung wechseln und etwas von Frank Sinatra bringen. Seine Stimme ist perfekt, um sich heute Abend zu entspannen, vielleicht mit einem Glas Wein und einem besonderen Menschen, mit dem Sie die Sterne beobachten, die hier bei uns im Sommer geradezu spektakulär sind. Ich spreche zu Ihnen aus dem magischen County Kerry, wo es keine Lichtverschmutzung gibt und die Sterne heller strahlen als überall sonst in Europa. Ich habe zwar keinen besonderen Menschen bei mir und auch kein Glas Wein, aber ...« Er hielt inne. »Ich habe das Bild einer schönen Frau vor Augen, der ich vor Kurzem begegnet bin und die ich nicht aus dem Kopf bekomme. Sie war zu einem kurzen Besuch hier, und es war eine dieser Begegnungen, die etwas ganz Besonderes sind, weil man weiß, dass man sich vielleicht nie wiedersehen wird. Ich würde ihr gern das nächste Musikstück widmen. Dieser Song ist für Sie, Cordelia. Ich wünsche Ihnen eine gute Heimreise.« Dann erfüllte Frank Sinatras Samtstimme den Raum und sang »Strangers in the Night«.

Cordelia war schlagartig wach und setzte sich auf. Als der Song zu Ende war und die Werbung begann, schaltete sie das Radio aus, stieg vom Bett, ging auf Zehenspitzen zum Fenster und schaute hinaus. Die Bucht war in ein magisches, goldenes Licht getaucht, und eine warme Brise fuhr ihr sachte ins Haar. Plötzlich überkam sie ein Glücksgefühl. Auch wenn sie am nächsten Tag abreisen würde, so würde sie doch sehr bald zurückkehren.

ACHT

Die Rückreise nach Miami war anstrengend, aber ereignislos.
Diesmal flog Cordelia nicht in der ersten Klasse. Sie hatte einen
Mittelplatz zwischen einem dicken, Kaugummi kauenden
Mann, der laut über den Film auf seinem Bildschirm lachte,
und einer Frau, die ununterbrochen über ihre Irlandreise plap-
perte. Was waren die süß, diese Iren! Und diese hübschen
Häuser! Sie fand das ganze Land »drollig«, als wäre es Disney-
land. Cordelia tat so, als würde sie schlafen, aber es war schwer,
das während des siebenstündigen Flugs durchzuziehen. Sie
schaltete den Bildschirm ein und sah sich zwei Filme an, die sie
schon kannte, während sie überlegte, was nach ihrer Rückkehr
alles zu tun war. Als Erstes musste sie ihre Sachen in Betsys
Wohnung packen und dann am Sonntagabend nach New York
fliegen. Am Montagmorgen würde sie ihre Stelle antreten, und
am folgenden Wochenende wollte sie nach Morristown fahren
und mit ihren Nachforschungen zur Herkunft ihrer Mutter
beginnen. Es gab ein paar Hinweise, und sie konnte bereits
vorher mit den Leuten Kontakt aufnehmen, mit denen sie sich
treffen wollte. Als das Flugzeug in Miami landete, kam ihr der

Plan vielversprechend vor, und sie war wesentlich positiver gestimmt als bei ihrer Abreise aus Irland. Sie würde einen großen Vorsprung gegenüber den McKennas haben, wenn sie anfingen zu graben.

Am Montagmorgen in New York ging Cordelia die kurze Strecke vom Hotel zum Büro von Red Hot House zu Fuß. Der Verlag war im neunzehnten Stock eines nur zwei Blocks entfernten Hochhauses untergebracht. Betsy saß bereits an ihrem Schreibtisch, eine Zigarette zwischen den roten Lippen, und redete ins Telefon, während sie gleichzeitig auf ihrem Laptop tippte. Als Cordelia zögernd in der Tür stehen blieb, schaute sie auf.

»Da sind Sie ja. Es ist schon nach acht. Haben Sie verschlafen?«

»Nein, äh ... ich dachte, Sie hätten neun Uhr gesagt, aber ich wollte früher hier sein. Tut mir leid.«

»Ich muss Schluss machen«, sagte Betsy ins Telefon. »Wir reden später.« Sie legte auf, nahm die Zigarette aus dem Mund und drückte sie in ihrer Kaffeetasse aus. »Hier darf man eigentlich nicht rauchen, eigentlich sollte man ja gar nicht rauchen, aber ich bin im Moment leicht gestresst. Arbeitsbeginn ist normalerweise um acht, aber Sie werden etwas früher da sein müssen, damit Sie im Starbucks auf der anderen Straßenseite Kaffee holen können.« Sie lehnte sich zurück und betrachtete anerkennend Cordelias schwarzes Shiftkleid. »Tolles Kleid. Okay, also, Ihre Aufgabe wird darin bestehen, unserer Marketingmanagerin zuzuarbeiten. Sie ist sehr beschäftigt, da wir gerade unser neues Imprint mit Romantic Thrillern an den Start bringen. Wir haben es Red Hot Suspense getauft. Die Marketingchefin ist Dorothy Fassbender, kurz Dotty. Sie erwartet Sie in ihrem Büro.«

Cordelia nickte. »Ich gehe sofort zu ihr. Danke, dass Sie mir die Stelle gegeben haben und dass ich für die kurze Zeit für Sie arbeiten darf. Ich brauche das Geld, während ich auf die Freigabe des Nachlasses warte. Und ich muss ohnehin in New York sein ...« Sie wollte hinzufügen, »um schnell nach Morristown zu kommen«, aber Betsy sollte nicht wissen, dass es Zweifel an der Identität ihrer Mutter gab. Nicht nötig, es an die große Glocke zu hängen.

Betsy machte eine scheuchende Handbewegung. »Gehen Sie. Wir sehen uns.«

»Okay«, sagte Cordelia und eilte durch die Lobby zum Büro der Marketingmanagerin. Dotty war eine freundliche blonde Frau in den Fünfzigern. Sie wies Cordelia einen kleinen Schreibtisch am Fenster zu und gab ihr einen Laptop und eine Liste mit Aufgaben. So musste sie zum Beispiel die neue Website aktualisieren und Social-Media-Konten für das neue Imprint und einige der neuen Autoren einrichten. Die Arbeit fiel Cordelia leicht, da sie so etwas gern machte. Die Grafiken befanden sich bereits in einem Ordner im System, daher brauchte sie sich darüber keine Gedanken zu machen. Ihre anderen Aufgaben bestanden hauptsächlich aus Verwaltungstätigkeiten und Telefongesprächen mit Buchhandlungen, die Signierstunden für Autoren veranstalten wollten. Es war das Gleiche, was sie für Phil getan hatte, nur ein paar Nummern größer.

Am Ende des Tages erklärte Dotty, sie sei sehr zufrieden mit Cordelia. Da sie gehört hatte, dass Cordelia in einem Hotel wohnte, bot sie ihr ein Zimmer in ihrem großen Apartment an der Upper East Side an. Cordelia sagte sofort zu, und sie einigten sich über die Höhe der Miete.

Cordelia grinste. »Das klingt perfekt. Danke, Dotty.«

»Keine Ursache. Ich lasse das Zimmer herrichten, dann können Sie am Mittwoch einziehen.«

»Wunderbar. Dann bringe ich meine Sachen Mittwochabend rüber«, antwortete Cordelia. Alles fügte sich. Erst eine befristete Stelle und jetzt ein Zimmer zu einem angemessenen Preis in der Upper East Side, einem gehobenen Viertel der Stadt. Ihre Mutter wäre beeindruckt gewesen. Jetzt konnte sie sich auf die wichtigste Aufgabe konzentrieren: die Suche nach ihren irischen Wurzeln.

Am folgenden Samstag saß Cordelia in einem Taxi auf dem Weg zur Pfarrkirche in Morristown, und als sie aus dem Fenster schaute, überkam sie eine Sehnsucht nach der Vergangenheit. Sie war in einem billigen Hotel am Bahnhof abgestiegen und wollte zu der kleinen Kirche am Rand der Stadt, wo ihre Eltern geheiratet hatten und wo sie getauft worden war und ihre Erstkommunion empfangen hatte. Mit dem Pfarrer hatte sie bereits einen Termin vereinbart, doch zu ihrer Enttäuschung war er nicht mehr derselbe von damals. Aber er hatte am Telefon einen netten und hilfsbereiten Eindruck gemacht und ihr versprochen, ihr mit den Kirchenbüchern zu helfen. Sie würden sie sich zusammen ansehen, hatte er gesagt.

Da war ihre Schule, die etwas heruntergekommen wirkte, aber ansonsten noch fast genauso aussah wie damals, als sie vor fünfzehn Jahren ihren Abschluss gemacht hatte. Der Laden, in dem sie am Wochenende gearbeitet hatte, war geschlossen worden, und das Haus, in dem sie gewohnt hatten, stand leer. Ein Schild davor verkündete, dass es zu verkaufen war. Alles sah schäbiger und ungepflegter aus als früher, und sie war froh, dass ihre Mutter es nicht sehen musste. Das Taxi bog um die Ecke und fuhr die nächste Straße entlang, an deren Ende der Turm der weißen Kirche über die Baumwipfel ragte. Cordelias Magen zog sich zusammen, als sie davor hielten.

Sie bezahlte den Taxifahrer und ging durch das Tor und über den Kiesweg zu der offenen Tür. Die Kirche sah innen noch genauso aus wie in ihrer frühen Kindheit, als sie jeden Sonntag zum Gottesdienst gegangen waren. Selbst der schwache Geruch von Kerzen und Weihrauch war noch genau wie früher. Während sie durch den Mittelgang ging, ließ sie die Hand über die glatten Holzbänke gleiten und schaute zu den Buntglasfenstern mit der Heiligen Familie und der Taube, die sie während vieler Gottesdienste und Zeremonien betrachtet hatte. Die Asche ihrer Mutter war auf dem Friedhof begraben, und die Erinnerung an ihre Beerdigung war plötzlich schmerzhaft lebendig. Benommen vor Trauer, blieb Cordelia kurz stehen und blickte zum Altar. Dann hörte sie Schritte hinter sich, und als sie sich umdrehte, sah sie einen Priester in dunklem Gewand und Kollar auf sich zukommen. Er war groß, noch recht jung und blickte sie freundlich durch seine Stahlbrille an. »Cordelia Mirafiore?«, fragte er.

»Ja?«, antwortete Cordelia. »Sind Sie Pfarrer Richards?«

»Ja.« Er trat näher und gab ihr die Hand. »Die Kirchenbücher sind in meinem Büro nebenan. Wenn Sie mich begleiten, können wir zusammen einen Blick hineinwerfen.«

Cordelia folgte Richards ins Pfarrbüro in dem kleinen Haus neben der Kirche, wo er ein dickes ledergebundenes Buch aus dem Schrank nahm und auf den Schreibtisch legte. »Hier steht alles drin«, sagte er und schlug das Buch auf. »Geburten, Eheschließungen und Sterbefälle seit der Erbauung der Kirche im Jahr 1852. Wie Sie sehen, gab es davon eine ganze Menge. Der Mädchenname Ihrer Mutter scheint ein anderer zu sein als der, den Sie mir genannt haben, aber ich glaube, ich habe sie gefunden.«

»Oh. War ihr Mädchenname nicht O'Brien?«, fragte Cordelia mit klopfendem Herzen.

»Vielleicht. Er klingt ähnlich, wird aber anders geschrieben. Ich glaube, es ist ein irischer Name. Wussten Sie das nicht?«

»Doch«, antwortete Cordelia. »Ich wusste, dass es ein irischer Name ist. Ich dachte immer, O'Brien wäre die englische Form.«

»Aber Sie waren sich nicht ganz sicher?«

»Nein. Sie hat mir nicht viel über ihre Vergangenheit oder ihre Familie in Irland erzählt. Es war zu schmerzhaft für sie, und sie wollte eine echte Amerikanerin sein. Es muss wohl eine Familienfehde oder so etwas gegeben haben. Sie hat immer nur ihren Ehenamen benutzt.«

»Ich verstehe.« Er blätterte zu einer Seite, die mit einem Stück Papier markiert war. »Da ist sie«, sagte er und fuhr mit dem Finger die Reihe der Namen entlang. »5. Mai 1986. Eheschließung zwischen Gino Mirafiore aus Brooklyn, New York, und Frances ...«

»Frances – wie?«, hauchte Cordelia.

Pfarrer Richards drehte das Buch so, dass sie es sehen konnte, und zeigte auf den Namen. »Hier, lesen Sie selbst.«

Cordelia blickte auf den Namen neben dem ihres Vaters. »Frances ... Ó Braonáin«, las sie enttäuscht und stolperte über die ungewohnten Buchstaben.

»Wohnhaft in Morristown, New Jersey, geboren in Dublin, Irland«, ergänzte er.

»Das ist richtig. Ó Braonáin ist doch irisch für O'Brien«, fügte sie hinzu. »Nicht wahr?«

Der Priester zuckte die Schultern. »Mag sein, aber ich bin mit der irischen Sprache nicht vertraut. Sie könnten die alte Mrs Donovan fragen, die sich um die Blumen in der Kirche kümmert. Sie stammt aus Irland und beherrscht vielleicht die alte Sprache. Sie ist zweiundachtzig, aber noch sehr aktiv in der Gemeinde.«

Cordelias Miene hellte sich auf. »Ich erinnere mich an sie. Sie hat auch meine Mutter gekannt. Als ich klein war, haben sie beide im Chor gesungen.«

»Ach ja? Wie schön.« Der Priester klappte das Buch zu. »Gibt es sonst noch etwas, was ich für Sie tun kann?«

»Ja. Ich hätte gern eine Kopie der Heiratsurkunde meiner Eltern, wenn das möglich ist. Ich möchte einen irischen Pass beantragen.«

Der Pfarrer nickte. »Natürlich. Ich kann Ihnen die Kopie zuschicken, wenn Sie mir Ihre Adresse geben.«

Cordelia nannte ihm die Adresse von Dottys Wohnung. »Ich bin Ihnen sehr dankbar.«

»Keine Ursache. Es tut mir leid, dass ich Ihnen nicht mehr helfen konnte. Aber vielleicht kann Mrs Donovan Ihre Fragen beantworten.«

»Wo finde ich sie?«

»Sie müsste jetzt eigentlich in der Kirche sein oder gleich kommen. Sie bringt heute zusammen mit den anderen Damen aus dem Gemeinderat frische Blumen für die Gottesdienste morgen.« Er erhob sich. »Es tut mir leid, aber ich muss los. Es stehen einige Hausbesuche an, und anschließend muss ich ins Altenheim.«

»Natürlich.« Cordelia stand auf und schüttelte ihm die Hand. »Nochmals vielen Dank für Ihre Hilfe.«

Als der Priester weg war, ging Cordelia zur Kirche zurück. Sie wählte den Weg über den Friedhof und besuchte das Grab ihrer Mutter. Auf dem schlichten Granitstein stand *Frances Mirafiore,* gefolgt von ihren Lebensdaten und der Inschrift: *Stolz darauf, Amerikanerin zu sein* – wie sie es sich gewünscht hatte. Cordelia legte die mitgebrachten Blumen aufs Grab und stand schweigend und nachdenklich davor, während eine Welle der Traurigkeit in ihr aufstieg.

Oh, Mom, dachte sie, *du hast so viele Geheimnisse mit ins Grab genommen, als du mich hier allein gelassen hast. Ich wünschte, du hättest sie mir erzählt ...*

Cordelia fröstelte trotz des warmen Tages, und sie wandte sich vom Grab ab und ging zurück zur Kirche, während sie ein stummes Gebet nach oben sandte, dass sie eines Tages mehr über ihre Mutter in Erfahrung bringen möge.

Ein Sonnenstrahl, der durch das Fenster über dem Altar hereinfiel, durchbrach das Dämmerlicht in der Kirche. Cordelia erblickte eine Frau mit weißem Haar, weiter Hose und blauem

Leinenoberteil, die an einem Tisch neben dem kleinen Seiten-
altar Blumen sortierte. Sie ging zu ihr und räusperte sich.
»Hallo? Mrs Donovan?«, fragte sie, und ihre Stimme hallte
durch die leere Kirche.

Die Frau drehte sich um und sah sie über den Rand ihrer
Brille hinweg an. »Ja?«

»Ich weiß nicht, ob Sie sich an mich erinnern: Mein Name
ist Cordelia Mirafiore, und ich glaube, Sie kannten meine
Mutter.«

»Oh!«, rief die Frau und ließ die Blumen in ihren Händen
fallen. »Cordelia! Bist du es wirklich?« Sie ergriff Cordelias
Hände, und Tränen stiegen ihr in die kurzsichtigen braunen
Augen. »Frances' Tochter. Nein, wirklich, wie schön, dich zu
sehen! Ich erinnere mich an dich als kleines Mädchen mit
ernsten blauen Augen und lockigem dunklem Haar. Weißt du
noch?«

Cordelia schüttelte lächelnd den Kopf. »Ich fürchte, ich
erinnere mich nicht an viele Dinge aus der Zeit. Ich war noch
sehr jung.«

Mrs Donovan tätschelte ihre Hand. »Es ist wirklich sehr
lange her.«

»Ja«, bestätigte Cordelia und wünschte, sie könnte sich erinnern. »Mom hat erzählt, dass sie sich hier um die Blumen
gekümmert und die Orgel gespielt hat. Sie hat es sehr gern
getan. Hat Sie mit Ihnen je über ihre Eltern in Irland
gesprochen?«

Mrs Donovan schüttelte den Kopf. »Nicht wirklich,
fürchte ich, denn so gut gekannt haben wir uns auch wieder
nicht. Aber ich weiß, dass in ihrer Vergangenheit etwas Trauriges geschehen ist, das sie veranlasst hat, vor ihrer Familie
und aus ihrem Land zu fliehen. Sie war glücklich hier in
Amerika, obwohl das Leben nicht ganz leicht für sie war. Aber
harte Arbeit hat ihr nichts ausgemacht, und sie hat gern hier
gelebt. Dann ist sie aus gesundheitlichen Gründen nach

Miami gezogen, und ich habe gehört, dass sie gestorben ist. Das tut mir so leid, meine Liebe. Es muss schwer für dich gewesen sein.«

Cordelia nickte. »Danke. Ja, es war schwer. Sie ist viel zu früh gestorben.«

Mrs Donovan lächelte voller Anteilnahme. »Sie wird dir immer fehlen. Aber vergiss nicht, dass in deiner Trauer auch Liebe ist. Behalte sie in liebevoller Erinnerung.«

»Das tue ich. Vielen Dank«, antwortete Cordelia und dachte, dass es bei Phil genauso sein würde. So viel Liebe und so viele schöne Erinnerungen.

»Nun«, sagte Mrs Donovan und wandte sich wieder ihren Blumen zu. »Kann ich dir sonst noch irgendwie helfen?«

»Ja. Es geht um den Mädchennamen meiner Mutter, Ó Braonáin. Auf Englisch O'Brien, richtig?«

Mrs Donovan zuckte die Achseln. »Ich habe keine Ahnung. Ich habe nie Gälisch gelernt. Es klingt aber wie O'Brien, also muss es das sein.«

»Sie haben sicher recht.« Cordelia stieß einen Seufzer aus. »Aber warum ...« Sie brach ab. Es hatte keinen Sinn, der alten Dame weitere Fragen zu stellen. »Nein, vergessen Sie es. Es ist nur alles etwas merkwürdig. Ich dachte, ich würde hier Antworten auf meine Fragen finden, aber stattdessen habe ich nur mehr Fragen gefunden, die niemand beantworten kann.«

»Das tut mir leid«, sagte Mrs Donovan mitfühlend. »Aber vielleicht liegen die Antworten nicht hier, sondern auf der anderen Seite des Atlantiks, in Irland? Ich habe das Gefühl, dass du dort hingehen musst, um deine Suche fortzusetzen.«

Cordelia nickte. »Ja. Sie haben recht«, pflichtete sie ihr bei. »Ich muss zurück nach Irland.«

Am folgenden Abend goss Cordelia gerade Dottys Blumen, knipste abgestorbene Blätter ab und überlegte, was sie tun sollte, als ihr Handy klingelte. Sie schaute auf das Display: Maeve. Was wollte sie wohl?

»Hallo, Maeve«, meldete sie sich. »Wie geht es euch?«

»Schrecklich«, sagte Maeve.

»Oh! Was ist denn los?«

»Windpocken«, stöhnte Maeve.

»Ach je! Seid ihr alle krank?«

»Ich nicht, aber Aisling hat sie seit gestern, und jetzt hat Roisin sich auch angesteckt. Sie hat sie als Kind seltsamerweise nie gehabt. Ich hatte Windpocken und Paschal zum Glück auch. Aber Roisin hat es übel erwischt.«

»Das ist ja furchtbar«, sagte Cordelia und drückte sich das Handy ans Ohr, um besser hören zu können, da draußen gerade eine Polizeisirene kreischte. »Ich bin mitten in Manhattan, hier herrscht ein ziemlicher Lärm. Könntest du bitte lauter sprechen?«

»Okay«, rief Maeve. »Ist das besser?«

»Ja, prima.«

»Gut. Ich fasse mich kurz. Wir brauchen in den nächsten Wochen dringend jemanden, der sich hier um alles kümmert. Und ...« Maeve zögerte. »Wir hatten ja schon über die Möglichkeit gesprochen, dass du das Gästehaus mit uns gemeinsam führen könntest, wenn du deine Angelegenheiten drüben geregelt hast, daher haben wir uns gefragt ...« Sie brach ab. »Du verstehst, worauf ich hinauswill, nicht wahr?«

Cordelia lachte und verspürte einen Anflug von Aufregung. »Ja, ich verstehe. Und ich hatte schon Windpocken.«

»Klasse. Also ... wäre es dir irgendwie möglich, sofort herzukommen? Ich meine, so bald du kannst? Ich weiß, dass du gerade einen neuen Job angefangen hast und noch einiges regeln musst, aber ... Das Haus ist voller Gäste, Roisin ist sehr krank, und Aisling geht es nicht viel besser. Der Anwalt meinte, dass das Nachlassverfahren in etwa einem Monat abgeschlossen sein wird, sodass du ohnehin in einigen Wochen herkommen müsstest. Wäre es möglich, dass du jetzt schon kommst? Wir brauchen dich dringend, und da das Haus bald auch dir gehören wird, dachte ich ...«

»Oh, aber ... ich dachte ... eure Mutter ... ich meine, der Beweis für meine Identität«, sprudelte es aus Cordelia heraus. »Ich habe gehört, was sie vor ihrer Abreise gesagt hat.«

»O nein!«, rief Maeve entsetzt. »Es tut mir so leid, dass du das gehört hast. Aber das kannst du getrost vergessen. Meine Mutter hat nichts mit dem Testament zu tun. Niemand hat es angefochten, und es wird auch niemand anfechten. Bitte«, flehte Maeve. »Kannst du kommen? Wir brauchen dich.«

»Okay, ich komme, sobald ...« Cordelia brach ab. Sobald sie Betsy mitgeteilt hatte, dass sie aufhören würde, bevor sie richtig angefangen hatte. Sobald sie ihre Sachen packen und Dotty Bescheid sagen konnte, dass sie sich eine andere Mieterin suchen musste. Sobald sie sich ein Flugticket buchen konnte. Sobald ... Sie bremste sich, denn ihr wurde bewusst, dass Maeve wahrscheinlich in Sandy Cove den Atem anhielt und die Daumen drückte. Sie jubelte innerlich bei dem Gedanken, nach Irland zurückzukehren und weitere Nachforschungen über die Vergangenheit ihrer Mutter anzustellen. Dort würde sie Antworten finden, wie Mrs Donovan es gesagt hatte, und jetzt hatte sie einen guten Grund, so bald wie möglich hinzu-fliegen. »Ich kümmere mich sofort darum. Wir sehen uns in zwei Tagen.«

»Großartig«, rief Maeve, während im Hintergrund Babyge-schrei zu hören war. »Sie fängt schon wieder an. Das arme Ding, sie schreit wie am Spieß. Ich muss Schluss machen. Tausend Dank, dass du kommst. Du bist uns eine große Hilfe und ein absoluter Engel. Bis dann.«

Als Cordelia auflegte, lächelte sie trotz der Probleme, denen sie nun gegenüberstand. Maeves Stimme hatte sie in das schöne irische Dorf versetzt, in dem sie sich schon nach wenigen Tagen heimisch gefühlt hatte. *Sandy Cove,* dachte sie, *meine neues*

Zuhause mit so was wie einer Familie. Einer Familie, der sie sich zugehörig fühlte, und sei es auch nur in Gedanken. Aber vielleicht waren sie ja doch verwandt? Sie musste ihre Suche in Irland fortsetzen, und nach Maeves Anruf gab es keinen Grund, in New York zu bleiben und sich hier ein Leben aufzubauen. Die Vergangenheit ihrer Mutter – und ihre eigene Zukunft – lagen auf der anderen Seite des Atlantiks.

NEUN

Das Flugzeug landete um sieben Uhr dreißig in Shannon. Es war eine lange, unbequeme Nacht gewesen. Cordelia hatte versucht zu schlafen, aber die Ereignisse der letzten Tage gingen ihr nicht aus dem Kopf. Der Gedanke, dass sie an der Schwelle zu einem Neuanfang in Irland stand, war so aufregend wie beängstigend. Sie konnte nicht glauben, dass sie ihr altes Leben so schnell hinter sich gelassen hatte, aber es hatte sich alles gefügt. Nach dem Telefonat mit Maeve hatte Cordelia für den folgenden Abend einen Flug nach Shannon gebucht und dann Betsy angerufen und ihr erklärt, was geschehen war. Betsy hatte zuerst gemurrt, aber dann hatte sie verständnisvoll eingelenkt. »Es war Phils Wunsch«, sagte sie mit einem kleinen Schluchzen. »Und wer bin ich denn, dass ich Sie daran hindere, ihre Wünsche zu erfüllen? Ich bedaure es, Sie zu verlieren, aber damit hatte ich schon gerechnet. Denken Sie daran, dass Sie jederzeit zurückkommen können. Hier wird es immer eine Stelle für Sie geben.« Sie versprach, alles mit Dotty zu regeln, und sagte, sie würde zu einem Besuch nach Sandy Cove kommen, sobald sie konnte.

Cordelia legte glücklich und erleichtert auf und schaffte Ordnung in Dottys Apartment, dann verabschiedete sie sich von den Pflanzen und ließ eine Danskeskarte auf dem Flurtisch zurück, da Dotty übers Wochenende verreist war. Sie sah sich in der eleganten Wohnung um und dachte, dass Dotty zwar alles zu haben schien, was eine Frau sich im Leben wünschen konnte – eine Karriere, einen Haufen Geld und diese schöne Wohnung –, dass aber trotzdem etwas fehlte, etwas sehr Wichtiges: eine Familie und jemanden, den sie lieben konnte.

Es war ein gutes Gefühl, das Kapitel in Amerika abzuschließen, auch wenn es vielleicht nicht für immer war. Was auch geschah, sie würde von Zeit zu Zeit herkommen, um das Grab ihrer Mutter zu besuchen. Betsy hatte ja gesagt, dass sie ihr gern wieder einen Job geben würde, also hatte sie doch nicht alle Brücken hinter sich abbrechen müssen. Falls und wenn sie zurückkam, würde sie alle Geheimnisse gelüftet und eine andere Einstellung zu ihrem Leben und zu ihrer Zukunft haben. Cordelia hatte sich vor ihrer Abreise über die Beantragung eines irischen Passes informiert. Sie brauchte dazu lediglich ihre Geburtsurkunde, die irische Geburtsurkunde ihrer Mutter und die Heiratsurkunde ihrer Eltern. Dann würde es zwei bis drei Monate dauern, bis sie ihren irischen Pass an der nächsten Ausgabestelle in Irland abholen konnte. Sie beantragte sofort die Geburtsurkunde ihrer Mutter und bat darum, sie ihr nach Willow House zu schicken, dann suchte sie ihre eigene Geburtsurkunde heraus, die sich zusammen mit ihren anderen wichtigen Papieren in einem Umschlag befand. Anschließend schickte sie eine E-Mail an das Pfarrbüro in Morristown, bedankte sich bei Pfarrer Richards für seine Hilfe und bat ihn, die Heiratsurkunde ihrer Eltern an ihre neue Adresse in Irland zu schicken.

. . .

Nach einer schlaflosen Nacht ging Cordelia durch die Passkontrolle in Shannon und holte ihr Gepäck. Sie lud die beiden schweren Koffer auf einen Gepäckwagen und schob ihn langsam durch die Türen in die Ankunftshalle, wo sie von einem bekannten lächelnden Gesicht begrüßt wurde.

»Paschal?«, fragte sie verwirrt. »Warum bist du hier?«

Er grinste und nahm ihr den Gepäckwagen ab. »Befehl von Maeve. ›Behandele sie wie einen Star‹, hat sie gesagt. ›Dann will sie nie wieder weg.‹ Ich soll auch meinen Charme spielen lassen, aber ich bin mir nicht sicher, wie ich das anstellen soll. Also kriegst du nur meinen lahmen Versuch, dir ein irisches Willkommen zu bereiten.«

Cordelia lachte. »Das ist mehr als genug«, sagte sie und schaute ihm in das attraktive Gesicht mit den Samtaugen und dem süßen Lächeln. »Mehr könnte ich auch gar nicht verkraften. Aber ich habe Maeve doch gesagt, dass ich bei Hertz einen Wagen gemietet habe.«

»Ich weiß. Ich habe gefragt, ob du stornieren kannst, und sie meinten ja. Du brauchst keinen Wagen zu mieten. Wir werden dir einen organisieren, wenn wir in Sandy Cove sind. Bis dahin kannst du Roisins Wagen benutzen. Wir werden das mit der Versicherung für dich regeln. Und du musst dir vielleicht einen irischen Führerschein besorgen, wenn du bleiben willst.« Er sah sie an. »Willst du?«

Cordelia zuckte die Achseln. »Ich bin mir noch nicht sicher. Es gibt so viel zu klären, bevor ich mich entscheiden kann, wo ich leben will. Wir werden sehen. Ich habe auf jeden Fall schon mal einen irischen Pass beantragt.«

»Okay, das klingt gut. Die Autovermietung ist auf der anderen Seite der Ankunftshalle. Du brauchst nur deinen Namen anzugeben und ein Formular zu unterschreiben, in dem du bestätigst, dass du den Wagen doch nicht brauchst. Dann können wir fahren.«

Cordelia nickte. »Gut.« Sie gähnte. »Tut mir leid, aber ich bin hundemüde.«

Paschal lächelte. »Jetlag und Schlafmangel müssen ein Killer sein. Wie wär's, wenn du versuchst, ein Nickerchen zu halten, während ich fahre? Wir können in Adare Halt machen und in einem Café etwas essen, falls du Hunger bekommst. Das ist eine Stunde entfernt.«

»Klingt nach einem perfekten Plan.«

Nachdem Cordelia den Mietwagen storniert hatte, gingen sie vom Terminalgebäude zum Parkplatz, wo sie ihr Gepäck in Paschals Geländewagen verstauten.

»Du bist nicht nur übers Wochenende gekommen, so viel steht fest«, witzelte Paschal, während sie die beiden schweren Koffer in den Kofferraum wuchteten.

»Ich habe meine ganzen Klamotten und ein paar andere Sachen mitgebracht«, gestand Cordelia. »Nur für den Fall, dass ich beschließe, länger zu bleiben. Und ich habe meinen neuen Job gekündigt, bevor ich überhaupt angefangen habe. Das war wahrscheinlich unklug.«

Paschal hielt ihr die Beifahrertür auf. »Ach? Und was hielt Betsy davon?«

»Sie war enttäuscht, aber am Ende doch sehr nett«, antwortete Cordelia. »Und zu meiner Erleichterung hat sie gesagt, sie würde immer eine Stelle für mich haben, falls ich zurückkomme und im Verlagsgeschäft arbeiten möchte.«

Paschal nickte. »Ich verstehe. Toll, dass sie es so gelassen aufgenommen hat. Hinter ihrer harten Fassade ist sie ein lieber Mensch.«

»Ja, das ist wahr.« Cordelia stieg in den Wagen und lehnte den Kopf an die Kopfstütze. »Aber jetzt will ich alles da drüben einfach nur vergessen.«

»Versuch, ein bisschen zu schlafen. Ich wecke dich, wenn wir in Adare sind. Ein hübsches Dorf, es wird dir gefallen.«

»Bestimmt nicht so hübsch wie Sandy Cove.«

Paschal glitt auf den Fahrersitz. »Adare ist eine Pralinenschachtel. Sandy Cove ist unser eigenes Tír na nÓg. Ein Paradies der irischen Mythologie«, fügte er hinzu, als Cordelia ihn verwirrt ansah. »Das Land der Jugend und der Freude und des Glücks und aller möglicher anderer schöner Dinge.«

»Klingt wunderbar«, murmelte Cordelia und schloss die Augen.

»Na ja, vielleicht nicht ganz, aber es hat schon was davon.« Er ließ den Motor an und schaltete gleichzeitig das Radio ein. »Irische Entspannungsmusik«, erklärte er, als eine Frauenstimme, die auf irisch eine Ballade sang, den Wagen erfüllte.

»Danke.« Wie nett von ihm, dachte sie schläfrig, sie so früh am Morgen abzuholen. Und was für ein Glück Maeve hatte, so einen gut aussehenden, lieben Mann zu haben. Würde sie jemals so jemanden finden? Jemanden, der sich um sie kümmerte und auf sie aufpasste und sie liebte, bis dass der Tod sie schied? Es kam ihr unmöglich vor, aber man wusste ja nie. Vielleicht konnte so etwas in Sandy Cove geschehen, dem Land der Jugend und Freude ... Lächelnd nickte sie ein, eingelullt von irischer Musik und dem leisen Dröhnen des Motors.

Es schienen nur Minuten vergangen zu sein, als Cordelia aufwachte und sah, dass sie durch eine Straße mit strohgedeckten Cottages und viktorianischen Häusern fuhren. Sie richtete sich auf und rieb sich die Augen. »Wo sind wir? Ist das Adare?«

Paschal lachte und hielt vor einem Laden. »Nein, meine Liebe, wir sind in Sandy Cove, dem Shangri-La der irischen Westküste.«

»Oh? Aber ...« Vom Schlaf und Jetlag noch nicht ganz wach, sah Cordelia ihn an.

Er grinste. »Du hast so fest geschlafen, dass ich dich nicht wecken wollte. Bei dem Chaos in Willow House wirst du viel Kraft brauchen.«

»Chaos?«

»Ja, es wird anstrengend werden, dort alles am Laufen zu halten. Roisin hat es so schwer erwischt, dass sie im Dachzimmer von Willow House in Quarantäne ist, und bei uns nebenan hat Aisling Ausschlag am ganzen Körper und will rund um die Uhr von ihrer Mami betreut werden. Aber es sind keine neuen Bläschen dazugekommen, daher bin ich mir sicher, dass sie auf dem Weg der Besserung ist. Maeve hat allerdings seit Tagen nicht geschlafen. Das Haus ist voller Gäste, die jeden Tag ein komplettes irisches Frühstück und alle möglichen anderen Dienstleistungen erwarten. Du wirst schon sehen.« Er deutete auf das Geschäft, vor dem er angehalten hatte. »Ich muss hier kurz reinspringen, um mit der neuen Besitzerin zu reden und etwas zu unterschreiben. Möchtest du mitkommen? Der Laden hat früher mal mir gehört, aber ich habe ihn an eine tolle Frau verkauft, die daraus den beliebtesten Buch- und Kuriositätenladen Europas machen wird. Hofft sie jedenfalls. Sie ist echt witzig.«

»Ah. Okay«, antwortete Cordelia und stieg aus, als Paschal ihr die Tür öffnete. »Vielleicht werde ich davon ja wach.«

»Ganz bestimmt«, sagte er mit einem Augenzwinkern und bedeutete ihr hineinzugehen.

Cordelia folgte Paschal in den Laden und sah sich begeistert um. Ein buntes Sammelsurium von Büchern, Antiquitäten, Kunstgewerbe und Souvenirs lud zum Stöbern ein. Eine Frau mit gewelltem hellbraunem Haar, die ein dunkelgrünes handbedrucktes Shirt, eine schwarze Jeans und Plateau-Sandalen trug, hockte vor dem Bücherregal, sortierte Bücher und murmelte dabei vor sich hin.

»Sally?«, fragte Paschal.

Die Frau sprang auf und drückte sich die Hand aufs Herz. »Paschal! Meine Güte, hast du mich erschreckt. Seit heute Morgen war niemand mehr hier, und da schießt du herein wie eine Kanonenkugel.«

»Tut mir leid«, antwortete Paschal und schenkte ihr ein entwaffnendes Lächeln. »Ich wollte dich nicht erschrecken.«

Die Frau atmete tief durch und lächelte. »Ist schon gut. Mein Herz hat es gerade noch verkraftet.« Sie richtete ihre Aufmerksamkeit auf Cordelia. »Und wer ist dieses entzückende Geschöpf? Sind wir uns schon einmal begegnet?«

»Das ist Cordelia Mirafiore«, stellte Paschal sie vor. »Maeves Cousine zweiten Grades aus Amerika, die uns in der Stunde der Not zu Hilfe eilt.«

»Das ist heldenhaft.« Sally strahlte Cordelia an, und ihre schönen haselnussbraunen Augen blitzten. »Freut mich, Sie kennenzulernen, Cordelia. Ich glaube, ich habe Sie bei der Beerdigung gesehen.« Sie hielt ihr die Hand hin. »Ich bin Sally, die neue Besitzerin von Paschals magischer Schatzhöhle.«

Paschal lachte. »Jetzt wird es deine Schatzhöhle sein, Sally. Ich überlasse sie dir gern, meine Liebe.«

»Da bin ich mir sicher. Aber warte nur ab. Ich werde diesen Laden im Nullkommanichts auf Vordermann bringen.« Sie zwinkerte Cordelia zu. »Ich werde ihn ins einundzwanzigste Jahrhundert holen und zur ersten Adresse für Geschenke in ganz Europa machen.«

»Daran habe ich überhaupt keinen Zweifel«, erwiderte Paschal.

Cordelia konnte nicht aufhören, Sally anzusehen. Sie schätzte sie auf Ende vierzig. Mit ihrem unwiderstehlichen Charme, der schlanken Figur, den warmen und humorvollen braunen Augen und ihrem Sommersprossengesicht machte sie den Eindruck eines unbeugsamen Geistes, wirkte aber auch sehr einfühlsam und freundlich.

Sally schaute ihr in die Augen. »Sie sehen aus, als hätten Sie einen kleinen Jetlag und würden am liebsten ins Bett fallen. Ich gebe Paschal nur rasch die Papiere zum Unterschreiben, dann können Sie fahren.« Sie ging zur Theke und reichte Paschal einen großen Umschlag. »Hier ist alles drin, wir brauchen nur deine Unterschrift. Vielleicht kann Cordelia sie bezeugen? Und dann solltest du sie nach Hause fahren, ihr etwas zu essen geben und sie schlafen lassen.«

»Geht klar.« Paschal zog ein Dokument aus dem Umschlag, nahm einen Stift aus der Brusttasche und unterzeichnete schnell mit seinem Namen. Dann reichte er Cordelia den Stift. »Hier. Könntest du deinen Namen auf die Linie setzen, wo ›bezeugt durch‹ steht?«

Cordelia nickte und unterschrieb, und als sie ihre Adresse mit Willow House, Sandy Cove, County Kerry angab, verspürte sie eine leichte Aufregung. Dies war das erste Mal, dass sie es niedergeschrieben hatte. Ihr neues Zuhause, auch wenn es eine Pension war. Sie schenkte Paschal ein Lächeln. »Es ist komisch, die Adresse schwarz auf weiß vor mir zu sehen.«

»Dann ziehen Sie also her?«, fragte Sally.

»Ich weiß noch nicht, ob es für länger ist«, antwortete Cordelia. »Aber vorerst ist das meine Adresse.«

»Aha.« Sally zwinkerte ihr zu und nahm einen Packen Visitenkarten von einem Stapel auf der Theke. »Die habe ich anfertigen lassen. Vielleicht könntet ihr sie an der Rezeption auslegen?«

Cordelia betrachtete die Karten mit dem Logo und dem Namen »Sally's Curiosa« in Schnörkelschrift. »Kein Problem.« Sie verstaute die Karten in ihrer Tasche und sah sich noch einmal um. »Der Laden erinnert mich an ein Geschäft in der Nähe von Morristown in New Jersey, wo ich aufgewachsen bin. Es heißt The Magic Shop und ist unglaublich. Alle gehen sonntags dorthin, um zu stöbern, manche auch unter der Woche. Es gibt elegante Wohnaccessoires, Schmuckunikate, Bücher, Spielzeug, einfach alles. Die Besitzer fahren regelmäßig nach New York und kaufen auf Märkten und in kleinen Boutiquen ein. Reduzierte Auslaufmodelle, Schlussverkäufe, alles Mögliche. Dann verkaufen sie es im Magic Shop. Vielleicht könnten Sie hier so etwas Ähnliches machen? Natürlich in kleinerem Maßstab.« Cordelia holte Luft und lachte. »Entschuldigung. Ich wollte mich nicht einmischen. Es ist nur so, dass dieser Laden genauso aussieht und irgendwie die gleiche Atmosphäre hat.«

Sally, die Cordelia aufmerksam angesehen hatte, während sie gesprochen hatte, nickte. »Wissen Sie was? Das ist eine fantastische Idee. Einfach fabelhaft. Ich werde ernsthaft darüber nachdenken und schauen, ob ich nicht einige dieser Ideen hier umsetzen kann – natürlich so, dass sie zum Geschäft passen. Vielen Dank.«

Cordelia lächelte. »Gern. Vielleicht sollten Sie sich die Facebook-Seite ansehen. Dort gibt es Innenaufnahmen, wo man die Gestaltung des Verkaufsraums sehen kann.«

»Das werde ich«, sagte Sally. »Vielleicht können wir uns irgendwann mal auf einen Kaffee treffen? Oder sogar auf einen Drink?«

»Das wäre toll«, stimmte Cordelia zu.

Paschal zupfte sie am Ärmel. »Ich glaube, wir sollten fahren. Du brauchst etwas zu essen und Schlaf, und Roisin und Maeve brauchen *dich*. Mach's gut, Sally.«

»Bis dann, ihr zwei.« Sally winkte ihnen nach, als sie den Laden verließen, und versprach, sich zu melden.

»Du hast eine Freundin fürs Leben gewonnen«, bemerkte Paschal, als sie in den Wagen stiegen. »Sally ist ein lustiger Mensch und eine tolle Frau.«

Cordelia schnallte sich an. »Kommt sie von hier?«

»Ihre Mutter. Sally ist in Cork aufgewachsen, mit Ende zwanzig ist sie nach Dublin gegangen, um Kunst und Design zu studieren, und hat dann in Paris in einem Modehaus gearbeitet. Dort hat sie lustigerweise Phil kennengelernt, und sie wurden Freundinnen, obwohl Sally um einiges jünger ist.«

»Wie alt ist sie?«

»Man sieht es ihr nicht an, aber sie muss Ende fünfzig sein.

Sie achtet sehr auf sich und hat gute Gene. Ihre Mutter war eine der alten Damen, die Phils Romane vor der Veröffentlichung gelesen haben.«

»Ich habe von ihnen gehört«, bemerkte Cordelia. »Was ist aus den alten Hühnern geworden?«

»Leider alle tot. Der Bungalow gehört jetzt Sally, ihre Mutter hat ihn ihr in ihrem Testament vermacht. Jedenfalls hat Sally vor gut dreißig Jahren einen Franzosen geheiratet, aber die Ehe hat nicht gehalten. Danach hat sie eine Reihe von Liebhabern gehabt, aber jetzt hat sie den Männern abgeschworen, wie sie sagt. Sie ist erst letztes Jahr wieder hergezogen und hat meinen Laden geführt, bis sie ihn gekauft hat. Ich glaube, sie wird etwas daraus machen. Sie ist einer dieser Menschen, die nicht aufgeben.«

»Den Eindruck habe ich auch.«

»Schau, wir sind da. Bereit, dich der Realität zu stellen?« Paschal bog in den Weg ein, der zu Willow House führte, fuhr durch das hohe Tor und brachte den Wagen vor dem Haus zum Stehen.

»O ja«, sagte Cordelia mit Blick auf das Haus. Es sah wunderschön aus im Sonnenschein. Die Fenster blitzten und die Haustür stand offen, als wollte sie sie einladen, einzutreten. Cordelia sprang aus dem Wagen, ging die Stufen hinauf und betrat die Eingangshalle, wo sie von einem dunkelhaarigen jungen Mädchen in einer weißen Schürze über einem Sommerkleid begrüßt wurde. »Willkommen in Willow House«, sagte sie lächelnd. »Ich bin Kathleen. Soll ich Ihnen mit dem Gepäck helfen?«

»Oh.« Cordelia lachte. »Ich bin kein Gast. Ich bin Cordelia Mirafiore. Ich bin hier, um ...«

»Um das Kommando zu übernehmen?«, ergänzte Kathleen mit einem glücklichen Seufzer. »Gott sei Dank, dass Sie da sind. Es ist das reinste Irrenhaus, um ehrlich zu sein.«

»Kathleen, mach Cordelia in der Küche bitte etwas zu

essen«, keuchte Paschal hinter ihnen, einen schweren Koffer in jeder Hand. »Ich bringe dein Gepäck in dein Zimmer. Maeve meinte, dass du Phils altes Zimmer neben der Küche bekommst. Roisin ist in der Dachkammer eingesperrt und darf erst wieder raus, wenn die Bläschen weg sind. Cian und die Jungs haben die Flucht ergriffen und sind mit dem Wohnmobil an die Westküste gefahren. Ich kann es ihnen nicht verübeln. Im Moment sieht Roisin aus wie ein Monster aus einem Horrorfilm, behauptet sie zumindest.«

»Das stimmt«, bestätigte Kathleen mit einem kleinen Schauder. »Es hat sie schlimmer erwischt als ein Kind. Selbst der Arzt ist zuerst zurückgeschreckt, als er zur Untersuchung kam. Er hat ihr viel Wasser und Schlaf verordnet und gesagt, dass sie sich mit Zinklotion einreiben soll, dann ist sie in einer Woche wieder auf dem Damm. Ich habe ihr Gerstenwasser mitgebracht, das hat meine Mum extra für sie gemacht.«

»Das ist sehr nett von dir«, sagte Cordelia und folgte Paschal in das helle, luftige Zimmer gleich neben der Küche, das nun ihr Zimmer war.

Er stellte die Koffer neben dem großen Kleiderschrank ab. »So. Ich glaube, Maeve hat gesagt, du sollst Phils Modesammlung zur Seite schieben, um Platz für deine Sachen zu machen. Die Kommode hat sie schon fast leer geräumt. Phil hatte viel Kram, weil sie nie etwas weggeworfen hat.« Er holte Luft. »Okay. Wenn du jetzt zurechtkommst, schaue ich jetzt mal, wie es zu Hause aussieht. Hoffentlich schlafen die beiden.«

Cordelia lächelte ihn an. »Danke, dass du mich abgeholt hast, Paschal. Das weiß ich wirklich zu schätzen.«

»Gern. Kathleen wird dich in die Abläufe hier einweihen. Wenn du irgendetwas brauchst, sag Bescheid. Maeve kommt auch kurz rüber, sobald sie Gelegenheit hat.« Mit diesen Worten verschwand er und ließ Cordelia allein, damit sie sich einrichten und kurz verschnaufen konnte.

Sie setzte sich auf das große weiße viktorianische Bett und

sah sich um. Es war ein schönes Zimmer mit einer gelben Blümchentapete, zarten weißen Vorhängen und einem hellblauen Teppich auf dem Holzboden. Den Möbeln war mit weißer Kreidefarbe ein Shabby-Chic-Look verliehen worden, sodass ein heller, offener und gleichzeitig herrlich gemütlicher Gesamteindruck entstand. Cordelia konnte sich vorstellen, wie Phil in dem blauen Samtsessel mit einem Buch am Fenster saß, in den Garten und aufs blaue Meer hinausschaute, das hinter den Sträuchern glitzerte, und sich von der Sonne wärmen ließ, die durchs Fenster fiel.

Cordelia seufzte, und ein Anflug von Trauer überkam sie bei dem Gedanken, hier in diesem Raum, in diesem Haus zu sein. Außerdem knurrte ihr der Magen, als ihr bewusst wurde, dass sie seit dem vergangenen Abend nichts mehr gegessen hatte. Sie stand vom Bett auf und ging durch das kleine Wohnzimmer, das gleichzeitig als Büro diente, in die Küche. Zwischen Bergen von schmutzigem Frühstücksgeschirr entdeckte sie Kathleen, die am Elektroherd Eier und Speck briet. Neben dem Herd stand ein alter Küchenofen mit Holzfeuerung. Als Cordelia hereinkam, wandte Kathleen sich zu ihr um.

»Hi. Ich brate Ihnen gerade ein paar Eier mit Speck. Ist das okay? Ich habe Tee gekocht, und in dem Korb ist Sodabrot. Butter und Marmelade sind auf dem Tisch. Stellen Sie alles auf ein Tablett, dann können Sie im Garten essen. Die Eier sind auch jeden Moment fertig. Eigentlich wollte ich Ihnen ein komplettes irisches Frühstück machen, aber uns sind die Pilze und die Blutwurst ausgegangen. Aus irgendeinem Grund hatten heute Morgen alle einen Bärenhunger.«

Cordelia nahm sich ein Tablett und lud das Brot und den Tee darauf. »Das kann ich mir vorstellen. Machen Sie sich meinetwegen bitte keine Umstände, ich komme schon zurecht. Sie haben doch bestimmt viel zu tun.«

»Ja, ich muss dieses Chaos aufräumen und dann die Betten

machen. Heute sind es zwölf, außerdem muss ein Haufen Handtücher und Laken gewaschen werden. Aber es ist schon okay. Es ist doch keine Arbeit, Ihnen ein bisschen Speck und Spiegelei zu braten.« Sie lächelte, ließ den Inhalt der Pfanne auf einen Teller gleiten und reichte ihn Cordelia. »Hier, bitte. Ich räume jetzt die Spülmaschine ein und mache dann die Betten. Maeve hat gesagt, ich soll Sie schlafen lassen. Sie kommt später vorbei.«

»Alles klar. Danke, Kathleen.« Cordelia stellte den Teller auf das Tablett und schlenderte langsam nach draußen zu einem Gartentisch, setzte sich und fiel über ihr sehr verspätetes Frühstück her.

Während sie den knusprigen Speck, die Eier und das selbst gebackene Sodabrot genoss, versuchte sie, ihre Gedanken zu ordnen. Sie freute sich darauf, das Gästehaus zu führen, auch wenn es harte Arbeit bedeutete, da Kathleen die einzige andere Angestellte zu sein schien. Sie hoffte, dass es nicht allzu schwer sein würde, sich einzugewöhnen, da sie unbedingt die Nachforschungen zur Identität ihrer Mutter und ihrer frühen Jahre in Irland vor der dramatischen Flucht nach Amerika vertiefen wollte. Frances hatte alle Verbindungen zu ihrer Familie gekappt, und Cordelia war entschlossen herauszufinden, warum. Aber war ihre Mutter die echte Frances gewesen? Das war die wichtigste Frage, und sie musste einfach beantwortet werden.

Es war ein warmer, sonniger Tag mit einem starken Wind aus Südwesten. Paschal hatte ihr erzählt, dass das hier normal sei, und tatsächlich wuchsen die Bäume alle ein wenig schief nach Nordosten. Nachdem Cordelia ihren Tee ausgetrunken hatte, blinzelte sie in das grelle Sonnenlicht, und eine Welle der Müdigkeit überkam sie. Zeit, sich hinzulegen, sagte sie sich. Sie trug das Tablett zurück durch die Tür in die nun saubere und aufgeräumte Küche, in der eine große Spülmaschine dröhnte. Kathleen war offenbar von der schnellen Sorte.

Cordelia ging in ihr Zimmer, warf einen Blick auf die beiden Koffer und entschied, sie später auszupacken. Dann schloss sie die Tür, zog die Schuhe aus und ließ sich auf das große Bett fallen. Während ihr Kopf in dem weichen Kissen versank, schloss sie die Augen und schlief ein. Sie träumte von ihrer Mutter und Phil und von den glücklichen Tagen, die nun schon so lange her zu sein schienen.

ZEHN

Ausgeruht nach einem Nickerchen, duschte Cordelia und zog einen blauen Rock und eine weiße Leinenbluse an. Sie bürstete sich die kurzen Locken, dann trug sie einen Hauch Rouge auf die Wangen auf. Wenn sie Gäste begrüßen sollte, musste sie gepflegt aussehen. Sie schaute auf dem Handy nach, wie spät es war, und stellte fest, dass es bereits zwei Uhr war. Also ließ sie ihre unausgepackten Koffer, wo sie waren, und machte sich auf die Suche nach Kathleen, damit sie ihr die Abläufe in der Pension erklärte.

In der Küche war sie nicht. Cordelia sah sich um. Der Raum war blitzblank geputzt und aufgeräumt. Es war eine schöne Küche mit einem alten beigefarbenen Emailleofen, dem AGA, weiß gestrichenen Originalschränken und einem großen Bauerntisch, an dem Generationen von Frauen ihren Familien das Essen serviert hatten. Die großen Steinplatten des Bodens waren von vielen Füßen glatt poliert, und in dem Tellerregal über der Spüle standen blaue Porzellanteller. Die Spülmaschine und der elektrische Gastronomieherd waren die einzigen modernen Geräte. Das Haus war wirklich sehr behutsam mit

einem Gespür für die ursprüngliche Atmosphäre restauriert
worden.

Aber es gab viel zu tun, und als Erstes musste Cordelia
nach der armen Roisin sehen, die in ihrer Dachkammer weit
weg von den Gästezimmern im ersten Stock lag. Cordelia ging
von der Küche in den Flur, der mitten durchs Haus verlief, und
betrachtete die Bilder an den Wänden. Es waren hauptsächlich
Aquarelle und Seestücke, dazwischen das eine oder andere
Ölbild mit Cottages und baumumstandenen Häusern, einer
Jagdszene und dem Porträt eines hochmütig dreinblickenden
Mannes mit Halskrause.

Cordelia warf einen Blick in den Speiseraum und sah, dass
der große Esstisch bereits für das Frühstück am nächsten Tag
gedeckt war. Auf der Anrichte standen Portionspäckchen
verschiedener Frühstücksflocken und Müslis sowie Schalen mit
Nüssen. Was für eine nette Idee, die Gäste beim Frühstück
zusammensitzen zu lassen. Sie ging weiter und spähte in den
schönen, hellen Salon, wo die Gäste abends, wenn es kalt war,
bei einem munteren Feuer am Kamin sitzen konnten. Tagsüber
erkundeten sie die schöne Gegend, gingen wandern,
schwimmen oder surfen, und danach versammelten sie sich in
diesem einladenden Raum, um von ihren Erlebnissen zu
erzählen oder sich einfach mit einer Tasse Tee oder einem Glas
Wein zu entspannen. Es überraschte Cordelia nicht, dass die
Pension so beliebt war – sie war wirklich wie ein zweites
Zuhause, wo Gäste aus aller Welt zusammenkamen. Ungewöhnlich, aber mit viel Charme.

Cordelia ging leise die geschwungene Treppe hoch, durch
den Flur und dann die nächste, steile und schmale Treppe
hinauf, die zu den Zimmern im Dachgeschoss führte. Hier oben
erhellten die Dachfenster die Kieferndielen des Flurs, von dem
drei Türen abgingen. Cordelia öffnete eine davon und
entdeckte einen großen, lichten Raum mit drei Betten, einem
Fernseher und zwei Kommoden. Das musste das Zimmer der

Jungen sein, dachte sie und schloss die Tür. Die mittlere Tür führte in ein Badezimmer mit einer frei stehenden viktorianischen Badewanne und einer modernen Dusche in der Ecke. Die letzte Tür musste zu Roisins und Cians Schlafzimmer gehören. Cordelia klopfte vorsichtig an.

»Wer ist da?«, krächzte eine heisere Stimme.

»Ich bin es, Cordelia.«

»Oh. Äh, komm rein, aber nicht schreien, wenn du mich siehst«, sagte Roisin.

Cordelia öffnete die Tür und trat in einen lichtdurchfluteten Raum. Roisin lag auf dem großen Doppelbett, einen Stapel Kissen im Rücken, und sah schrecklich aus. Ihr Gesicht war mit einer rosafarbenen Kruste aus getrockneter Zinklotion und zahllosen Bläschen bedeckt, ihre roten Augen tränten und das Haar klebte ihr am Kopf. »O Gott«, entfuhr es Cordelia, ohne nachzudenken.

»Ich weiß«, murmelte Roisin und zog die Decke bis ans Kinn. »Ich bin ein furchtbarer Anblick.«

»Du Ärmste«, entgegnete Cordelia sanft und trat näher ans Bett. »Kann ich dir irgendwas bringen?«

»Nein, danke.« Roisin schloss die Augen. »Der Arzt meinte, das sei die schlimmste Phase und sie werde noch ein paar Tage andauern. Dann wird es mir langsam besser gehen. Ich nehme Paracetamol, um das Fieber zu senken, und er hat mir etwas zum Schlafen gegeben. Und die Zinklotion. Aber die scheint nicht viel zu helfen.« Sie öffnete die Augen und schaute Cordelia an. »Aber was machst du hier? Ich dachte, du wärst zurück in die Staaten gegangen und würdest erst in ein paar Monaten wieder hier sein.«

»Maeve hat mich gebeten, zu kommen und zu helfen. Sie sagte, das Nachlassverfahren würde nicht so lange dauern wie gedacht. Daher hätte ich ohnehin bald herkommen müssen.«

»Ah. Gut«, flüsterte Roisin. »Danke, dass du da bist. Es ist toll, dass du hier übernehmen wirst. Maeve ist vollkommen erschöpft, weil Aisling sie ständig braucht. Typisch mein Pech, dass ich die Windpocken nicht hatte, als alle anderen sie hatten. Du hattest sie wahrscheinlich auch?«

»Ja, als ich sechs war. Ich weiß noch, wie schrecklich es gejuckt hat.«

Roisin wand sich in ihrem Bett. »Bitte, sprich nicht davon. Dann will ich mich sofort kratzen.«

»Tu das bloß nicht«, mahnte Cordelia. »Sonst bekommst du Narben, die nie mehr weggehen.«

»Ja, das hat man mir gesagt.« Roisin blickte Cordelia nachdenklich an. »Du bist doch Kosmetikerin und kennst dich mit Hautpflege aus. Vielleicht könntest du mir eine Gesichtsbehandlung machen, wenn es mir besser geht? Nur damit ich nicht zu schrecklich aussehe, wenn Cian zurückkommt.«

»Ja, natürlich«, versprach Cordelia. »Ich hole in der Apotheke etwas zur Hautberuhigung und rühre dir eine Lotion an.«

»Oh, großartig«, murmelte Roisin, die plötzlich erschöpft wirkte. »Das wäre sehr lieb.« Sie seufzte und lächelte matt. »Es tut mir leid. Ich bin im Moment nicht zu gebrauchen. Am liebsten würde ich die ganze Zeit schlafen.«

»Das ist doch verständlich«, beruhigte Cordelia sie. »Du musst dich grässlich fühlen. Soll ich dir nicht doch etwas holen?«

»Nein ... Ich will ein bisschen schlafen ... Aber danach vielleicht einen Teller von der Suppe, die Kathleen gekocht hat?«

»Ja, natürlich.«

»Nicht zu heiß, nur lauwarm. Und Wasser mit Eiswürfeln. Und Eiscreme. Vanille. Ich rufe dich an, wenn ich aufwache.« Roisin stieß ein schwaches Kichern aus. »Das war eine ziemlich große Bestellung, was?«

Cordelia lachte mit. »Ja, aber ich habe mir alles gemerkt. Ruf mich an, wenn du es brauchst, dann bringe ich es dir hoch.«

»Tausend Dank.« Roisin drehte sich auf die Seite. »Entschuldige, dass ich so eine Laune habe. Ich bin echt froh, dass du da bist. Jetzt, da ich mir keine Gedanken mehr um die Gäste, das Frühstück oder sonst irgendetwas machen muss, fühle ich mich viel entspannter.«

»Ich helfe gern. Und es tut mir wirklich leid, dass du so krank bist.«

»Danke«, antwortete Roisin schläfrig. »Würde es dir etwas ausmachen, das Fenster zu schließen, bevor du gehst? Und mach bitte die Vorhänge zu. Das Licht tut mir in den Augen weh.«

»Kein Problem.« Cordelia schloss das Fenster und bewunderte den Blick auf den Garten, den Strand und die Küste. Hier oben konnte sie bis weit hinaus aufs Meer sehen, wo in der Ferne die Umrisse der Skellig Islands schimmerten. »Tolle Aussicht«, bemerkte sie.

»Ja, herrlich«, murmelte Roisin. »Ich wünschte, ich wäre nicht krank und könnte das schöne Wetter genießen.«

»Es wird dir bald besser gehen.« Cordelia zog die Vorhänge vor das Fenster und schlich auf Zehenspitzen aus dem Raum. Roisin fühlte sich eindeutig nicht gut. Gerade als sie die Tür schließen wollte, sagte Roisin noch etwas.

Cordelia blieb stehen, die Hand auf der Türklinke. »Was?«

»Ich sagte, dass ... Mum hat etwas über einen Test gesagt, den du machen sollst. Ich weiß nicht mehr, was für einen. Frag Maeve.«

»Danke, das mache ich.« Cordelia verließ den Raum und schloss leise die Tür. Das Herz klopfte ihr bis zum Hals. Maeves und Roisins Mutter hatte also noch nicht aufgegeben. Sie stieg die Treppe hinunter und dachte über das Problem nach. Anne-Marie McKenna wollte offenbar die Wahrheit herausfinden. Ein Eisschauer lief ihr über den Rücken. Aber Maeve hatte gesagt, dass sie es vergessen solle und dass weder sie noch Roisin auf ihre Mutter hören würden. Aber was, wenn sie ihre Meinung änderten? Was, wenn ... Cordelia versuchte, ihre Ängste zu verdrängen, während sie nach unten ging. Sie musste Anne-Marie mit ihren Nachforschungen einfach zuvorkommen.

In der Küche traf Cordelia auf eine blasse und gehetzt aussehende Maeve, die am Tisch einen Briefstapel durchsah. »Die Post von heute«, sagte sie, als Cordelia hereinkam. »Das meiste ist Reklame, aber es sind auch zwei Rechnungen dabei, die bezahlt werden müssen. Keine Ahnung, warum Roisin dafür keinen Dauerauftrag eingerichtet hat. Ich zeige dir, wie du das online erledigen kannst.«

»Gut.« Cordelia lächelte. »Hi, Maeve.«

Maeve lachte und schlug sich die Hand vor die Stirn. »Entschuldige! Wo bleiben meine Manieren? Mir war nicht klar, mit wem ich da rede.« Sie umarmte Cordelia. »Hallo, wie geht es dir? Danke, dass du so schnell gekommen bist. Aisling schläft, und Paschal hat für eine Weile übernommen.«

»Du siehst erschöpft aus«, bemerkte Cordelia, nachdem sie Maeves Umarmung erwidert hatte.

Maeve strich sich seufzend das Haar aus den Augen. »Ich weiß. Ich habe letzte Nacht nicht viel Schlaf bekommen. Es tut mir wirklich leid, dass wir dir das aufgehalst haben, während wir dich eigentlich mit offen Armen hätten empfangen sollen. Roisin war bestimmt ziemlich mies drauf. Sie ist eine schreckliche Patientin.«

Cordelia lächelte. »Stimmt, ihre Laune war nicht die beste, aber sie fühlt sich auch schlecht. Wie geht es der kleinen Aisling?«

»Sie ist immer noch von juckenden Bläschen übersät, aber es sind keine neuen mehr dazugekommen, daher wird es wahrscheinlich bald besser. Paschal kümmert sich ganz toll um sie.«

»Es war nett von ihm, mich abzuholen.«

»Das war meine Idee. Ich dachte, es wäre das Mindeste, was wir tun können, wenn du schon alles stehen und liegen lässt, um uns zu helfen.«

»Das war doch selbstverständlich«, erwiderte Cordelia höflich.

»Ich hoffe, es war kein allzu großes Problem.«

»Nein, das heißt, in gewisser Weise schon. Betsy war leicht schockiert, als ich ihr mitgeteilt habe, dass ich die Stelle doch nicht antrete, aber sie wird darüber hinwegkommen. Ich bin mir allerdings nicht sicher, ob sie mir noch einmal einen Job anbieten wird, obwohl sie es versprochen hat. Vielleicht hat sie es nur aus Nettigkeit gesagt. Aber es spielt keine Rolle. Ich bin froh, hier zu sein.«

»Und wir auch, glaub mir«, sagte Maeve herzlich. »Du wirst es wahrscheinlich etwas seltsam finden, dass wir dich gebeten haben, so bald zurückzukommen, aber unter den Umständen gab es niemanden, den ich so schnell um Hilfe bitten konnte, und Paschal meinte, es wäre gut, wenn du dich an die Leitung der Pension gewöhnst.«

»Ich helfe gern, und ich war ohnehin bereit zu gehen.« Cordelia steuerte den großen Kühlschrank am Fenster an. »Hast du etwas dagegen, wenn ich mir etwas zu essen mache?«

Maeve legte die Umschläge zurück auf den Tisch. »Natürlich nicht. Ich werde auch etwas essen, weil ich kaum gefrühstückt habe. Aisling war den ganzen Morgen über sehr unruhig, und als sie eingeschlafen ist, habe ich mich auch eine halbe Stunde hingelegt. Wir könnten uns ein Sandwich machen und draußen unter dem Ahorn essen.«

»Das übernehme ich«, bot Cordelia an und holte Salat, Tomaten, Schinken und Mayonnaise aus dem Kühlschrank. »Vielleicht könntest du Roisin einen Teller Suppe bringen? Sie möchte sie nicht zu warm, und dazu Wasser mit Eis und eine Portion Vanilleeis.«

Maeve verdrehte die Augen. »Sie ist wie eine Fünfjährige. Okay, ich bringe ihr alles nach oben, während du die Sandwiches machst. Brot ist da drüben im Brotkasten. Wir sehen uns in ein paar Minuten draußen.«

. . .

Als sie etwas später unter dem Ahornbaum Sandwiches aßen und auf den verlassenen Strand blickten, nahm Cordelia endlich ihren Mut zusammen und fragte nach Anne-Marie und ihrer Recherche. »Roisin hat erwähnt, dass deine Mutter etwas über mich und einen Test gesagt hat.«

Maeve legte ihr halb verzehrtes Sandwich zurück auf den Teller. »O Gott. Ich wünschte, sie hätte es dir nicht gesagt.« Sie sah Cordelia an und runzelte die Stirn. »Mum ist leider eine kleine Nervensäge. Sie scheint dich für eine Hochstaplerin zu halten. Sie sagt, wir müssen Gewissheit haben, dass wirklich du die Enkelin von Grannys Schwester bist. Natürlich bist du das. Jedenfalls geht die Sache Mum nichts an. Sie war keine Bluts-verwandte von Phil und wurde in dem Testament nicht erwähnt, genauso wenig wie Dad. Er hatte nicht die geringsten Einwände. Er war der Meinung, dass Phil mit ihrem Eigentum tun und lassen konnte, was sie wollte. Mum hat uns ein DNA-Test-Set geschickt, aber wir werden es nicht benutzen. Also, mach dir deswegen bitte keine Sorgen.«

Cordelia hatte große Mühe, den Bissen in ihrem plötzlich trockenen Mund herunterzuschlucken. »Aber wie kommt sie darauf? Hat sie etwas über meine Mutter herausgefunden?«

Maeve zuckte die Achseln. »Keine Ahnung. Ich habe nicht richtig hingehört. Sie hat so viel darüber geredet, dass ich irgendwann abgeschaltet habe. Roisin und ich finden beide, dass Phils Testament ihr letzter Wunsch war und dass wir es in keiner Weise anfechten sollten. Aber Mum gibt einfach keine Ruhe. Sie hat etwas über deine Großeltern gesagt, aber sie war sich nicht sicher. Sie meinte, sie würde sich melden, wenn sie mehr weiß.«

»Oh.« Cordelia war sprachlos und nahm einen Schluck Wasser aus ihrem Glas. Sie begegnete Maeves freundlichem Blick und wusste, dass sie ihr die Wahrheit über ihre eigenen

Zweifel sagen musste und was sie über den Nachnamen ihrer Mutter wusste. Aber zuerst musste sie eine Frage stellen. »Konnte ... konnten unsere Grannys gut Irisch? Ich meine, haben sie fließend Irisch gesprochen?«

»Irisch?« Maeve dachte nach. »Meine Granny nicht, soweit ich weiß. Aber damals hat jeder ein bisschen Irisch gesprochen. Es ist hier immer noch Pflichtfach in der Schule, aber es scheint nicht viel hängen zu bleiben. Es kommt auch drauf an, wo man wohnt. In Kerry können die Leute in der Regel ganz gut Irisch. Granny und ihre Schwester haben in Dublin gelebt, daher haben sie in ihrer Jugend vielleicht nicht besonders gut Irisch gesprochen. Zumindest meine Granny nicht. Aber Clodagh, deine Granny, hat Irisch an einer Mädchenschule unterrichtet, bevor sie geheiratet hat.« Maeve nickte. »Ja, jetzt, wo ich darüber nachdenke, war sie angeblich eine echte Verfechterin der irischen Sprache und Kultur. Aber ich habe sie nie kennengelernt und kann daher nicht beschwören, dass sie die Sprache gepflegt hat. Deine Großmutter war ja mit Jimmy Fitz verheiratet, aber sie starb, als deine Mutter noch ein Kind war, daher hat Jimmy sie großgezogen. Wir haben die Brennans praktisch gar nicht gekannt. Als ich klein war, drehte sich alles um unseren Großvater und die McKennas.« Sie sah Cordelia an. »Warum fragst du nach den Irischkenntnissen?«

»Weil Moms Mädchenname Ó Braonáin war und nicht Fitzgerald.«

»Was? Ó Braonáin? Das ist Brennan auf Irisch, aber ...«

Cordelia schnappte nach Luft, und ihr Herz vollführte einen Purzelbaum. »Brennan?«, rief sie. »Es bedeutet Brennan und nicht O'Brien? Bist du dir sicher?«

Maeve lachte. »Natürlich bin ich mir sicher. Hast du das nicht gewusst? Das war doch der Mädchenname unserer Grannys.«

»Ich ...« Cordelia brach ab, denn sie wusste nicht, was sie sagen sollte. *Brennan*, dachte sie, *der Nachname meiner Mutter*

war derselbe wie der von Maeves Großmutter ... das muss bedeu-
ten ... O Gott, es ist wahr, meine Mutter war die echte Frances.
»Ich ... ach, es ist so verwirrend.« Cordelia versuchte, ihren
Atem zu beruhigen.

Maeve sah sie verwundert an. »Das ist es allerdings. Warum
hat sie den Mädchennamen ihrer Mutter und nicht ihren
eigenen verwendet?«

»Ich weiß es nicht«, flüsterte Cordelia. »Ich ... ich bin nicht
einmal auf die Idee gekommen, dass sie Brennan hieß.«

»Wie meinst du das?«

Cordelia räusperte sich. »Ich ... es ist so, ich hatte gewisse
Zweifel, ob meine Mom tatsächlich die Frances war, von der
Phil gesprochen hat. Ich dachte, ihr Name bedeutet O'Brien.
Das war aber auch das Einzige, was nicht zu Phils Geschichte
gepasst hat.«

Maeve starrte Cordelia entsetzt an. »Bedeutet das, dass ...
als Phil in der Fernsehsendung über Frances Fitzgerald gesprochen hat ...«

»Sie hätte über jemand anderen sprechen können«, beendete Cordelia ihren Satz und fühlte sich elend. »Ich weiß, was
du sagen willst. Dass ich eine große Lüge erzählt habe und mich
für jemanden ausgegeben habe, der ich nicht bin. Aber alles
andere passte so perfekt. Der Vorname, das Geburtsdatum, die
Stadt, aus der sie kam, alles. Bis auf den Nachnamen, und der
passt jetzt auch. Aber das habe ich zu der Zeit nicht gewusst.«

»Heilige Mutter«, flüsterte Maeve mit aschfahlem Gesicht.

Cordelia beugte sich vor und sah Maeve an. »Ich habe es
mir so sehr gewünscht, dass ich mir eingeredet habe, es sei die
Wahrheit. Phil hat es ebenfalls geglaubt. Als wir uns das erste
Mal begegnet sind ...« Cordelias Augen füllten sich mit Tränen.
»Es war, als stünde ich einem Menschen gegenüber, den ich
mein Leben lang gekannt habe. Phil ging es genauso. Sie
sagte ... sie sagte, dass ... dass sie das Gefühl hat, sie hätte auf

mich gewartet, und dass Frances wollte, dass wir uns begegnen und zusammen sind.«

»Sie war einsam und hatte Heimweh«, murmelte Maeve. »Sie hat dich oder jemanden wie dich gebraucht. Und dann bist du einfach in ihr Leben gestolpert und zu ihrer ständigen Gefährtin geworden, als wäre ihr Wunsch in Erfüllung gegangen. Wie perfekt«, fügte sie mit einem Anflug von Gift in der Stimme hinzu.

»Das klingt, als wäre ich eine Betrügerin.« Cordelia ergriff Maeves Hand. »Bitte versuch, es zu verstehen. Ich war nach Moms Tod sehr einsam. Sie war die einzige Verwandte, die ich hatte. Ich wusste nicht, wie ich wieder ins Leben zurückfinden sollte. Als ich Phil begegnet bin ... sie war so fabelhaft und so lieb und witzig und ... ach, du weißt schon.«

Maeve nickte. »Ja.«

»Und sie hatte ja von ihrer Familie in Irland erzählt und von der Cousine namens Frances, die in Dublin geboren worden war und mit neunzehn nach Amerika ging. Genau wie meine Mom. Es hat alles gepasst.«

»Bis auf den Nachnamen«, rief Maeve ihr mit einem kalten Unterton ins Gedächtnis.

»Meine Mutter ist ebenfalls an Heiligabend geboren«, sagte Cordelia und überging Maeves Bemerkung. Sie ließ deren Hand los und lehnte sich erschöpft auf ihrem Stuhl zurück. Den Blick auf das glitzernde Wasser der Bucht gerichtet, atmete sie die frische, salzgeschwängerte Luft ein und versuchte, sich zusammenzureißen. Wie sollte sie nur jemandem wie Maeve erklären, wie es war, ganz allein auf der Welt zu sein? Keine Familie oder Verwandte und nur sehr wenige Freunde zu haben. Maeve hatte einen Mann und ein Kind, eine Schwester, Neffen, Eltern. Sie lebte im Kreis ihrer Familie. Cordelia wandte den Blick zu Maeve. »Jetzt, da ich weiß, dass der Nachname meiner Mutter Brennan war, wächst in mir die Gewissheit, dass meine Mutter die echte Frances war.«

»Brennan ist ein ziemlich verbreiteter Name«, bemerkte Maeve.

»Das mag sein«, pflichtete Cordelia ihr niedergeschlagen bei. »Aber ...«

»Als du nach dem Telefon gegriffen hast, musst du gewusst haben, dass nicht alle Tatsachen der Wahrheit entsprachen.«

Cordelia nickte. »Ich wusste, dass ihr Nachname nicht Fitzgerald war.«

»Aha. Und als du Phil getroffen hast, hast du es ihr nicht gesagt?«

Cordelia rang die Hände in ihrem Schoß. »Nein.«

»Du hast durch Unterlassung gelogen.«

»Eigentlich nicht«, erklärte Cordelia. »Ich ... ich habe geglaubt, dass es so war, so ...«

»So, wie du es wolltest«, beendete Maeve ihren Satz streng. »Und dann hast du Phil überredet, dich einzustellen, und sie dazu gebracht, dich zu lieben.«

»Ich habe sie auch geliebt.«

»Na klar.« Maeve sah Cordelia lange schweigend an.

Cordelia hielt Maeves Blick stand und wusste, dass sie gehen würde, wenn man sie dazu auffordern würde. Was sie getan hatte, war falsch gewesen, und jetzt würde sie die Konsequenzen tragen müssen. Sie wusste, was Maeve durch den Kopf ging. Cordelia hatte sich unter Vorspiegelung falscher Tatsachen mit Phil angefreundet und ihre Lüge die ganze Zeit über aufrechterhalten. Aber Maeve wusste nicht, wie sehr Cordelia Phil geliebt hatte oder wie viele Stunden sie damit verbracht hatte, sich um sie zu kümmern, wusste nichts von der Ruhe und Sicherheit, die sie Phil gegeben hatte. »Wenn du willst, gehe ich«, flüsterte sie. »Ich weiß, dass ich Phils Geschenk nicht verdiene. Sie hat in ihrem Brief geschrieben, dass sie mir eine Familie schenken wollte, aber da glaubte sie noch ...« Sie stand auf und nahm ihren Teller und das Glas.

»Nein«, sagte Maeve und wirkte, als erwache sie aus einer Trance. »Setz dich. Ich denke nach.«

Mit zitternden Beinen nahm Cordelia wieder Platz und wartete auf Maeves Antwort.

Nach einer langen Pause sah Maeve Cordelia nachdenklich an. »Weißt du, was ich gerade getan habe?«

»Nein«, erwiderte Cordelia verwirrt.

»Ich habe mich in deine Lage hineinversetzt. Phil hat uns immer gesagt, dass wir das machen sollen. Sie war der mitfühlendste Mensch, den ich je gekannt habe. Sie schien immer die Gefühle anderer Leute und ihre Gründe dafür zu kennen. Das hat sie mir auch in ihrem Brief geschrieben: ›Versuche, dich in Cordelias Lage zu versetzen‹, schrieb sie. Ich wusste zu der Zeit nicht, was sie meinte, aber jetzt tue ich es. Ich kann mir nicht vorstellen, wie es sein muss, überhaupt keine Familie zu haben und ganz allein auf der Welt zu sein, so wie du. Du musst dich schrecklich einsam fühlen.«

»Manchmal schon«, flüsterte Cordelia.

»Phil hat das gewusst, aber sie hat dich auch für die Tochter ihrer Cousine gehalten. Du hattest Zweifel, doch wie du sagst, bis auf den Nachnamen sprach alles dafür, und jetzt passt der vielleicht auch. Das hast du damals natürlich noch nicht gewusst, aber jetzt wissen wir es beide. Aus dem Grund denke ich, dass wir weitermachen und versuchen sollten, mehr herauszufinden.«

Cordelias Augen füllten sich mit Tränen. »Wirklich? Dann kannst mir verzeihen? Und du glaubst, dass meine Mutter die echte Frances war?«

»Da gibt es nichts zu verzeihen. Was du getan hast, war falsch, aber wer weiß, vielleicht hätte ich an deiner Stelle dasselbe getan? Ich habe kein Recht, ein Urteil zu fällen. Wenn ich alle Tatsachen zusammennehme, verstehe ich langsam, was geschehen ist.« Maeve hielt inne und schluckte. »Phil hat es in ihrem Brief angedeutet, und jetzt weiß ich, was sie damit gemeint hat. Ich finde, wir sollten weitermachen, ohne uns Gedanken über Recht oder Unrecht zu machen. Phil hat dir dieses Geschenk hinterlassen, weil sie *dich* geliebt hat, nicht irgendeine entfernte Verwandte, die sie nicht gekannt hat. Es war ihr letzter Wunsch, dass du hier bist und dass wir dich akzeptieren, und diesem Wunsch müssen wir nachkommen. Du hast so viel für sie getan und sie glücklich gemacht. Eigentlich spielt es keine Rolle, ob du ihre echte Nichte bist oder nicht. Sie hat dich um deiner selbst willen geliebt, und für das, was du für sie getan hast. In der Hinsicht gibt es also gar kein Problem, jedenfalls nicht für mich.« Sie lächelte und tätschelte Cordelia beruhigend den Arm. »Ich mag dich jetzt schon sehr, und Roisin mag dich sicher auch. Aber das Ganze muss für den Moment unter uns bleiben, bis du mehr in Erfahrung gebracht hast.«

»Was ist mit deiner Mutter?«

»Wir ignorieren sie einfach.« Maeve seufzte. »Meine Beziehung zu meiner Mutter ist, gelinde gesagt, kompliziert. Sie war immer so verdammt ehrgeizig und hat uns zu Höchstleistungen angetrieben, als hätten wir uns ihre Liebe und Aufmerksamkeit verdienen müssen, indem wir gut in der Schule und später im Beruf waren. Phil war diejenige, die uns mit Umarmungen und Gutenachtgeschichten und Spaß und Spielen bedingungslose mütterliche Liebe geschenkt hat. Dad auch, wenn er konnte, aber Mum war … ach, ich weiß nicht. Ihre Art, Liebe zu zeigen, bestand vermutlich darin, dafür zu sorgen, dass wir gute Leistungen erbrachten. Sie war sehr stolz auf Roisin, aber als Innenarchitektin konnte ich in ihren Augen nicht mithalten. Ihrer Meinung nach hätte ich mir einen akademischen Beruf suchen sollen.« Maeve zuckte die Achseln. »Aber was soll's. Das ist jetzt nicht wichtig. Mach dir wegen Mum keine Gedanken. Ich werde mit ihr reden und ihr sagen, dass sie uns jetzt nicht damit belästigen soll, da wir gerade mit den Windpocken zu kämpfen haben.« Maeve brach ab, als ihr Telefon zweimal bimmelte. Sie schaute darauf. »Roisin will noch eine Portion Eiscreme. Und Aisling weint, ich muss los. Kathleen hat gerade Pause, aber sie kommt nachher zurück, dann werden wir den Betrieb des Gästehauses durchgehen.« Maeve stand auf. »Bis dann.«

»Gut. Danke, Maeve, für deine Fairness und für dein Verständnis.«

»Im Moment verstehe ich noch gar nichts«, antwortete Maeve. »Aber ich gebe mir Mühe.« Sie verzog das Gesicht, als aus der Richtung des Cottages ein fernes Weinen zu hören war. »Die Pflicht ruft. Die arme Kleine, sie ist wirklich krank.«

Maeve lächelte zurückhaltend und machte sich über den Pfad oben auf der Steilküste auf den Heimweg, während Cordelia im Schatten des Ahorns sitzen blieb und über das nachdachte, was Maeve gesagt hatte. Sie schien in ihrem Glauben an die wahre Identität ihrer Mutter zu schwanken. Ihre Bemerkung, dass Phil Cordelia um ihrer selbst willen und nicht aufgrund ihrer Verwandtschaft geliebt habe, war ein Lichtblick in der ansonsten düsteren Wahrheit. Cordelia erkannte, dass Maeve jetzt ihre Verbündete war und ihr dunkles Geheimnis niemandem verraten würde, nicht einmal ihrer Schwester.

Mit einem Gefühl der Hoffnung und des Optimismus stand sie auf und sammelte die Teller und Gläser ein. Sie war hier, um zu helfen und um das Haus kennenzulernen und Teil eines Teams zu sein. Das war ein Gedanke, an dem sie festhalten wollte. Sie schaute zum Haus, dessen Fenster im Sonnenlicht glänzten, und verspürte tief in sich etwas Neues und Tröstliches: Das Gefühl von Zugehörigkeit.

ELF

Cordelia brauchte nicht lange, um sich mit dem Betrieb von Willow House vertraut zu machen. Mit Kathleens und Maeves Unterstützung beherrschte sie bald die Verwaltung der Konten, Einkäufe, Buchungen und des Dienstplans. Das Personal des Gästehauses schien ausschließlich aus Kathleen und Mitgliedern ihrer Familie zu bestehen. Mrs Donelly, Kathleens Mutter, reinigte die Zimmer und die Räume im Erdgeschoss, außerdem wusch sie Bettwäsche, Handtücher und Tischdecken in der Waschküche in dem wiederaufgebauten Schuppen an der Rückseite des Hauses. Kathleens Bruder Paddy kümmerte sich nicht nur um den Garten und das Gemüsebeet, sondern auch um die Hühner in dem neuen Hühnerstall hinter dem Gewächshaus. Cordelia bekam den Schreck ihres Lebens, als eines Morgens ein braun gesprenkeltes Huhn in die Küche spaziert kam. Kathleen hatte gelacht und das Huhn mit den Worten hinausgescheucht, Paddy solle »die Hühnis« besser erziehen. »Der Stall ist neu«, erklärte sie. »Es war Maeves Idee, damit wir frische Eier haben. Und die Gäste lieben es.«

»Eine schöne Idee«, stimmte Cordelia zu, als sie sich von

dem Schreck erholt hatte. »Tut mir leid, aber ich bin ein Stadtmensch. Ich bin nicht an Hühner gewöhnt.«

»Es sind tolle Tiere«, sagte Kathleen immer noch lachend.
»Ich könnte ihnen stundenlang zusehen. Ich bin mit Tieren
aufgewachsen. Wir haben einen Bauernhof mit Kühen und
Schafen oben in den Hügeln. Mein älterer Bruder führt ihn
jetzt, aber ich bin dort groß geworden und helfe gern bei den
Tieren, vor allem bei den Hühnern. Jedes hat seine eigene
Persönlichkeit. Das Huhn, das du gerade kennengelernt hast,
heißt Clara. Sie ist sehr gesellig und abenteuerlustig. Immer auf
der Suche nach einem Leckerbissen. Die anderen Hühner
stelle ich dir später vor. Sie sind in einem Gehege untergebracht, aber Clara schafft es immer auszubüchsen.«

»Ich bin schon gespannt, die anderen Mädels kennenzulernen.« Cordelia drehte sich wieder zu der Bratpfanne auf dem
Herd um, wo sie gerade Blaubeerpfannkuchen machte. »Ich
muss sie nur noch wenden, dann sind sie fertig. Hast du den
Ahornsirup auf die Anrichte im Esszimmer gestellt?«

»Ja«, bestätigte Kathleen, während sie zwei vollbeladene
Teller mit Würstchen, Speck, Spiegeleiern und den anderen
Zutaten eines irischen Frühstücks aufnahm. »Die Blaubeer-
pfannkuchen kommen bei den Amis gut an. Ich habe ihnen
gesagt, dass sie von einer waschechten Amerikanerin gebraten
werden, und sie meinten, sie hätten dich gestern schon beim
Einchecken kennengelernt. Das Ehepaar aus Texas und die
Frau aus Chicago.«

»Ja, sie sind sehr nett. Ich gehe sie gleich begrüßen, wenn
ich ihnen die Pfannkuchen bringe«, versprach Cordelia.
»Waren das die letzten?«

»Ja, für heute war es das mit Kochen.« Kathleen drückte mit
der Hüfte die Tür auf und verschwand.

Cordelia wandte sich lächelnd wieder den Pfannkuchen zu.
Sie war erst seit zehn Tagen hier, aber inzwischen war sie mit

dem Haus und dem Betrieb der Pension so vertraut, dass sie das Gefühl hatte, schon immer hier gewesen zu sein. Maeve war froh, nach den anstrengenden Wochen mit den Windpocken eine Pause zu haben. Während es der kleinen Aisling besser ging und sie wieder so lebhaft war wie zuvor, war Roisin immer noch nicht komplett auf dem Damm und hatte Ruhe verordnet bekommen. Der Arzt hatte erklärt, dass Windpocken bei Erwachsenen erheblich ernster sein konnten und dass oft eine lange Genesungszeit notwendig sei. Roisin war jedoch nicht mehr ansteckend und erholte sich langsam. Sie war allerdings noch antriebslos und müde und verbrachte die Zeit am Strand oder liegend auf dem Sofa in dem kleinen Wohnzimmer und Büro neben der Küche.

Cordelia schaute von der Pfanne auf, als Roisin in die Küche kam und nach einem kurzen »Guten Morgen« im Wohnzimmer verschwand, um sich die Frühnachrichten anzusehen. Cordelia versprach, ihr Tee und Toast zu bringen, und wurde mit einem matten Lächeln belohnt.

»Komm rein und setz dich zu mir, wenn der Frühstücksansturm vorbei ist«, sagte Roisin. »Ich glaube, wir müssen reden.«

Über was?, fragte Cordelia sich, als sie die Pfannkuchen wendete. Roisin wusste nichts von ihren Zweifeln und Ängsten. Nur Maeve wusste davon, und sie hatte geschworen, weder mit Roisin noch sonst jemandem darüber zu sprechen. »Es muss unter uns bleiben«, hatte sie gesagt. »Es hat keinen Sinn, irgendwem davon zu erzählen, bevor wir nicht mehr Fakten haben.« Cordelia war Maeve zutiefst dankbar für ihre Loyalität und hatte den Eindruck, dass sie mehr als die anderen Phils großes Herz und Einfühlungsvermögen geerbt hatte. Aber je länger sie auf die Zusendung der Geburtsurkunde ihrer Mutter wartete, desto größer wurde ihre Unsicherheit. Was würde sie tun, wenn sich herausstellte, dass sie doch nicht mit den McKennas verwandt war? Cordelia schauderte und schob den

Gedanken beiseite. Sie würde sich darum kümmern, wenn es so weit war.

Cordelia stapelte die Pfannkuchen auf einen Teller und ging ins Esszimmer, wo die Gäste plaudernd und lachend um den großen Tisch herumsaßen und Pläne für den Tag schmiedeten. Es war kühler geworden und Regen vorhergesagt, daher trugen die meisten Jeans und Pullover und beratschlagten darüber, ob sie historische Sehenswürdigkeiten besuchen, nach Killarney fahren oder vielleicht in den Bergen wandern gehen sollten. Sie waren sich einig, dass man in der Gegend viel unternehmen konnte und dass es viele hübsche kleine Geschäfte gab, in denen es sich lohnte, zu stöbern. »Eins befindet sich gleich hier in diesem niedlichen Dorf«, bemerkte eine Frau mit texanischem Akzent. »Irgendetwas mit Kuriositäten, habe ich recht?«, sagte sie und sah Cordelia fragend an.

Cordelia stellte den Teller mit Pfannkuchen auf den Tisch. »Ja. Der Laden heißt Sally's Curiosa und ist auf jeden Fall einen Besuch wert. Man kann dort Kunsthandwerk und selbst gemachte Marmelade kaufen. Wie ich höre, hat sie den Laden kürzlich modernisiert.« Sie lächelte die Frau an. »Hallo. Ich bin Cordelia. Wir haben uns gestern schon gesehen. Sie stammen aus Houston, richtig?«

Die Frau erwiderte ihr Lächeln, nachdem sie sich zwei Pfannkuchen genommen hatte. »Ja. Mein Name ist Liza. Sie sind aus New York?«

»Nein, aus Morristown, New Jersey«, korrigierte Cordelia sie.

»Und jetzt betreiben Sie diese Pension?«, erkundigte sich ihr Mann. »Tolles kleines Gästehaus. Gut geführt, sehr komfortabel. Viel besser als ein großes Hotel.«

»Ja«, pflichtete eine andere Frau ihm bei. »Wir lieben es und sind schon zum zweiten Mal hier. Und der amerikanische Touch mit den Pfannkuchen ist einfach herrlich. Wir fühlen uns hier wie zu Hause!«

»Das ist wunderbar«, sagte Cordelia lächelnd. »Es freut mich, dass sie Ihnen schmecken. Ich wünsche Ihnen einen schönen Tag.«

»Wir sehen uns dann morgen«, antwortete die Frau. »Und nächstes Jahr kommen wir ganz bestimmt wieder.«

»Das wäre schön«, antwortete Cordelia und strahlte die Frau an, bevor sie ging. »Wir würden uns freuen, Sie wieder-zusehen.«

In der Küche wollte sie Kathleen helfen, die Bratpfannen zu spülen und das Geschirr in die Spülmaschine einzuräumen, aber Roisin steckte den Kopf durch die Bürotür und unterbrach sie. »Telefon«, sagte sie. »Sally O'Rourke. Und es war auch etwas für dich in der Post.«

»Danke.« Cordelia zögerte mit einem Teller in der Hand.

»Geh nur«, sagte Kathleen und nahm ihr den Teller ab. »Ich mache das schon.«

»Danke, Kathleen.« Cordelia ging ins Büro, setzte sich an den Schreibtisch und griff nach dem Telefon. »Hi, Sally.«

»Hallo, Fremde«, antwortete Sally. »Ich dachte, ich würde Sie hier sehen, aber ich vermute, Sie waren nicht oft im Dorf.«

»Nein«, gestand Cordelia. »Mit einer ausgebuchten Pension und einer kranken Roisin ist das hier das reinste Toll-haus, und die kleine Aisling verlangt ständig nach ihrer Mutter.«

»Dann haben Sie also allein das Ruder in der Hand? Keine leichte Aufgabe für einen Neuankömmling.«

»Kathleen und ihre Mom haben mir geholfen. Es war zwar viel zu tun, aber an den meisten Tagen habe ich es trotzdem geschafft, einen Strandspaziergang zu machen oder schwimmen zu gehen, daher kann ich mich nicht beklagen.«

»Wie geht es den Patientinnen?«, erkundigte Sally sich.

»Besser«, berichtete Cordelia und warf Roisin auf dem Sofa ein Lächeln zu. »Jedenfalls sind sie nicht mehr ansteckend. Stimmt's, Roisin?«

»Sag ihr, dass ich mich langsam wieder fühle wie ein Mensch«, entgegnete Roisin. »Von mir geht keine Gefahr mehr aus.«

»Wenn das so ist, warum kommen Sie beide nicht auf einen Drink in den Hafenpub?«, schlug Sally vor, die Roisin gehört zu haben schien. »Wir könnten dort sogar einen Happen essen. Heute Abend soll es frische Krabben geben.«

»Moment, ich frage mal.« Cordelia sah Roisin an. »Sally möchte wissen, ob wir uns später mit ihr im Hafenpub auf einen Drink und etwas zu essen treffen wollen. Frische Krabben.«

Roisin richtete sich auf. »Mir ist noch nicht nach Ausgehen, aber geh du ruhig. Es wird dir Spaß machen, und du brauchst eine Pause. Außerdem kann Sally dich allen vorstellen. Eine gute Gelegenheit, um Leute kennenzulernen.«

»Ich komme sehr gern. Danke.« Cordelia hielt sich das Telefon ans Ohr. »Roisin ist immer noch ein wenig müde, aber ich werde dort sein. Um wie viel Uhr?«

»Wie wär's mit sieben? Wir können etwas trinken und uns unterhalten und dann die frischen Krabben probieren. Ich rufe bei Nuala an und reserviere einen Tisch.«

»Großartig. Danke, Sally. Dann bis später.« Cordelia legte auf und lächelte Roisin an. »Darauf freue mich schon.«

»Das wird sicher lustig. Sally ist fabelhaft.« Roisin stand auf und tippte auf einen Stapel Umschläge auf dem Schreibtisch. »Die Post von heute. Zwei Briefe sind für dich, einer aus den Staaten und einer aus Dublin.«

»Oh.« Mit zitternder Hand griff Cordelia nach dem braunen Umschlag mit dem Poststempel aus Dublin. Er war adressiert an Cordelia Mirafiore, Willow House, Sandy Cove, County Kerry. Ihr Name. Ihr neues Zuhause … Das musste die Geburtsurkunde ihrer Mutter sein. Wenn doch nur … Würde der Inhalt des Umschlags enthüllen, dass sie eine Lüge gelebt hatte?

»Ist es etwas Offizielles?«, fragte Roisin.

»Sieht so aus.« Mit einem flauen Gefühl sah Cordelia erst Roisin und dann wieder den Brief an. Sie holte tief Luft und riss den Umschlag auf. Darin befand sich eine Geburtsurkunde. Cordelia blickte auf die Namen und Daten. Als sie den Namen der Mutter ihrer Mutter las, empfand sie zunächst eine tiefe Befriedigung. »Mutter: Clodagh Brennan«, stand da. Endlich hatte sie die Bestätigung, nach der sie gesucht hatte. Ihre Großmutter war Clodagh Brennan gewesen, also war ihre Mutter die richtige Frances. Dann las Cordelia die nächste Zeile, und ihr blieb fast das Herz stehen. Sie sah Roisin an. »Was bedeutet das?«, fragte sie mit kaum hörbarer Stimme.

»Was?« Roisin nahm ihr das Blatt aus der Hand. »Frances Brennan«, las sie laut. »Mutter: Clodagh Brennan, Vater ...« Sie brach ab und schnappte nach Luft. »Was? Da steht ...«

»Ich weiß«, flüsterte Cordelia. »Da steht: ›Vater unbekannt‹.«

»Aber ... ich meine ... ihr Dad war Jim Fitzgerald. Zumindest soweit ich weiß. Laut Phil wurde er Jimmy Fitz genannt. Aber mehr weiß ich auch nicht über den Zweig der Familie oder über deine Großmutter.«

»Meine Großmutter war Clodagh Brennan«, wiederholte Cordelia und starrte auf die Namen auf der Geburtsurkunde. Dann sah sie wieder Roisin an. »Aber wer war mein Großvater? Das geht aus der Urkunde nicht hervor.«

»Sehr ungewöhnlich«, murmelte Roisin.

Cordelia schluckte und betrachtete erneut die Geburtsurkunde. Sie hatte die Bestätigung erhalten, nach der sie gesucht hatte, aber jetzt galt es, ein anderes, noch größeres Rätsel zu lösen. »Vater unbekannt?«, murmelte sie verwirrt. »Das ist wirklich seltsam.«

»Das kann man wohl sagen«, stimmte Roisin ihr zu. »Wie ist das möglich? Vielleicht hat es etwas mit dem Grund zu tun, aus dem Frances nach Amerika ausgewandert ist? Das Frustrierende daran ist, dass wir niemanden mehr fragen können. Es gab da eine Geschichte über einen Streit zwischen Granny und ihrer Schwester, aber ich kann mich nicht mehr genau daran erinnern.« Seufzend setzte Roisin sich wieder hin. »Ich werde Maeve fragen, ob sie etwas weiß oder ob Phil in Zusammenhang mit Familienangelegenheiten etwas darüber erzählt hat. Sie waren sehr vertraut miteinander, bevor Phil nach Amerika gegangen ist, so wie ihr später auch.«

Cordelia nickte. »Ja, das ist richtig, aber wir haben nicht viel über Phils Familie geredet.«

»Was ist mit deiner Mutter? Habt ihr über ihre Familie in Irland gesprochen?«

»Nein, so gut wie nie. Sie hat nur gesagt, es sei niemand mehr da, und sie wolle nach vorn schauen, nicht zurück. Einmal erwähnte sie, ihre Mutter sei gestorben, als sie noch klein war, lange bevor sie nach Amerika gegangen ist, und dass da eine Tante war, die nichts mit ihr zu tun haben wollte. Von ihrem Vater hat sie überhaupt nicht gesprochen. Diese Tante muss deine Großmutter gewesen sein.«

Roisin nickte nachdenklich. »Ja, wahrscheinlich. Granny ist gestorben, als ich fünfzehn war, aber in den letzten Jahren habe ich sie nicht oft gesehen. Clodagh war jünger als sie, aber da war sie schon tot. Sie ist in den Siebzigern bei einem Autounfall ums Leben gekommen, als Frances ein Teenager war. Es muss schrecklich für sie gewesen sein. Ein paar Jahre danach ist sie nach Amerika gegangen. Das ist alles, was darüber bekannt ist. Nicht einmal Dad konnte uns etwas sagen, als wir ihn bei der Abreise nach Phils Beerdigung gefragt haben. Es ist wirklich traurig, wenn Familien nach einem Streit auseinanderbrechen.«

»Furchtbar«, pflichtete Cordelia ihr bei und öffnete den anderen Umschlag. »Und hier ist die Heiratsurkunde meiner Eltern. Eine Ehe, die nur vier Jahre gehalten hat.« Sie seufzte und nahm auch den anderen Umschlag in die Hand. »Ich werde diese Unterlagen jetzt mit meinem Antrag auf einen irischen Pass einschicken.«

»Ich hoffe, dass sie schnell bearbeitet werden.« Roisin sah Cordelia voller Mitgefühl an. »Es tut mir so leid für dich, dass du ohne Verwandte aufgewachsen bist. Nicht einmal mit Groß-eltern oder einer Tante. Was ist mit der Familie deines Vaters? Hat die sich jemals gemeldet?«

»Nein.« Cordelia lächelte. »Aber es gibt keinen Grund, Mitleid mit mir zu haben. Ich hatte eine glückliche Kindheit. Nur manchmal habe ich mir einen Vater gewünscht und mich nach Geschwistern und einer großen Familie gesehnt, weil es lustig zu sein schien, aber meistens war ich nicht traurig darüber, keine große Familie zu haben. Meine Mutter hat dafür gesorgt, dass es immer etwas zu lachen gab.« Cordelia lächelte, obwohl ihre Augen voller Tränen waren. »Ich hüte diese Erin-nerungen wie einen Schatz.«

»Sie muss eine tolle Frau gewesen sein.«

»O ja. Sie war etwas ganz Besonderes. In gewisser Weise war sie wie Phil. Sie hatte eine positive Lebenseinstellung und sah in allem nur das Gute. Sie hat Entbehrungen klaglos ertragen und sich jeder Herausforderung gestellt.«

»Das klingt, als wären sie sich von der Persönlichkeit her sehr ähnlich gewesen«, bemerkte Roisin. »Ich wünschte, ich hätte sie gekannt.« Sie stand vom Sofa auf. »Weißt du was? Ich höre jetzt auf, krank zu sein, und mache mich wieder an die Arbeit. Du hast seit deiner Ankunft hier schwer geschuftet. Jetzt solltest du dich amüsieren. Ich übernehme die Rechnungs-bücher und werfe einen Blick auf die Buchungen.«

»Bist du dir sicher, dass du dem schon gewachsen bist?«, fragte Cordelia mit einem Blick auf Roisins blasses Gesicht.

Roisin nickte, und in ihren Augen stand ein entschlossener Ausdruck. »Ja, natürlich. Außerdem kommen Cian und die

Jungs in einer Woche zurück, dann muss ich sowieso wieder Verantwortung übernehmen. Aber ich werde es langsam angehen lassen. Die Buchhaltung ist nicht schwer. Kathleen braucht Hilfe in der Küche und beim Bettenmachen, also kannst du dich darauf konzentrieren. Ich sage dir Bescheid, wenn ich dich hier brauche, um die Website zu aktualisieren und die sozialen Medien zu pflegen. Das kannst du richtig gut.«

»Abgemacht.« Cordelia stand auf, damit Roisin sich an den Schreibtisch setzen konnte. »Ich gehe Kathleen helfen und danach mache ich vielleicht einen Spaziergang.«

Roisin nahm am Schreibtisch Platz. »Gute Idee. Geh bei den beiden Marys einen Kaffee trinken. Sie haben ein schönes kleines Café oberhalb des Hauptstrandes. Und der Weg an der Küste entlang ist herrlich. Meeresluft und Sonnenschein, genau das, was du jetzt brauchst. Wenn du wieder hier bist, frage ich Maeve, ob sie mit uns zu Mittag essen kann. Wir müssen uns darüber unterhalten, was wir mit dem Haus machen, wenn das Nachlassverfahren abgeschlossen ist. Es ist Zeit, Entscheidungen zu treffen.« Sie drehte sich zum Computer um. »Ich werde einen vorläufigen Plan erstellen, und dann können wir ihn besprechen. Außerdem ist da noch etwas, was ich euch beiden sagen muss.«

»Okay. Danke, Roisin«, sagte Cordelia, ermutigt von der neuen Entschlossenheit in Roisins Stimme. Sie sah zwar blass und müde aus, aber ihre Stimme war stark und ihr Rücken gerade, und als der Computer hochgefahren war, öffnete sie eine Tabelle und antwortete nicht mehr, als Cordelia sich verabschiedete. Sie saß wieder im Sattel und hatte alles im Griff. Cordelia schloss daraus, dass es für sie von nun an nur noch niedere Arbeiten zu tun gab. Bedeutete das, dass sie bei der Leitung von Willow House kein großes Mitspracherecht mehr hatte? Zumindest würde ihr das mehr Gelegenheit geben, die Umgebung zu erkunden und das kleine Dorf und seine

Bewohner richtig kennenzulernen. Und vor allem würde es ihr Zeit verschaffen, mehr über die Vergangenheit ihrer Mutter in Erfahrung zu bringen, die viel komplizierter aussah, als sie gedacht hatte. *Vater unbekannt? Wie konnte das sein?,* fragte sie sich wieder und wieder. Sie würde nicht ruhen, bis das Rätsel gelöst war.

ZWÖLF

Das *The Two* der beiden Marys war das süßeste kleine Café, in dem Cordelia je gewesen war. Es befand sich in einer strohgedeckten ehemaligen Fischerhütte, die auf einer Anhöhe über dem Hauptstrand stand und eine atemberaubende Aussicht auf das Meer und die Inseln bot. In dem Café war die alte Einrichtung mit dem offenen Kamin und dem Boden aus Steinfliesen erhalten geblieben. Die rustikalen Möbel passten perfekt zu den unverputzten, weiß getünchten Steinwänden und den alten Fensterrahmen. Als Cordelia nach ihrem langen Strandspaziergang dort ankam, war nicht viel los. Der Strand hingegen wimmelte von Surfern in Neoprenanzügen und Zuschauern, denn die Brandung war hoch, und die Leute hatten anderes im Sinn als Kaffee und Kuchen. Cordelia hingegen war froh darüber, aus dem Wind herauszukommen, als sie eintrat.

Zwei Frauen arbeiteten hinter der Theke. Eine hatte kurzes rotes Haar, die andere, kräftig gebaut, war etwas älter und hatte angegrautes dunkles Haar.

»Hallo.« Die Jüngere der beiden schaute auf und lächelte den neuen Gast an. »Ganz schön windig draußen, nicht?«

»Ja, aber es ist herrlich, und die Brandung scheint fantastisch zu sein«, antwortete Cordelia und ordnete sich das Haar. »Ich habe zwar keine Ahnung davon, aber die Wellen sind so groß, dass man heute sicher gut surfen kann.«

»So ist es«, bestätigte die Frau und musterte Cordelia interessiert. »Sie sind die Cousine aus Übersee, die jetzt in Willow House wohnt, nicht wahr?«

»Das ist richtig.« Cordelia ging zur Theke und streckte die Hand aus. »Ich bin Cordelia. Freut mich, Sie kennenzulernen.«

»Wir heißen beide Mary«, antwortete die Frau mit einem breiten Grinsen. »Aber ich bin Mary B., und das ist meine Cousine, Mary O. B für Byrne und O für O'Rourke, falls es Sie interessiert.«

»Alles klar.« Cordelia schüttelte beiden Frauen nacheinander die Hand. »Das macht es einfacher.«

»Ja«, bemerkte Mary B. »Ein bisschen nervig, denselben Vornamen zu haben, aber unsere Eltern hatten keine Fantasie.«

»Sie haben uns nach der Heiligen Jungfrau benannt«, ergänzte Mary O. »Das war zu unserer Zeit sehr beliebt.«

»Zu deiner Zeit vielleicht«, schnaubte Mary B. »Damals wurde jedes Mädchen in Irland Mary getauft, aber nicht in meiner Generation. Ich wünschte, sie hätten mir einen etwas modischeren Namen gegeben, Louise oder Gemma, aber nein, meine Mutter musste ihre Schwester nachmachen und mich Mary nennen. Als Teenager habe ich meinen Namen gehasst.«

»Ich auch«, gestand Mary O. »In der Schule wurde ich Bloody Mary genannt.«

»Aber jetzt haben wir uns daran gewöhnt«, warf Mary B. ein. »Und ist der Name des Cafés nicht der Brüller? The Two Marys!«

»Der Name ist toll«, pflichtete Cordelia ihr bei. »Aber ... O'Rourke, sagten Sie? Sind Sie mit Sally O'Rourke verwandt?«

Mary O. nickte. »Ja. Sie ist meine Cousine zweiten Grades. Stimmt's, Mary?«

»Stimmt«, bestätigte Mary B. »Aber sind wir hier nicht alle miteinander verwandt? Die totale Inzucht. Es ist ein Wunder, dass wir noch halbwegs bei Verstand sind.«

»Oder nur so verrückt wie alle anderen in Irland«, bemerkte Mary O. »Also, Cordelia, was dürfen wir Ihnen bringen? Kaffee oder Tee und vielleicht unseren Walnusskuchen? Das ist der Lieblingskuchen des Mannes da drüben«, fügte sie mit einem Nicken in Richtung eines Tisches am hinteren Fenster hinzu, wo Cordelia einen Mann auf einem Laptop tippen sah. »Er sagt, er arbeitet an einem Roman, und dass unser Café ein großartiger Ort der Inspiration ist.« Sie senkte die Stimme und beugte sich über die Theke. »Er hört wahrscheinlich alles mit und schreibt es auf, daher müssen wir vorsichtig sein.« Sie zwinkerte ihr zu. »Nur ein Tipp, falls Sie uns die Geschichte Ihres Liebeslebens erzählen wollten.«

Cordelia lachte. »Mein Liebesleben ist nicht interessant genug für einen Roman.«

»Das kann ich mir nicht vorstellen«, widersprach Mary B. »Bei einer hübschen Frau wie Ihnen müssen die Männer doch Schlange stehen.«

»Hör auf zu plappern und lass sie in Ruhe«, befahl Mary O. »Setzen Sie sich, wir bringen Ihnen den Kuchen. Möchten Sie dazu Tee oder Kaffee?«

»Einen großen Latte, bitte«, sagte Cordelia. Sie ging zu einem Tisch an dem großen Fenster und warf dem Mann mit dem Laptop dabei einen Blick zu. Er kam ihr bekannt vor. Als sie den Stuhl vom Tisch zog, schaute der Mann auf. Ihre Blicke trafen sich, und sie sah, dass es der Mann war, den sie bei der Totenwache kennengelernt und der über sie im Radio gesprochen hatte. Langsam breitete sich ein Lächeln auf seinem Gesicht aus, und sie spürte, dass sie errötete. »Hi«, sagte sie und setzte sich.

»Hallo.« Er stand auf und kam an ihren Tisch. »Cordelia, nicht wahr?«

Sie schaute ihn an. »Ja. Und Sie sind Declan.«

Er zog einen Stuhl vom Tisch und setzte sich, ohne um Erlaubnis zu bitten. »Genau. Ich hätte nicht gedacht, dass ich Sie wiedersehe.«

»Und nun bin ich hier.« Sie musterte ihn und prägte sich jedes Details seines Gesichts ein: die strahlenden grauen Augen, die dichten schwarzen Wimpern, die dunklen buschigen Brauen, die gerade Nase, den vollen Mund, die Lachfältchen um die Augen und die Bartstoppeln an seinem kantigen Kinn. Er trug ein schwarzes T-Shirt und Jeans und roch frisch und sauber, als sei er gerade aus der Dusche gekommen. Gefühle stiegen in ihr auf, die sie nicht recht einordnen konnte. Was hatte dieser Mann nur an sich? »Hier bin ich«, wiederholte sie und nahm die Schultern zurück, um ebenso selbstbewusst zu wirken wie er.

»Allerdings. Sie müssen mir unbedingt erzählen, warum Sie hergekommen sind und ob Sie bleiben werden.«

»Ich muss Ihnen gar nichts erzählen«, lachte sie. »Vielleicht möchte ich lieber geheimnisvoll bleiben?«

»Das dürfte hier schwierig werden.«

Mary B. kam mit Cordelias Bestellung an den Tisch. »Hören Sie auf, sie zu belästigen, Declan O'Mahony«, sagte sie. »Sonst werfe ich Sie raus und erteile Ihnen Hausverbot.«

Declan lachte. »Rausgeworfen und auf die schwarze Liste von The Two Marys gesetzt? Na, das wäre eine Leistung. Das muss ich in meinen Roman aufnehmen, wenn ich ihn weiterschreibe.«

»Wagen Sie es bloß nicht«, blaffte Mary B. »Wir werden Sie verklagen, dass Ihnen Hören und Sehen vergeht, und ein Vermögen herausschlagen.«

»Die Klage würden Sie mit Sicherheit verlieren. Hey, Mary, könnten Sie mir noch eine Tasse Kaffee bringen? Ich muss eine Pause einlegen.«

»Nur, wenn Sie sich benehmen«, erwiderte Mary B.

»Tue ich das nicht immer?«

»Schon, aber ich traue dem kühnen Ausdruck in Ihren Augen nicht.«

»Sie liebt mich, aber sie hasst sich dafür«, sagte Declan.

»Träumen Sie weiter«, lachte Mary B. »Ich hole Ihnen mal den Kaffee, Schätzchen.«

Als Mary B. gegangen war, richtete sein Blick sich auf Cordelia. »Also, erzählen Sie mir alles. Warum sind Sie zurück-gekommen? Nur für einen Urlaub?«

»Nein.« Cordelia nahm ein Stück Kuchen auf die Gabel und schob es sich in den Mund. »Es ist eine lange Geschichte, aber ... ich kann sie Ihnen genauso gut erzählen. Es weiß ohnehin sicher längst jeder Bescheid. Phil hat mir in ihrem Testament den gleichen Anteil an ihrem Besitz wie Maeve und Roisin vermacht.«

»Ach? Phil hat Ihnen einen Teil Ihres Vermögens vererbt?« Er wirkte überrascht. »Wie kommt es, dass ich davon noch nichts gehört habe? Vielleicht war ich in letzter Zeit so in meine Arbeite vertieft, dass es komplett an mir vorbeigerauscht ist. Ist das der Grund, warum Sie hier sind?«

»Zum Teil. Der Nachlass ist noch nicht freigegeben, aber als ich gerade in die Staaten zurückgekehrt war, gingen hier die Windpocken um, und Maeve hat mich gebeten, herzukommen und in der Pension zu helfen. Also habe ich ...«

»Sie haben alles stehen und liegen gelassen und sind zurückgeflogen? Einfach so?«

»Ja. Ich habe keine Familie drüben und hatte in New York gerade eine neue Stelle angetreten, aber ...« Cordelia brach ab, als ihr bewusst wurde, dass sie einem wildfremden Mann gegenüber eine ganze Menge von sich preisgab. Normalerweise hätte sie so etwas nicht getan, aber hier in Sandy Cove fühlte sie sich entspannt und seltsam sicher.

»Sie waren nicht mit dem Herzen dabei?«, hakte er nach. »Bei dem Job, meine ich.«

Cordelia nickte und trank von ihrem Kaffee. »Genau. Ich hatte das Gefühl, es sei Zeit für einen Neuanfang. Das hier ...« – sie deutete auf das Fenster und die Aussicht dahinter – »... ist fantastisch. Es ist eine große Veränderung zum Leben in der Stadt und zu Amerika. Ich war dort sehr traurig und einsam.« Sie stützte die Ellbogen auf den Tisch, sah ihn an und sandte ihm die stumme Bitte, sie zu verstehen. »Wissen Sie, ich habe ein Wochenende in einem Apartment am Central Park verbracht. Es gehört einer Frau, die nur ihre Pflanzen zum Reden hat, wenn sie zu Hause ist. Nach außen hin wirkt sie, als besitze sie alles, was ich mir je erträumt habe: eine schöne Wohnung im besten Teil der Stadt, einen interessanten Job und finanzielle Unabhängigkeit. Aber dann ist mir klar geworden, dass sie als alleinstehender Mensch mit niemandem zum Reden im Grunde gar nichts hat. Außerdem lebt man in der Großstadt so fern von der Natur und der Ruhe auf dem Land, und das hat mir Angst gemacht. Ich wollte nicht so enden wie diese Frau und nicht den Rest meines Lebens in einer Stadt wie New York verbringen. Gut, sie hat einen tollen Beruf, aber andererseits ...«

Er nickte mit ernstem Gesicht. »Ich weiß. Mir ging es genauso, als ich hergekommen bin. Ich habe in Dublin gelebt. Im Vergleich zu New York ist das zwar ein Dorf, aber es herrscht die Atmosphäre einer Großstadt. Hier hingegen kennt jeder jeden und weiß, was der andere tut, bevor er es wirklich tut, wenn Sie verstehen, was ich meine. Das kann nervig sein, aber wenn es einen nicht stört, lässt es sich hier gut leben. Abgesehen vom Wetter, aber man kann nicht alles haben.«

Sein Gesicht erhellte sich zu einem Lächeln, und als ihre Blicke sich trafen, musste sie es erwidern. Er sah sie unverwandt an, und ihre Wangen wurden heiß. Sie hatte ihn vom ersten Moment an gemocht, doch jetzt spürte sie, dass mehr zwischen ihnen war.

»Aber Sie leben allein?«, fragte sie.

»Ja. Ich habe nicht mal eine Katze. Wie traurig ist das denn bitte?«

Cordelia lachte. »Ich glaube, es wäre noch trauriger, wenn Sie eine hätten. Aber warum arbeiten Sie hier und nicht zu Hause?«

»Ich habe seltsamerweise festgestellt, dass ich in einer lauten Umgebung besser arbeiten kann. Zu Hause in der Stille werde ich von meinen Gedanken und Gefühlen abgelenkt. Hier erschaffe ich mir meine eigene kleine Blase, in die ich mich immer wieder zurückziehen kann, oder ich unterhalte mich mit Leuten oder beobachte sie einfach nur und höre zu. Schwer zu erklären, aber so ist es.« Er sah auf, als Mary B. eine Tasse Kaffee auf den Tisch stellte. »Vielen Dank, Mary.«

»Gern. Sagt Bescheid, wenn ihr noch etwas braucht.« Mary lächelte und entfernte sich, als eine Gruppe hereinkam.

Declan richtete seine Aufmerksamkeit wieder auf Cordelia. »Also … wo waren wir?«

»Sie sprachen davon, warum Sie hier im Café arbeiten«, antwortete Cordelia. »Schreiben Sie an dem Roman, von dem Sie mir erzählt haben?«

Declan griff nach seiner Tasse. »Nein, den habe ich erst mal auf Eis gelegt. Ich schreibe eine Artikelreihe für eine große irische Zeitung. Es geht um Irlands Rolle in der Europäischen Union, wie sie das politische Klima hier beeinflusst hat und wie sich die Lokalpolitik dadurch verändert hat.«

»Klingt interessant.«

»Nein, tut es nicht«, widersprach er und verzog das Gesicht. »Für eine faszinierende junge Frau wie Sie muss das todlangweilig sein.«

Cordelia richtete sich entrüstet auf. »Ob Sie es glauben oder nicht, ich finde es tatsächlich interessant«, wandte sie ein. »Ist es nicht genau wie in Amerika, wo Lokalpolitiker Nabelschau betreiben, anstatt das Gesamtbild zu betrachten? Sie ignorieren die Tatsache, dass jede Politik sich auf das Land auswirkt und dass sie auch die internationalen Beziehungen eines Landes im Blick haben müssen. Der Handel zum Beispiel ist für die Wirtschaft eines Landes von größter Bedeutung, daher ist es wichtig, gute Beziehungen zu den Handelspartnern zu haben. Aber damit scheint die Lokalpolitik sich nicht zu beschäftigen.« Sie holte Luft und schob sich das letzte Stück Walnusskuchen in den Mund.

Declan nickte. »Richtig. Genau das würde meine Mutter auch sagen. Sie ist Journalistin, wie ich. Sie hat ihr Leben lang für die Rechte der Frauen gekämpft. Sie würde Sie mögen.«

»Ich würde sie bestimmt auch mögen.«

»Das könnten wir eines Tages mal testen. Sie macht gerade Wanderurlaub in Schottland, aber zu Weihnachten kommt sie her.«

»Oh«, sagte Cordelia. »Weihnachten ...«

»Dann werden Sie doch noch hier sein, oder?«

»Ich hoffe es.« Cordelia wurde bewusst, dass sie so mit dem Betrieb der Pension und ihrem morgendlichen Schwimmen beschäftigt gewesen war, dass sie sich gar keine Gedanken darüber gemacht hatte, wie lange sie bleiben würde und was sie tun würde, wenn Willow House nach Saisonende geschlossen wurde. Vor allem aber hatte sie mit ihren eigenen Problemen und mit den Nachforschungen zur Vergangenheit ihrer Mutter gekämpft. Sie sah Declan nachdenklich an, als ihr plötzlich eine Idee kam. »Sie sind doch Reporter, nicht?«

»Das war ich«, korrigierte er sie. »Jetzt bezeichne ich mich als Journalist. Reporter müssen viel in der Vergangenheit anderer Menschen graben und schmutzige Geheimnisse ans Licht bringen. Ich war gut, aber dann habe ich Ärger bekommen, und deshalb schreibe ich jetzt gelehrte Abhandlungen über Politik und solche Dinge. Und wenn mich die Inspiration überkommt, tüftele ich an meinem Roman. Viel erholsamer.«

»Oh, ich verstehe.« Sie stützte den Ellbogen auf den Tisch und das Kinn in die Hand. »Aber Sie haben es noch nicht verlernt? In der Vergangenheit anderer Leute zu wühlen, meine ich.«

Er wirkte interessiert. »Ich glaube nicht. Warum fragen Sie?«

»Ich brauche vielleicht Hilfe dabei, etwas über jemanden herauszufinden.«

»Ich helfe Ihnen gern, wenn ich kann. Um wen geht es, und was müssen Sie in Erfahrung bringen?«

»Das erzähle ich Ihnen später, falls ich Sie brauche.« Cordelia lehnte sich zurück und war sich nicht mehr sicher, ob sie überhaupt etwas hätte sagen sollen. Der Gedanke war ihr gekommen, während er gesprochen hatte. Sie war überzeugt, dass er wissen würde, wo man suchen musste, falls sie seine Hilfe brauchte.

»Melden Sie sich, wenn es so weit ist.« Er beugte sich vor. »Ich muss gestehen, dass ich wusste, dass Sie wieder in Sandy Cove sind. Ich habe es im Dorf gehört und gehofft, dass wir uns irgendwann über den Weg laufen.«

Cordelia sah ihn überrascht an. »Sie haben es gehört? Von wem?«

Er zuckte mit den Schultern. »Weiß ich nicht mehr. In dem kleinen Lebensmittelladen an der Ecke vielleicht? Kathleen Donelly war neulich dort und hat geschwatzt. Es könnte auch in dem Pub an der Hauptstraße gewesen sein. Spielt das eine Rolle?«

Cordelia dachte kurz nach. »Ob es eine Rolle spielt? Eigentlich nicht. Früher oder später werden alle erfahren, dass ich Miteigentümerin von Willow House bin und dass ich für eine Weile hier bleiben werde – das heißt, falls mein Antrag auf einen irischen Pass bewilligt wird.« Sie lächelte. »Dann habe ich die doppelte Staatsangehörigkeit, sodass ich hin- und herreisen kann, wenn ich möchte.«

»Oder auch nicht«, ergänzte er. »Ich vermute mal, dass Sie

von diesem Ort genauso verzaubert sein werden wie alle anderen.«

»Das bin ich schon«, erwiderte sie. »Und es geht aufwärts. Roisin ist fast wieder gesund und hat die Leitung des Hauses übernommen, sodass ich mehr Freizeit habe.«

»Das war wirklich Pech, dass sie sich mit Windpocken angesteckt hat.« Er schüttelte lächelnd den Kopf. »Ich wette, das war ein ziemlicher Schock für sie.«

»Vermutlich. Sie schien sich sehr darüber zu ärgern, dass sie es als Kind nicht hatte. Sie war schlimm dran, die Ärmste. Aber jetzt geht es ihr besser, und sie ist fast schon wieder die Alte.«

»Ich sehe sie förmlich vor mir, wie sie Pläne entwirft und alle auf ihre übliche Art herumkommandiert.«

»Sie scheinen sie sehr gut zu kennen.«

Plötzlich wirkte er, als fühle er sich unbehaglich. »Ich habe sie mal gekannt. Wir waren Freunde, aber ... jetzt sind wir es nicht mehr«, fuhr er fort, und sein unbeschwerter Ton bildete einen seltsam Kontrast zu dem aufblitzenden Schmerz in seinen Augen. »Es ist kompliziert.«

Sie nickte. »Ist schon gut«, fügte sie dann sanft hinzu. »Ich werde nicht danach fragen und auch nicht nach anderen Sachen, über die Sie nicht reden wollen.«

Er berührte ihre Hand. »Danke. Sie sind Balsam für die Seele und ein frischer Wind, der in meine staubige Existenz weht.« Er lachte. »Das war poetischer als beabsichtigt. Anscheinend inspirieren Sie mich zu solchen Bemerkungen.«

»Wirklich?« Sie schüttelte den Kopf. »Das hat noch nie jemand zu mir gesagt.«

»Sie sind vermutlich auch noch nie jemandem wie mir begegnet.«

»Nein, noch nie.«

»Ich hoffe, das ist positiv gemeint.«

»O ja.«

»Nun habe ich Ihnen alles darüber erzählt, dass ich ein

mürrischer und desillusionierter ehemaliger Reporter bin, der versucht, sein Ansehen wiederherzustellen, indem er kluge Artikel über irische Politik verfasst. Aber wer sind Sie, Cordelia Mirafiore mit den blauen irischen Augen?«

Cordelia spürte, wie ihr die Hitze ins Gesicht schoss. »Wer ich bin?« Sie richtete sich auf und fand endlich den Mut, seine Offenheit zu erwidern. »Um ganz ehrlich zu sein, Declan, ich habe keine Ahnung.«

Es folgte ein langes Schweigen. »Ich liebe Ihr Feuer«, sagte er dann. »Und ich würde Sie gern sehr bald wiedersehen. Wäre das in Ordnung?«

»Natürlich.«

»Wie wäre es mit heute Abend?«

»Da kann ich nicht. Ich bin mit Sally O'Rourke zum Essen verabredet.«

»Was ist mit morgen?«

»Einverstanden«, antwortete Cordelia, und ihr Puls beschleunigte sich. »Ich habe morgen frei.«

»Was würden Sie gern machen?«

Ihr schoss durch den Kopf, was sie wirklich gern mit ihm tun würde, darum wandte sie den Blick ab, um wieder zu Atem zu kommen. »Ich würde mich sehr freuen, wenn Sie mir die Gegend zeigen würden«, sagte sie, als sie ihre Fassung wieder-gewonnen hatte. »Erzählen Sie mir die Geschichte des Dorfes und vielleicht auch die Geschichte Irlands. Ich weiß nur wenig darüber. Meine Mutter hat mir zwar von dem Osteraufstand erzählt und von dem Unabhängigkeitskrieg und der Hungers-not, aber ich würde gern mehr über die Frühzeit Irlands wissen, über die alten Könige und Lords und Clansleute. Mir kommt das alles wie ein Märchen vor, aber die Wirklichkeit sah sicher nicht besonders romantisch aus.«

»Hm, das klingt nach einer Geschichtsstunde, aber warum nicht? Es muss ja nicht zwingend trocken sein. Lassen Sie mich mal überlegen ...« Nach einer Pause schlug er vor: »Wie wäre es mit einem Bootsausflug? Vielleicht kann ich uns Plätze in einer Gruppe besorgen, die zu den Skellig Islands hinausfährt.«

»Die Skelligs? Die würde ich schrecklich gern sehen«, sagte Cordelia und mühte sich, ruhig und beherrscht zu wirken, während ihr Herz sang.

»Prima. Dann machen wir einen Ausflug nach Skellig Michael und eine Rundfahrt um beide Inseln. Haben Sie den ganzen Tag Zeit?«

»Ich denke schon, Roisin geht es ja wieder besser. Könnten Sie mir Ihre Telefonnummer geben, damit ich Sie anrufen kann, falls etwas dazwischenkommt?«

»Ich gebe Ihnen meine, wenn Sie mir Ihre geben«, antwortete er mit einem anzüglichen Grinsen.

»Abgedroschen, aber süß«, lachte sie, während sie seine Nummer in ihr Handy tippte.

»Das bringt mein Wesen auf den Punkt. Dann ist für morgen alles klar?«

»Ja. Holen Sie mich um zehn Uhr in Willow House ab. Bis dahin bin ich mit allem fertig.«

»Sehr wohl, Ma'am.« Er erhob sich mit einem gespielten Salut. »Zurück an die Arbeit. Ich muss den Artikel heute Nachmittag an meinen Redakteur beim *Irish Independent* schicken. Wir sehen uns morgen, Cordelia.«

Sie sah ihm mit gemischten Gefühlen nach, als er an seinen Tisch mit dem aufgeklappten Laptop zurückkehrte. Sie hatte sich einem wildfremden Menschen geöffnet, einem Mann, zu dem sie sich hingezogen fühlte. Galt der Ausflug als Date? Könnte er der Anfang einer Beziehung sein? Eine kribbelnde Aufregung und ein Anflug von Furcht machten sich in ihr breit. Was hatte sie da angefangen? Und wohin würde es führen? Zu einem großen Schmerz oder ... dauerhaftem Glück? Was immer es war, sie wusste, dass sie nicht widerstehen konnte. *Aber was soll's,* dachte sie und erhob sich, um ihre Rechnung zu bezahlen und das Café zu verlassen. *Phil hat immer gesagt, im Leben gehe es nicht darum, den Sturm zu überstehen, sondern im Regen zu tanzen.* Cordelia lächelte. Sie wollte mit diesem gut aussehenden Mann im Regen tanzen. Und selbst wenn alles schiefging und sie ein bisschen nass wurde – na und? Zumindest würde sie dann gelebt und geliebt und ein bisschen Spaß gehabt haben. Was war daran auszusetzen?

DREIZEHN

Als Cordelia in den Hafenpub kam, unterhielt sich Sally, in knallrotem Pullover, schwarzer Marlenehose und silbernen Sneakers, mit einer großen, kräftigen Frau mit dunklem Haar. »Hi«, begrüßte sie sie und strahlte Cordelia an. »Ich habe gerade mit Nuala über Sie gesprochen. Kennen Sie sich schon?«

»Ja«, sagte Nuala. »Wir sind uns kurz bei Phils Totenwache begegnet, aber seitdem nicht mehr. Willkommen zurück.« Sie ergriff Cordelias Hand und schüttelte sie. »Mein herzliches Beileid. Phil war eine wunderbare Frau. Sie fehlt uns allen sehr. Wie kommen Sie zurecht?«

»Es geht mir gut. Ich bin immer noch traurig und vermisse sie«, antwortete Cordelia, gerührt von Nualas Freundlichkeit. »Aber es ist schön, das Gästehaus zusammen mit Maeve und Roisin zu betreiben, wie Phil es sich gewünscht hat. Das hilft sehr.«

Nuala nickte. »Ja, das glaube ich. Ich habe gehört, dass die beiden mit Windpocken zu kämpfen haben, sodass Sie ins kalte Wasser springen mussten. Das war bestimmt nicht leicht.«

»Mit Kathleens Unterstützung ging es. Sie war wirklich toll.«

Nuala lachte. »Das Mädchen ist das reinste Energiebündel. Ich würde sagen, dass sie im Alleingang ein Schlachtschiff führen könnte und dabei noch ein fröhliches Gesicht machen würde. Aber ich rede und rede, während Sie bestimmt umkommen vor Durst. Der erste Drink geht aufs Haus. Was darf ich Ihnen bringen?«

»Ich hätte gern eine Bloody Mary«, antwortete Cordelia.

»Gute Wahl«, lobte Sally sie. »Die meisten Pubs kriegen solche Cocktails nicht richtig hin, aber Nuala ist eine Meisterin, was die gute alte Bloody Mary betrifft. Sie könnte Ihnen auch einen Manhattan mixen, wenn das der Cocktail Ihrer Wahl wäre, und ich wette, wenn man sie drängt, könnte sie auch einen anständigen trockenen Martini zaubern.«

»Ich liebe es, Drinks zu mixen«, bestätigte Nuala. »Aber ich bekomme nicht oft Gelegenheit dazu.« Sie deutete mit dem Kopf auf Sallys halb leeres Glas Guinness. »Die meisten Leute wollen lieber das alte schwarze Zeug.«

»Es geht nichts über ein Glas Guinness nach einem arbeitsreichen Tag«, erklärte Sally. »Aber zu den Krabben trinken wir später natürlich Wein.«

»Alles klar«, sagte Nuala und machte sich daran, Cordelias Bloody Mary zu mixen. Als sie fertig war, schob sie das hohe Glas über die Theke. »So, bitte sehr. Lassen Sie es sich schmecken. Ich muss in der Küche nach dem Rechten sehen und Seán Óg bitten, einen Blick auf den Bierbestand zu werfen. Wir reden später weiter, Mädels.«

»Seán Óg ist ihr Mann«, erklärte Sally.

»Warum nennt sie ihn beim Nachnamen?«, fragte Cordelia. »Heißt sie dann Nuala Óg?«

Sally lachte. »Nein. Das Óg hinter dem Namen eines Mannes bedeutet ›jung‹, als würde man ›junior‹ an einen

Namen anhängen oder ›klein‹ davorsetzen. In Irland sagt man das so.«

Cordelia lachte. »Ich muss noch so viele Redensarten und Ausdrücke lernen, aber ich liebe sie alle. Es ist, als würde ich eine neue Sprache lernen.«

»Zerbrechen Sie sich darüber nicht zu sehr den Kopf. Das kommt von ganz allein. Sie brauchen nur zuzuhören und mit den Leuten zu reden.« Sally hob das Glas. »Cheers. Auf Ihr neues Leben in Irland. Ich hoffe, Sie werden sich hier wie zu Hause fühlen.«

»Cheers«, antwortete Cordelia und stieß mit Sally an. »Wissen Sie, ich fühle mich hier jetzt schon wie zu Hause. Alle sind sehr nett zu mir.«

»Ja, wir sind ein fröhlicher Haufen und wollen jedem das Gefühl geben, willkommen zu sein.« Sally trank einen Schluck von ihrem Guinness und wischte sich den Schaum von der Oberlippe. »Ich habe gehört, dass es Roisin besser geht und sie wieder am Ruder sitzt. Das muss eine Erleichterung für Sie sein.«

»O ja. Ich habe gern ausgeholfen, aber jetzt werde ich mehr Zeit haben, die Gegend zu erkunden. Roisin und Maeve wollen mir ihre Autos leihen, wenn ich an der Küste entlangfahren oder mir einen Teil des Ring of Kerry ansehen möchte. Ich muss es auch nicht allein tun. Declan O'Mahony hat angeboten, mir alles zu zeigen.«

Sally zog eine Braue hoch. »Ach? Ist es Ihnen gelungen, ihn aus seinem Schneckenhaus zu locken? Ich finde ihn ein bisschen rätselhaft. Ein Eigenbrötler, wenn Sie verstehen, was ich meine.«

Cordelia lachte. »Ja, ich verstehe, was Sie meinen. Er wirkt wirklich etwas einsiedlerisch. Ich bin ihm heute im Two Marys begegnet und habe mich mit ihm unterhalten. Er wollte heute Abend mit mir ausgehen, aber ich habe gesagt, dass ich mit Ihnen verabredet bin, daher unternehmen wir morgen zusammen einen Ausflug. Er ist ein netter Mann.«

»Nett, attraktiv und sehr interessant«, ergänzte Sally. »Sie werden sich bestimmt gut miteinander verstehen. Ich habe das Gefühl, dass er einen Freund braucht. Er wirkt wie ein echter Einzelgänger. Sie werden ihn wahrscheinlich aufmuntern, falls er das nötig hat.«

»Ich werde mir Mühe geben. Ich kann selbst eine kleine Aufmunterung gebrauchen.« Cordelia seufzte. »Durch das Gespräch mit Declan habe ich mich wieder jung gefühlt.«

Sally lachte. »Aber Sie sind doch jung! Wie alt sind Sie? Achtundzwanzig?«

»Dreiunddreißig«, antwortete Cordelia. »Ich habe nie den richtigen Mann gefunden. Bisher war es eine Katastrophe nach der anderen.«

»Sie sind im selben Alter wie meine Tochter«, bemerkte Sally mit einem sehnsüchtigen Unterton. »Aber sie ist viel reizbarer als Sie, vor allem, wenn es um ihre Mutter geht.«

Cordelia entging der traurige Ausdruck in Sallys haselnussfarbenen Augen nicht. »Ich wusste gar nicht, dass Sie eine Tochter haben. Paschal meinte, Sie waren mit einem Franzosen verheiratet und kannten Phil aus ihrer Pariser Zeit. Entschuldigung«, fügte sie besorgt hinzu. Ob sie wohl eine wunde Stelle in Sallys Leben berührt hatte? »Sie brauchen nicht darüber zu sprechen, wenn es Sie traurig macht.«

»O nein, ist schon gut«, beteuerte Sally. »Es macht mir nichts aus, mit Ihnen über Phil oder über mein Leben zu sprechen. Es ist gut zu wissen, woher jemand kommt, denken Sie nicht auch? Vor allem, wenn wir Freundinnen werden.«

»Das wäre schön. Und wenn Sie mir von Ihren Erinnerungen erzählen möchten, würde ich sie gern hören.«

Sally nickte lächelnd. »Gut. Also, damals in Paris war Phil meine beste Freundin. Joes Beruf hatte beide nach Paris geführt, und ich habe dort in einem Modehaus als Designerin und Näherin gearbeitet. Ich war sechsundzwanzig, und Phil muss fast vierzig gewesen sein, aber wir haben eine sehr enge Beziehung entwickelt.« Sally sah Cordelia an und seufzte. »Phil hat mich unter ihre Fittiche genommen und ihren Freunden vorgestellt, von denen viele in der Modebranche tätig waren. Durch sie habe ich auch meinen Mann kennengelernt. Sie hatte ein schlechtes Gewissen, als unsere Ehe zerbrochen ist, aber das war nicht ihre Schuld, sondern unsere. Matthieu und ich haben einfach nicht zusammengepasst. Wir haben versucht, daran zu arbeiten, aber wir konnten nicht miteinander leben. Und dann wollte er nach Toulouse in den Süden ziehen, und ich wollte in Paris bleiben. Großes Drama und Geschrei. Jasmine, unsere Tochter, war damals sechs, aber schließlich haben wir uns geeinigt, und die Scheidung war am Ende einvernehmlich.«

»Wo ist Ihre Tochter jetzt?«, fragte Cordelia.

»Sie ist mit achtzehn zu ihrem Vater gezogen. Sie hat Wirtschaftswissenschaften studiert und ist Wirtschaftsprüferin geworden. Sie arbeitet jetzt für ihren Dad. Sehr kluges Mädchen«, erzählte Sally stolz. »Und wunderhübsch. Sie sieht aus wie Matthieu. Er ist sehr attraktiv, ein typischer Franzose. Oje«, fügte sie mit einem kleinen Seufzer hinzu. »Ich werde aus den Franzosen nicht schlau. Sie sind schön und verführerisch, und dann lassen sie einen sitzen.«

»Wie schrecklich«, murmelte Cordelia. »Es tut mir sehr leid, dass Sie das durchmachen mussten.«

Sally schüttelte lachend den Kopf. »Keine Angst«, sagte sie. »Ich bin nicht traurig und blase auch kein Trübsal. Ich habe viel Kontakt zu meiner Tochter, und wir machen zweimal im Jahr zusammen Urlaub. Es ist alles sehr zivilisiert, wenn auch irgendwie traurig.« Sally griff nach ihrem Glas. »Aber ich bin glücklich. Ich bin endlich wieder zu Hause und führe jetzt das Leben, das ich mir immer gewünscht habe. Ich habe meinen eigenen Laden, ein bisschen Geld auf der hohen Kante und viele gute Freunde.« Sie holte Luft. »Und jetzt werde ich aufhören, über mich zu reden.«

»Nein«, sagte Cordelia, die von Sallys Geschichte gebannt war. Sie war eine faszinierende Frau. Mit ihrem Sommersprossengesicht und dem breiten Lächeln, das eine Lücke zwischen den Schneidezähnen zum Vorschein brachte, besaß sie einen exzentrischen Charme und eine Jugendlichkeit, die Cordelia verzauberten. »Hören Sie nicht auf. Ich würde gern mehr über Ihr Leben erfahren. Und über Phil und das, was sie beide zusammen gemacht haben. Es ist ein bisschen so, als hätte ich sie für eine Weile zurück ... Sie erinnern mich an sie.«

Es stimmt, dachte sie. Sally hatte eine starke und auffällige Persönlichkeit, genau wie Phil. Sie hatte ihren eigenen Kopf, verdrängte Sorgen und Nöte und sah alles von der positiven Seite. Es war, als hätte sie akzeptiert, dass das Leben hart und jeder für sich selbst verantwortlich war. Man musste dankbar sein für das, was man hatte, und einfach weitermachen. Phil war zwar bisweilen traurig gewesen, aber auch das war etwas, was sie akzeptiert hatte und mit dem sie klarkommen musste. Cordelia hatte das Gefühl, dass Sally genauso war: Sie hatte den Schmerz einer Scheidung durchlitten und musste dann verkraften, dass ihre Tochter zu ihrem Vater gezogen und sie auf sich allein gestellt war. Sie wirkte wie ein Mensch, der viel durchgemacht, aber alles mit einem Lächeln überstanden hatte.

Sally nickte. »Ja. Ich weiß, was Sie meinen. Phil ist immer noch bei uns und wird es immer sein. Ich habe das Gefühl, dass sie jetzt im Moment auf uns herablächelt, zustimmend nickt und sich wünscht, dass wir Freundinnen werden.« Sie seufzte. »Ach, sie war so eine starke, tapfere Frau. Ich glaube, das kam daher, dass ihre Mutter ein solcher Fels in der Brandung war. Sie war unabhängig in einer Zeit, in der von Frauen erwartet wurde, unterwürfig zu sein. Vielleicht war das der Grund, warum ...« Sally hielt inne und beugte sich vor. »Ihr Vater war ein ziemlicher Draufgänger«, raunte sie Cordelia zu. »Mit anderen Worten: Brian McKenna war ständig hinter den Frauen her. Ich glaube, er hatte überall Affären und Abenteuer. Die Ehe war bestimmt nicht glücklich. Könnte daran gelegen haben, dass Phils Mutter so eine starke Frau war, die sich nicht unterkriegen ließ. Vielleicht ist sie auch dadurch erst stark geworden. Wer weiß? Wie dem auch sei, es war nicht leicht für die Kinder. Ich glaube ja, dass ein Leben in einer schlechten Ehe schlimmer ist als eine Scheidung.«

»Da könnten Sie recht haben«, sagte Cordelia und dachte an die bitteren Streitereien zwischen ihren Eltern, als sie noch klein war. »Meine Eltern haben sich viel gestritten, bevor mein Dad uns verlassen hat. Aber ich war damals erst drei, daher kann ich mich nur schwach daran erinnern.«

»Es könnte immer noch ein Resttrauma zurückgeblieben sein«, bemerkte Sally.

»Möglich. Aber es ist keine große Sache mehr.«

»Wegen der schlechten Ehe«, fuhr Sally fort, »haben Phil und ihr Bruder als Kinder die Sommerferien ohne ihren Vater hier in Sandy Cove verbracht. Brian McKenna hat in Dublin gearbeitet und ist ab und zu übers Wochenende hergekommen, aber meistens waren sie mit ihrer Mutter allein hier. Sie hat dafür gesorgt, dass die Kinder glücklich waren, und wo könnte ein Kind glücklicher sein als hier?«

»Für Kinder ist es hier das Paradies, vor allem im Sommer, würde ich sagen«, stellte Cordelia fest.

»Euer Tisch ist fertig, Mädels«, rief Nuala von der Tür, die in den verglasten Bereich des Pubs führte, wo runde Tische für den Abend gedeckt waren. »Ihr könnt auch draußen essen, wenn ihr wollt, aber der Wind ist heute Abend ein bisschen frisch.«

»Wir bleiben drinnen, danke«, rief Sally zur Antwort und stieg von ihrem Barhocker.

Sie gingen durch den inzwischen gut gefüllten Pub und betraten die relative Ruhe des Restaurants, wo nur wenige

Tische besetzt waren. Die Gäste ließen sich die ausgezeichneten Meeresfrüchte schmecken.

Nuala führte sie an einen Fenstertisch mit Blick auf den Hafen und das Meer, wo die zerklüfteten Umrisse der Skellig Islands einen scharfen Kontrast zu dem rosafarbenen Abendhimmel bildeten. »Wartet, bis die Sonne hinter den Inseln untergeht«, kündigte sie an. »Das wird spektakulär. Und heute Nacht haben wir Vollmond, sodass wir uns auf einen weiteren tollen Anblick freuen dürfen. Wir brauchen hier kein Feuerwerk«, fügte sie an Cordelia gewandt hinzu.

»Mutter Natur liefert die beste Show. Ich bin immer wieder von Neuem begeistert davon«, bemerkte Sally mit einem glücklichen Seufzen. »Die Sonnenuntergänge und die Sterne habe ich am meisten vermisst, als ich fort war.«

Nuala reichte ihnen die Speisekarten. »Es ist erst halb acht. Reichlich Zeit, um vor dem Sonnenuntergang zu essen und zu trinken. Seán Óg kommt gleich mit der Tageskarte an den Tisch, aber ich kann euch jetzt schon sagen, dass ihr sofort bestellen solltet, wenn ihr Krabben essen wollt. Die gehen schnell weg, und manche Gäste bestellen telefonisch vor.«

»Wir nehmen auf jeden Fall die Krabben«, entschied Sally. »Ist das für Sie in Ordnung, Cordelia?«

»O ja«, entgegnete Cordelia mit knurrendem Magen.

»Wir servieren sie mit jungen Kartoffeln, aber Sie können auch Pommes frites bekommen, wenn Ihnen das lieber ist.«

»Ich nehme die jungen Kartoffeln«, sagte Sally. »Und einen Beilagensalat und Brot, dann brauchen wir keine Vorspeise. Außerdem hätten wir gern eine Flasche von dem wunderbaren Sauvignon.« Sie warf Cordelia einen Blick zu. »Ich hoffe, Sie schließen sich mir an.«

»Natürlich«, stimmte Cordelia zu. »Sie kennen sich mit Wein bestimmt besser aus als ich.«

»Besser als eine Frau mit dem Namen Mirafiore?«, lachte Sally.

»Ach.« Cordelia zuckte die Achseln. »Ich glaube nicht, dass ich mit den italienischen Winzern verwandt bin. Höchstens um viele Ecken. In den USA ist das ein ganz normaler Name.«

»Ja, wahrscheinlich.« Sally gab Nuala die Speisekarten zurück. »Danke.«

Nuala nahm die Speisekarten entgegen und klemmte sie sich unter den Arm. »Pommes frites oder junge Kartöffelchen für Sie, Cordelia?«

»Junge Kartoffeln«, antwortete Cordelia ohne zu zögern.

»Gute Wahl.« Sally nickte zustimmend. »Vielleicht könnten wir den Wein schon bekommen, während wir warten? Und das Brot, bitte, Nuala.«

»Kommt sofort«, zwitscherte Nuala. »Einen schönen Abend, ihr zwei. Wir sehen uns später.«

Der Wein wurde von einem großen Mann mit einem runden, freundlichen Gesicht an den Tisch gebracht, und Sally stellte ihn als unvergleichlichen Gastronom und verdammt guten Koch vor.

Seán Óg nahm Cordelias Hand in seine große, warme Pranke und schüttelte sie. »*Fáilte go dtí ár sráidbhaile, mo chroí*«, sagte er.

»Oh, äh … danke«, antwortete Cordelia mit einem fragenden Blick zu Sally.

»Er hat gesagt: ›Willkommen in unserem Dorf, meine Liebe.‹«

Seán Óg nickte. »Genau. Wenn Sie hierbleiben, werden Sie ein wenig von der alten Sprache lernen müssen.«

Sally schnaubte. »Red keinen Quatsch, Seán Óg, und hör auf, uns zu veräppeln. Im Alltag wird hier nicht viel Irisch gesprochen, auch wenn einige Leute so tun, als wäre es in Kerry die Hauptsprache. Wenn das so bleiben soll, werden sie alle noch mal zur Schule gehen müssen.«

Seán Óg lachte. »Dich kann man nicht so leicht an der

Nase herumführen, Sally O'Rourke. Ich habe doch nur Spaß gemacht.«

Cordelia stimmte in das Lachen ein. Seán Óg schien ein lustiger und gutmütiger Mensch zu sein. Es war eine Freude, seinen melodischen Kerry-Akzent zu hören, und sie genoss die Wärme seiner Gegenwart. »Ist schon gut«, sagte sie. »Ich bin nur froh, dass ich keine Irischkurse besuchen muss. Aber ich werde bestimmt hier und da etwas aufschnappen, wenn ich weiter zuhöre.«

»Das ist die richtige Einstellung«, lobte Seán Óg. Er nahm einen Korkenzieher aus der Tasche, öffnete geschickt den Wein und schenkte beiden einen Probeschluck ein. »Also dann, cheers und *bon appétit* und überhaupt. Ich muss mich jetzt ums Essen kümmern. Schön, Sie kennengelernt zu haben, Cordelia. Man sieht sich, Mädels.«

»Er ist sehr nett«, bemerkte Cordelia, als er gegangen war.

»Er ist ein Schatz, und Nuala ist ein Glückspilz«, pflichtete Sally ihr bei. Sie nahm das Glas und nippte an dem Wein, die Augen auf Cordelia gerichtet. »Erzählen Sie mir von Ihren Plänen. Haben Sie vor zu bleiben?«

»Zumindest für den Moment«, entgegnete Cordelia und sprach den Gedanken aus, den sie nach dem Verlassen des *Two Marys* gefasst hatte. Declans Frage, ob sie Weihnachten hier sein werde, hatte sie zu der Entscheidung geführt, ihren Besuch zu verlängern. Sie würde bis zu den Feiertagen bleiben, und je nachdem, was sie bis dahin über ihre Mutter in Erfahrung gebracht hatte, würde sie hoffentlich wissen, wie es weitergehen sollte. »Ich habe die irische Staatsbürgerschaft beantragt.«

»Oh, das ist fabelhaft«, sagte Sally strahlend. »Wenn der Antragt bewilligt wird, feiern wir. Es wird nicht lange dauern, da Ihre Mutter in Irland geboren wurde.«

»Ja, das ist richtig.« Cordelia trank einen Schluck Wein und nahm sich eine Scheibe Brot. »Meine Mutter und Phil waren Cousinen. Aber ...« Sie brach ab.

»Aber?«, hakte Sally nach.

Cordelia schluckte ihren Bissen herunter. »Ich habe heute seltsame Neuigkeiten erhalten. Die Geburtsurkunde meiner Mutter, die ich für den Antrag auf Staatsbürgerschaft brauche, ist mit der Post gekommen. Ich dachte, es würde alles eindeutig sein, aber das ist es nicht. Meine Großmutter scheint ihren Mädchennamen Brennan geführt zu haben, nicht Fitzgerald, außerdem steht in der Spalte, wo der Name meines Großvaters hätte stehen sollen, ›Vater unbekannt‹.«

»Was?«, rief Sally. »Wirklich? Das ist ja eigenartig.«

»Hat Phil je über meine Mutter oder meinen Großvater gesprochen?«

Sally stützte die Ellbogen auf den Tisch, beugte sich vor und sah sie nachdenklich an. »Manchmal. Wir haben über Sie geredet, als ich sie im Krankenhaus besucht habe, wenige Wochen, bevor sie ... von uns gegangen ist. Sie war sehr glücklich, dass Sie sich gefunden hatten, und erzählte, wie wichtig Sie für sie geworden waren. Sie wusste nicht viel über die Gründe, die Frances – Ihre Mutter – dazu veranlasst hatten, nach Amerika auszuwandern. Es muss ein oder zwei Jahre nach dem Tod von Frances' Mutter gewesen sein, und es muss auch irgendeinen Streit gegeben haben, aber sie wusste nicht, worum es dabei ging. Ihre Mutter hat keinen Kontakt zu ihren Cousins und Cousinen gehalten und geriet in Vergessenheit. Sie war immer nur ›die Cousine, die nach Amerika gegangen ist‹, und man hat nie wieder etwas von ihr gehört. Mehr wusste Phil nicht. Aber ... ›Vater unbekannt‹? Das ist mir ein Rätsel. Phil hat davon bestimmt keine Ahnung gehabt.«

Cordelia leerte seufzend ihr Glas. »Nein. Und es war ein großer Schock für mich. Phil hat mir erzählt, dass sie nicht viel über meine Großeltern wusste, aber sie war sich sicher, dass mein Großvater als Jimmy Fitz bekannt gewesen war und anscheinend eine Schwäche für Alkohol und Glücksspiele gehabt hatte. Aber ...«

Sally machte ein nachdenkliches Gesicht. »Warum wird er in der Geburtsurkunde nicht als Vater genannt? Und warum hat Ihre Großmutter sich Brennan genannt und nicht Fitzgerald?«

»Vielleicht wollte sie ihren Namen nicht ändern?«, überlegte Cordelia laut. »Sie war sehr fortschrittlich und eine echte Feministin.«

»Genau wie meine Mutter«, erwiderte Sally. »Sie hat ihren Mädchennamen behalten, daher ist aus mir eine O'Rourke geworden, aber sie selbst war immer als Mary Watson bekannt. Ziemlich schockierend damals. Vielleicht war es bei Ihrer Großmutter genauso.«

»Gut möglich. Ich muss noch mehr in Erfahrung bringen. Ich muss wissen, wer mein Großvater war, wenn es nicht dieser Jimmy Fitz gewesen ist. Ich kann das Ganze einfach nicht auf sich beruhen lassen. Es ist, als würde ein Teil von mir fehlen, und ich muss ihn finden.«

»Auf jeden Fall«, stimmte Sally ihr mit Nachdruck zu. »Sie müssen herausfinden, was geschehen ist. Es geht um Ihre Familie und Ihre Identität. Sie müssen es versuchen.«

»Ja. Aber wird es überhaupt möglich sein, etwas herauszufinden? Das ist alles so lange her.«

»Nun, Irland ist ein kleines Land, und Dublin war damals wesentlich kleiner als heute. Ich bin mir sicher, dass wir Nachforschungen anstellen können.« Sally wurde von einer jungen Kellnerin unterbrochen, die mit zwei Tellern an ihren Tisch kam. Neben den mit Krabbenfleisch gefüllten Panzern lagen junge gebutterte Kartoffeln, Blattsalat, Krautsalat und ein Töpfchen mit Knoblauchmayonnaise. »Jetzt sollten wir erst einmal dieses Festmahl genießen«, fuhr Sally fort. »Und ich werde ein bisschen nachdenken, während wir essen.« Sie füllte die Gläser wieder auf und griff nach ihrem Besteck. »Der Abend ist zu schön, um traurig zu sein. Sehen Sie sich nur den Himmel an.«

Cordelia betrachtete den Himmel mit seiner glühenden

Pracht aus Rosa- und Orangetönen, während die Sonne langsam hinter den Inseln versank und die aufgewühlten Wellen des Meeres hoch aufspritzend gegen die Felsen krachten. Was für ein wilder, wunderbarer Ort, den weder Mensch noch Technologie jemals zähmen konnten. Man musste nehmen, was die Natur einem gab, und es akzeptieren, musste sich an den guten Tagen freuen und an schlechten Tagen Schutz suchen. Es kam Cordelia so vor, als sei ein Ort mit einem so schönen, klaren Nachthimmel viel besser als Miami, wo die Sterne nur selten zu sehen waren. Aber der Geruch des Essens lenkte sie von ihren Überlegungen und der wunderbaren Aussicht ab. Sie lächelte Sally an und nahm die Gabel zur Hand. »Das sieht fantastisch aus.«

»Himmlisch«, sagte Sally zwischen zwei Bissen Krabbenfleisch.

Und das war es auch. Cordelia fiel mit großem Appetit über das Essen her und genoss den Geschmack von frischen, mit Zitrone und Schnittlauch angemachten Krabben, das nussige Aroma der jungen Kartoffeln, den frischen Blattsalat und den knackigen Krautsalat. Es war ein ausgezeichnetes Mahl, und sie sprachen erst wieder, als die letzte Kartoffel verspeist war und die Krabbenpanzer alle leer waren. Dann lehnten sie sich zurück, wischten sich die Münder ab, lächelten einander an und tranken den Wein aus.

»Meine Güte«, stöhnte Cordelia. »War das köstlich. Aber jetzt bin ich wirklich satt.«

»Ich weiß.« Sally lachte. »Ich werde mich für eine Weile nicht rühren können.«

»Ich auch nicht«, stimmte Cordelia ihr zu.

Sally seufzte und öffnete diskret den obersten Knopf ihrer Hose. »Puh. So ist es besser. Also, wie könnten wir mit den Nachforschungen über Ihre Familie beginnen ...«

»Ich habe Declan gesagt, dass ich vielleicht Hilfe brauche, ohne ihm die Einzelheiten zu nennen«, unterbrach Cordelia sie. »Denken Sie, dass er für mich etwas in Erfahrung bringen kann?«

Sally nickte. »O ja. Gute Idee. Declan O'Mahony war früher ein Spitzenreporter und kann bestimmt alles über jeden herausfinden. Wenn Sie ihm die Informationen geben, die Sie haben, kann er sicher ein wenig für Sie recherchieren. Ich kann mir keinen Besseren vorstellen.«

»Oh, gut.« Cordelia hielt inne. »Ich werde ihn noch einmal darauf ansprechen. Er meinte, er würde mir gern helfen. Es ist etwas seltsam, einem Menschen, den ich gerade erst kennengelernt habe, Familiengeheimnisse anzuvertrauen, aber ich mag ihn.«

Sally nickte zustimmend. »Natürlich. Er ist ein sehr attraktiver, interessanter und witziger Mann. Und Sie sind eine hübsche und kluge Frau, mit der man gern zusammen ist. Ich bin mir sicher, dass er Sie jetzt schon mag.«

Cordelia lächelte. »Das hoffe ich. Er hat mich morgen zu einem Ausflug nach Skellig Michael eingeladen. Ich bin schon ganz gespannt.«

»Großartig. Sie werden begeistert sein. Sehen Sie? Ich wusste, dass er sie mag. Wenn nicht, würde er sich nicht so viel Mühe machen.« Sally tätschelte Cordelia die Hand. »Und er ist ein hervorragender Detektiv, daher sollten Sie ihn unbedingt bitten, Ihnen bei den Nachforschungen über Ihre Familie zu helfen. Er wird sicher im Handumdrehen finden, wonach Sie suchen.«

Cordelia nickte lächelnd und war plötzlich voller Optimismus. Der Schock über das, was sie auf der Geburtsurkunde gelesen hatte, ließ langsam nach, und sie wusste, dass sie alles in ihrer Macht Stehende tun musste, um die Wahrheit ans Licht zu bringen, selbst wenn sie schlimm war. Aber wollte sie wirklich, dass Declan ihre Familiengeschichte erforschte?

VIERZEHN

Der nächste Tag war windig, aber warm, und Cordelia erledigte
ihre Aufgaben voller Vorfreude auf den bevorstehenden
Ausflug. Nichts konnte ihre gute Laune trüben, nicht einmal
die mürrische Roisin, die pausenlos Anweisungen aus dem
Büro rief, wo sie sich am Schreibtisch um die Buchhaltung und
Reservierungen kümmerte. Sie war noch immer blass und hatte
hellrote Flecken im Gesicht und an den Armen, trotz der
Lotion, die Cordelia für sie angerührt hatte. Sie schien jedoch
ihre Energie zurückgewonnen zu haben, genau wie ihre Reiz-
barkeit, die bei ihr der Normalzustand war, wie Cordelia inzwischen wusste.

Sie hatten erfahren, dass die Freigabe des Nachlasses bald
erfolgen würde, und sollten dafür eine Bestandsaufnahme des
Hausrats erstellen. Das war eine Herkulesaufgabe, und
Cordelia hatte angeboten, dabei zu helfen, denn es war eine
perfekte Gelegenheit, im Haus nach Hinweisen auf die Familiengeschichte zu suchen, die eine Verbindung zur Vergangenheit ihrer Mutter herstellen könnten.

Aber jetzt stand erst einmal der Ausflug mit Declan oben
auf Cordelias Tagesordnung. Sie ging am Morgen ihre spärliche

Garderobe durch, um zu entscheiden, was sie später anziehen sollte. *Lässig,* dachte sie, *aber auch ein bisschen verführerisch, wie zum Beispiel dieses seidene Trägertop mit Spitze …* Sie hatte sich nach dem Aufstehen das Haar gewaschen, das ihr nun in dichten, glänzenden Locken um das Gesicht fiel. Sie besaß bereits eine leichte Bräune, die ihre blauen Augen betonte, sodass ein Hauch Wimperntusche genügte, um ihr ein natürliches und gesundes Aussehen zu verleihen. Ständig kam ihr Declan in den Sinn, und sie lächelte vor sich hin, während sie die Blaubeerpfannkuchen briet und beinahe anbrennen ließ, weil sie vergaß, sie zu wenden. Sie träufelte großzügig Ahornsirup darauf, fügte einen Klecks Schlagsahne hinzu, und die Gäste waren glücklich.

Nach dem Frühstück beeilte Cordelia sich mit dem Abwasch, während Kathleen die Betten machte. Sie sah auf die Uhr. Declan würde bald hier sein, und der Gedanke ließ sie alles vergessen, was um sie herum geschah. Als Roisin aus dem Büro nach ihr rief, schreckte sie zusammen und hätte um ein Haar die Bratpfanne fallen lassen, die sie gerade abtrocknete.

»Ja?«, antwortete Cordelia und trat in die offene Tür.

»Wenn du heute nichts zu tun hast, könntest du dann an der Website arbeiten? Wir müssen die Seite mit der Verfügbarkeit der Zimmer für den Rest des Jahres auf den neuesten Stand bringen, jetzt, da wir die Saison verlängert haben. Ich habe alles aufgeschrieben, du musst es nur noch in den Kalender eintragen.«

Cordelia stellte die Pfanne auf den Küchentisch und ging ins Büro. »Okay. Aber kann das bis später warten? Ich … ich habe eine Verabredung.«

Roisin wirkte überrascht. »Ach? Mit wem?«

»Ähm, mit Declan O'Mahony. Er will mir die Halbinsel zeigen, und dann machen wir eine Fahrt zu den Skelligs.«

Roisin starrte sie an. »Declan?« Ihre Stimme war fast ein Flüstern.

Cordelia nickte. »Ja. Ich muss mehr über die Geschichte und Kultur dieses Teils von Irland erfahren, und er zeigt mir die besten Orte.«

»Ach, wirklich?« Roisin sah Cordelia argwöhnisch an. »Deshalb hast du dich heute Morgen also so aufgedonnert.«

Cordelia lachte. »Schön, dass du es bemerkt hast. Ich sehe zwar bestimmt nicht gerade toll aus, aber ...«

»Du siehst umwerfend aus, Liebes«, unterbrach Roisin sie. Dann schüttelte sie lachend den Kopf. »Entschuldige, ich bin nur ein bisschen neidisch. Du wirkst so frisch und gesund und strahlend, während ich noch ganz blass und voller Flecken bin. Neben dir komme ich mir furchtbar alt vor.«

»Aber du siehst schon viel besser aus«, widersprach Cordelia. »Du wirst bald wieder die Alte sein. Creme dich weiter mit der Lotion ein. Dadurch verschwinden die Rötungen, sodass deine Haut schnell wieder normal aussieht.«

»Ja, die Lotion ist gut, meine Haut fühlt sich auch schon viel weicher an. Es war lieb von dir, dass du dir so viel Mühe gemacht hast. Deshalb ist es auch unmöglich, dich dafür zu hassen, dass du so gut aussiehst. Es wird sicher schön mit Declan. Es macht Spaß, mit ihm zusammen zu sein, aber sei vorsichtig. Er könnte dich unter einem falschen Vorwand ausführen ...« Roisin brach ab. »Entschuldige. Vergiss es.«

»Was soll ich vergessen?«, fragte Cordelia, verwirrt von dem Ausdruck in Roisins Augen.

»Ach, nur so eine Idee. Ich tue ihm vielleicht unrecht, aber er könnte dich einfach nur als ein interessantes Thema für eine Story ansehen. Schließlich ist er Reporter.«

»Er meinte, das hätte er hinter sich gelassen«, wandte Cordelia ein. »Er will nur seine Ruhe haben und über Politik und so zu schreiben. Er will nicht mehr in den Geheimnissen anderer Leute wühlen.«

Roisin sah sie zweifelnd an. »Ja, das mag stimmen, aber bei Journalisten weiß man nie. Sie hungern immer nach einem

Rätsel, das sie lösen können, und nach einer schlagzeilenträchtigen Story.«

»Meine würde wohl kaum Schlagzeilen machen«, beteuerte Cordelia.

»Vielleicht doch, wenn er etwas hinzuerfindet.« Roisin zuckte die Achseln. »Ach, vergiss es. Ich bin paranoid. Er wird seine Lektion inzwischen sicher gelernt haben.«

»Was für eine Lektion?«, hakte Cordelia nach.

»Das hat nichts mit dir zu tun«, antwortete Roisin und wirkte, als sei ihr etwas unbehaglich zumute. »Declan und ich sind Freunde, aber letztes Jahr gab es ein Missverständnis zwischen uns. Mehr will ich dazu nicht sagen, und es ist längst Vergangenheit. Also, geh mit ihm aus und amüsier dich. Du bist frei und kannst tun und lassen, was du willst. Es geht mich überhaupt nichts an.« Sie holte Luft und wandte sich wieder dem Computer zu. »Du kannst das mit der Website erledigen, wenn du zurückkommst.«

»Okay«, versprach Cordelia und blieb zögernd in der Tür stehen. »Wenn das alles ist, werde ich …«

»Super. Viel Spaß«, wünschte Roisin ihr mit einem schwachen Lächeln. »Ich bin hier bald fertig und gehe dann am Strand spazieren. Frische Luft und Sonnenschein tun mir bestimmt gut.«

»Ja, auf jeden Fall. Bis später«, sagte Cordelia und ging sich umziehen. Sie hatte sich endlich entschieden, was sie für den Ausflug anziehen sollte. Weiße Jeans, eine dunkelblaue Leinenbluse und darunter das cremefarbene Spitzentop, das wie zufällig aus dem Ausschnitt lugte … Ihre Haut kribbelte, als sie es anzog und spürte, wie die weiche Seide an ihr herabglitt. Es war ein wenig frech, genauso, wie sie sich insgeheim fühlte. Sie nahm sich ihre winddichte Jacke und einen Pullover, besprühte sich mit einem Hauch Coco Mademoiselle von Chanel und warf einen letzten Blick in den Spiegel. Dann hörte sie draußen Reifen auf dem Kies und verließ das Haus.

Ein roter Audi war gerade vorgefahren, und als sie durch die Haustür trat, stieg Declan aus dem Wagen. Er trug Jeans, ein weißes T-Shirt und eine schwarze Bomberjacke und hatte sich die Pilotenbrille ins kurze Haar geschoben. Als Cordelia auf ihn zuging, setzte er die Brille auf. »Du siehst frisch und reizend aus«, sagte er und küsste sie auf die Wange. »Und du riechst wunderbar.«

»Na, und du erst«, neckte Cordelia ihn. »Diese Jacke und die Sonnenbrille. Wow. James Dean lässt grüßen.«

Er grinste. »Das war Absicht, Darling.« Er öffnete mit einer schwungvollen Geste die Beifahrertür. »Nehmen Sie Platz in meiner alten Klapperkiste, Madame.«

»Alte Klapperkiste?«, wiederholte Cordelia ungläubig, als sie sich auf den cremefarbenen Ledersitz gleiten ließ, nachdem sie Jacke und Pullover auf die Rückbank gelegt hatte. »Dieser Audi ist nagelneu, wenn ich mich nicht irre. Von wegen Klapperkiste!«

»Er ist zwei Jahre alt«, korrigierte Declan sie. »Und ich halte ihn gut in Schuss. Ich habe ihn nach einem besonders erfolgreichen Jahr gekauft, das leider auch das Ende meiner beruflichen Glanzzeit war. Aber wir sollten nicht darüber sprechen, weder jetzt noch sonst irgendwann.«

»In Ordnung. Ich werde keine Fragen stellen.«

»Ich nehme dich beim Wort.« Declan schwang sich hinters Lenkrad, ließ den Motor an und warf Cordelia ein Lächeln zu. »Los geht's. Bist du bereit für ein kleines Abenteuer?«

»Ich war noch nie so bereit wie heute«, antwortete Cordelia, und bei dem Funkeln in seinen Augen überlief sie ein Schauer. Dies war kein richtiges Date, nur ein Ausflug, mahnte sie sich. Aber was auch immer es war, sie wusste, dass sie für alles bereit war, was der Tag bringen würde.

In einem Café, das an der Straße oben auf einem Felsen lag, legten sie eine Kaffeepause ein. Es bot eine spektakuläre Aussicht auf die Küste und das sonnenbeschienene Meer.

Möwen glitten laut kreischend darüber hinweg und beäugten die Gäste. Declan und Cordelia wählten an dem großen Panoramafenster einen Tisch mit Meerblick, der nicht in der grellen Sonne lag. Declan bestellte Kaffee für sie beide. »Man bekommt hier einen wirklich leckeren Karottenkuchen, falls du magst«, fügte er hinzu.

»Für mich nur einen Kaffee, bitte«, sagte Cordelia, die zu angespannt war, um etwas zu essen. Aber sie stibitzte dann doch ein Stück von Declans Kuchen, als er gebracht wurde. Declan lachte.

»Du bist eine wählerische Esserin, wie ich sehe. Du sagst zwar Nein, aber dann stiehlst du deinem Begleiter was vom Teller.«

Cordelia lachte. »Ja, das passiert oft. Es liegt daran, dass ich meistens einen Appetit wie ein Spatz habe und eine ganze Portion zu viel für mich ist.«

»Nimm noch ein Stück«, sagte er und hielt eine Gabel voll Kuchen hoch.

»Na gut.« Sie öffnete den Mund und ließ sich von ihm füttern, während er den Blick nicht von ihr abwandte und dann lächelnd selbst einen Bissen nahm. Danach tupfte er ihr mit der Serviette den Mund ab. »Du hast da etwas Zuckerguss.«

Sie schob seine Hand weg. »Nein, habe ich nicht.«

Lachend aß er den Kuchen auf. »Du lässt dich nicht so leicht leimen, was?«

»Leimen?«

»Reinlegen. Irischer Ausdruck.«

»Ah. Noch einer. Ich werde ihn abspeichern.«

»Der Speicher wird voll sein, wenn du all unsere kleinen Redewendungen und Ausdrücke gelernt hast.«

»Gibt es dafür ein Wörterbuch?«

Er lächelte. »Nein, aber es sollte eins geben. Vielleicht können wir zusammen eins schreiben?«

»In ein oder zwei Jahren, wenn ich diese ganzen irischen

Wörter in meinen Wortschatz aufgenommen habe. Ich kann es gar nicht erwarten, die Skelligs zu sehen. Aber ...« Sie schaute aus dem Fenster. »Der Bootsanleger ist doch ganz woanders. Ist das nicht die Straße nach Waterville? Warum fahren wir eigentlich hier lang?«

»Weil wir nicht zu den Skelligs fahren. Das Boot war ausgebucht. Es dürfen immer nur zwölf Personen die Inseln betreten. Sie sind Weltkulturerbe, und die Flora und Fauna sind auch sehr empfindlich. Das machen wir ein andermal.«

»Oh, wie schade«, sagte Cordelia.

»Tut mir leid, dich zu enttäuschen. Aber sieh es mal positiv. Du brauchst nicht mit einem Haufen Lichtschwert schwingender Kinder, die ihre Lieblingsszenen aus *Star Wars* nachspielen, sechshundert steile Stufen hinaufzuklettern. Und ...« Er machte eine dramatische Pause. »Ich habe einen ausgezeichneten Plan B. Ich glaube, du wirst begeistert sein.«

»Ja? Und der wäre?«, fragte Cordelia.

»Eine Rundfahrt um Bull Rock Island, die ein Stück weiter südlich liegt. Wir werden von Caherdaniel aus mit dem Boot hinfahren. Bull Rock ist ein Berg im Meer und gehört zu den Inseln, die der Dursey Island am Rand der Beara-Halbinsel vorgelagert sind. Die Inseln werden der Bulle, die Kuh und das Kalb genannt. Der Bulle ist die größte Insel und hat ein Felsentor, das wie ein Tunnel durch den ganzen Berg läuft. In der irischen Mythologie lebte dort angeblich Lord Duinn, der Herr der Toten. Nach dem Tod haben die Seelen auf dem Weg ins Jenseits den Tunnel durchquert. Ein bisschen düster, aber ziemlich faszinierend. Vielleicht sehen wir Delfine und Robben und möglicherweise sogar ein oder zwei Wale.« Er lehnte sich zurück und strahlte sie an. »Was hältst du davon?«

»Das klingt toll«, antwortete Cordelia beeindruckt. »Ich kann es gar nicht erwarten.«

»Wunderbar. Wir fahren in einem Festrumpfschlauchboot, daher könnte es etwas ungemütlich werden.«

»Ein Festrumpfschlauchboot?«

»Ein Schlauchboot mit festem Rumpf, wie ein Rettungs-boot. Ich hoffe, du neigst nicht zu Seekrankheit.«

»Soweit ich weiß, nein. Aber bis jetzt war ich nur in einem Ruderboot, daher kann ich für nichts garantieren.«

»Hoffen wir das Beste! Du kannst dich jederzeit ins Wasser übergeben, falls dir übel wird.«

Cordelia lachte. »Wie romantisch.«

»Nun, es könnte natürlich den Zauber brechen«, erwiderte Declan und hob und senkte die Brauen. Dann stand er auf. »Wir müssen noch ein Stück fahren. Caherdaniel ist etwa eine halbe Stunde von hier entfernt. Wir können auf dem Boot essen, wenn wir uns in dem Laden am Campingplatz Sandwi-ches besorgen.« Er hielt ihr die Hand hin. »Komm, auf zu einem Abenteuer.«

Es wurde das beste Abenteuer, das Cordelia je erlebt hatte. Conor O'Shea, der Skipper des Boots, wartete bei ihrer Ankunft am Kai. Er schüttelte ihnen die Hand und gab jedem von ihnen eine Rettungsweste, die sich im Falle eines Unfalls oder wenn sie über Bord gingen bei Wasserkontakt von selbst aufblies. »Viel bequemer als die sperrigen alten Westen«, sagte er. »Und auch sicherer, weil es damit leichter ist, sich auf dem Boot zu bewegen. Also, wenn Sie so weit sind, legen wir ab. Es herrscht leichter Seegang, aber es ist nicht so schlimm, Ihnen wird also nicht allzu übel werden.«

»Dann wird uns nur ein kleines bisschen übel«, flüsterte Declan Cordelia ins Ohr, als er ihr an Bord half.

Trotz ihrer Nervosität kicherte sie und hoffte inständig, dass sie nicht seekrank werden würde. Sie ließ sich neben Declan nieder und sah sich nach anderen Passagieren um.

»Keine anderen Passagiere«, verkündete Conor hinter ihnen und ließ den Motor an. Ein Junge auf dem Kai machte die Leinen los, und das Boot glitt durch das kristallklare Wasser.

Bald waren sie auf dem offenen Meer und folgten der Küste nach Süden, wo sie auf das Ende der Beara-Halbinsel zufuhren.

»Wie gesagt, der Bulle gehört zu Dursey Island«, rief Declan über den Lärm des Motors hinweg und zeigte zu den aus dem Meer ragenden Inseln. Cordelia nickte, hielt sich am Bootsrand fest und blickte geradeaus zu dem gewaltigen Felsen, der immer näher kam.

Plötzlich machte das Boot einen Schlenker und wurde langsamer. »Da sind sie«, rief Conor und zeigte aufs Meer, wo glänzende blaugraue Rücken aus dem Wasser schauten. »Delfine.«

Begeistert beobachtete Cordelia, wie die schimmernden Rücken sich im Wasser tummelten, als die Delfine das Boot umringten. Es war, als spielten sie ein Spiel und als sei das Boot ein Teil der Gruppe, ein Freund, den sie in ihr Spiel miteinbezogen. »Das nennt man eine Schule«, sagte Declan ihr ins Ohr. »Eine Schule von Delfinen. Ist das nicht toll?«

Cordelia nickte, außerstande zu sprechen. Sie beobachtete voller Staunen, wie ein Delfin neben dem Boot aus dem Wasser sprang. Ein Glücksgefühl durchfuhr sie, wie ein elektrischer Schlag ins Herz. Dann sprang ein weiterer Delfin aus dem Wasser und noch einer, und jedes Mal schnappte sie nach Luft und wünschte sich, dass diese unglaubliche Show niemals aufhören möge.

Declan legte den Arm um sie. »Sie geben vor dir an«, meinte er.

»O Gott, ich liebe sie«, sagte sie atemlos. »Sie sind wunderschön.«

Als sie die Fahrt zu der Insel fortsetzten, begleiteten die Delfine sie ein Stück und verschwanden dann, um einem Fischschwarm zu folgen, wie Conor erklärte.

Schließlich erreichten sie den Felsen, der wie eine dunkle Steinmasse über ihnen aufragte. Oben auf den steilen, zerklüfteten Hängen stand ein Leuchtturm. Tageslicht schien durch das Felsentor. Conor sagte, es sei ungefährlich, hindurchzufahren, und steuerte das Boot darauf zu.

»Ist der Leuchtturm noch in Betrieb?«, fragte Cordelia.

»Ja«, antwortete Conor. »Der Lichtstrahl gleitet jede Nacht über das Meer und den Himmel. Erbaut im Jahre 1889.«

Dann fuhren sie durch den Tunnel, und Cordelia empfand es wie eine Reise durchs All, wie ein spirituelles Erlebnis, als sie die Inseln hinter sich ließen und plötzlich auf dem gewaltigen offenen Atlantik waren. Hier gab es nur das Meer und den Himmel und die Seevögel, die über ihre Köpfe hinwegglitten.

»Da!«, rief Conor plötzlich und zeigte geradeaus, wo sich eine riesige dunkle Gestalt aus dem blauen Wasser erhob. »Ein Killerwal.« Er reichte Cordelia ein Fernglas, und sie stieß einen erstaunten Laut aus, als ein großer schwarzweißer Kopf auftauchte, aus dem hinten eine Fontäne schoss. Dann verschwand er wieder und tauchte nicht mehr auf. Sie sahen noch, wie der Koloss tiefer im Wasser versank, und dann war er fort.

Cordelia schaute über das Meer, wie betäubt von dem, was sie gerade gesehen hatte. Sie war unfähig, zu sprechen. Sie sah Declan an, weil sie sich bei ihm bedanken wollte. Als ihre Blicke sich trafen, sah sie ihm an, dass er wusste, wie sehr sie den Ausflug genoss. Das Schlauchboot drehte langsam bei, und sie fuhren zurück. Das Wechselspiel von Sonnenlicht und Wolken färbte das Wasser in allen möglichen Tönen von Indigoblau bis hin zu glitzerndem Silber. Als sie wieder am Kai in Caherdaniel ankamen, hatte Cordelia das Gefühl, eine magische Welt voller Freude hinter sich zu lassen. Sie gaben Conor die Rettungswesten zurück, bedankten sich bei ihm und gingen dann zum Wagen. Cordelia war von dem Erlebnis noch immer ganz benommen.

Im Auto tranken sie Wasser und aßen die Sandwiches, die sie ganz vergessen hatten. Beide waren sie in Gedanken versunken, während sie durch die Windschutzscheibe aufs Meer hinausschauten.

»Schon seltsam, dass so ein Ausflug einem das Gefühl geben kann, auf einem anderen Planeten gewesen zu sein«, bemerkte Declan, bevor er sich mit einer Papierserviette den Mund abwischte.

»O ja«, pflichtete Cordelia ihm bei. »Es war unglaublich.« Sie aß ihr Sandwich auf, trank noch etwas Wasser und wandte sich dann Declan zu. »Ich ... ich weiß nicht, was ich sagen soll, aber ich möchte dir für diesen unglaublichen Ausflug danken. Er war wirklich traumhaft, und ich werde ihn nie vergessen.«

»Ich wusste, dass es dir gefallen würde«, sagte er und beugte sich zu ihr. »Keine Geschichtsstunde, sondern eher eine meeresbiologische Exkursion.«

»Egal wie du es nennst, es war fantastisch.«

»Du hast Sterne in den Augen«, stellte er lachend fest.

»Wirklich?« Verwirrt lehnte sie sich zurück. »Das liegt daran, dass alles so schön war.« Sie sah ihn an und fragte sich, ob er sie küssen würde, aber er zog sich ebenfalls zurück und schaute sie nur weiter an. Empfand er das Gleiche wie sie? Konnte er in ihren Gedanken lesen, dass die Sterne in ihren Augen nicht nur von dem Ausflug kamen?

Er berührte sie an der Wange. »Du musst dich im Moment an vieles gewöhnen. Ein neues Land, eine neue Familie. Es wäre nicht klug, wenn du dich jetzt in eine Beziehung mit mir stürzen würdest.«

Ernüchtert von seinem ernsten Ton richtete Cordelia sich auf. »Da hast du wahrscheinlich recht«, sagte sie, während sie langsam wieder zu sich kam. Woher wusste er, was sie gedacht hatte? Dass sie ihn am liebsten auf der Stelle küssen und alles andere vergessen wollte. Sie schaute ihm in die eindringlichen grauen Augen und sah dort einen Anflug von Furcht – Furcht, zu schnell vorzupreschen und eine Freundschaft zu zerstören, die so vielversprechend begann. »Ich möchte dich kennenlernen«, erklärte sie. »Ich möchte wissen, was du gern isst, ob du lieber Bier oder Wein trinkst, welche Bücher du liest, was dich zum Lachen und zum Weinen bringt und welche Musik du magst. Und ich möchte alles über dein Leben vor unserer ersten Begegnung wissen.« Sie holte Luft. »Restlos alles.«

»Geht mir genauso«, stimmte er ihr lächelnd zu und ließ den Motor an. »Aber wir sollten nichts überstürzen. Jetzt setzen wir erst einmal die Entdeckungsreise durch Irland fort. Wir machen eine kleine Küstenfahrt nach Kenmare, nehmen die Bergstraße über den Moll's Gap und essen in Killarney zu Abend. Und dabei unterhalten wir uns. Wir haben schließlich den ganzen Tag Zeit, nicht wahr?«

Cordelia dachte flüchtig daran, dass sie Roisin versprochen hatte, die Website zu aktualisieren, schob den Gedanken jedoch von sich. Das konnte sie heute Abend noch erledigen, denn es hatte ja keine Eile. »Genau«, bestätigte sie und lehnte den Kopf zurück, schloss die Augen und überließ sich dem Dahingleiten des Wagens. Sie fühlte sich entspannt und glücklich, obwohl er sie abgewiesen hatte, als sie einen Schritt weitergehen wollte. Aber selbst das fühlte sich gut an, und er hatte recht. Es gab keinen Grund, voreilig zu sein. Außerdem stand für sie ohnehin etwas Wichtigeres als eine Liebesaffäre auf dem Programm. Sie musste ihre Suche fortsetzen, und jetzt scheute sie sich auch nicht mehr, Declan um Hilfe zu bitten. Der nächste Ort, an dem sie suchen musste, war Dublin, doch dort kannte sie sich nicht aus. Wo sollte sie in einer Stadt, in der sie noch nie gewesen war, mit der Suche beginnen? Declan war in Dublin aufgewachsen und kannte die Stadt wie seine Westentasche. *Ja,* dachte sie, *ich werde ihn bitten, mir zu helfen.* Würde er verstehen, wie viel es ihr bedeutete?

FÜNFZEHN

Die Fahrt durch die Berge und über den Moll's Gap genannten Gebirgspass war spektakulär. Als sie oben waren, hielt Declan den Wagen an. Sie stiegen aus, um die Aussicht auf den Gap of Dunloe und die fernen MacGillicuddy's Reeks mit dem Carrantuohill zu genießen. »Irlands höchster Berg«, erläuterte Declan. »Und ein harter Aufstieg, aber er ist den Schmerz wert. Vielleicht nehme ich dich mal mit auf den Gipfel, wenn du ein bisschen Übung hast.«

»Das wäre schön«, seufzte Cordelia, die in dem kalten Wind fröstelte, während sie den Gebirgszug betrachtete. »Warum heißt es Moll's Gap?«

»Es ist nach einer Frau namens Moll Kissane benannt, die für ihren Poitín berühmt war – das ist selbst gebrannter Schnaps.«

»Ein Schwarzbrand?«, fragte Cordelia nach.

»Ja, genau. Die Kissanes betreiben hier immer noch die Schaffarm. Sie sind bestimmt sehr stolz auf die alte Moll.«

»Sie muss eine starke Frau gewesen sein.«

»Das waren sie damals alle. Sie mussten schließlich überleben. Die Herstellung von Poitín muss ein hübscher kleiner Nebenverdienst für sie gewesen sein.«

»So etwas könnte ich jetzt auch vertragen«, bemerkte Cordelia und schlang die Arme um sich.

Er hielt sie kurz fest, um sie zu wärmen, dann ließ er sie wieder los. »Du frierst. Wir sollten nach Killarney fahren und zu Abend essen.«

Sie fuhren die steile, schmale Straße voller Haarnadelkurven hinab. Als Cordelia schaudernd über den Rand des Steilhangs blickte, fragte sie sich, ob sie einen Sturz in die Tiefe überleben würden. Sie wimmerte, als ihnen ein Auto entgegenkam, klammerte sich an den Türgriff und schloss die Augen, als Declan dem anderen Wagen auswich. Wie durch ein Wunder gelang es den Fahrern, ohne Zwischenfall aneinander vorbeizukommen.

»Du kannst die Augen wieder aufmachen«, verkündete Declan, als sie die Kreuzung erreichten. »Wir sind wohlbehalten unten angelangt.«

Cordelia stieß die angehaltene Luft aus. »Gott sei Dank.«

»Die Straße hat es in sich, aber ich bin sie schon ein paar Mal gefahren. Es lohnt sich für die Aussicht.«

»Und für den Schreck.« Cordelia seufzte und trank den Rest Wasser aus ihrer Flasche. »Es war ziemlich gruselig da oben.«

»Du solltest es mal bei Nebel sehen.«

»Nein, danke.«

Er schüttelte grinsend den Kopf. »Du kleiner Feigling.«

»Ich bin sensibel, das ist alles.«

Er nickte mit gespielt ernstem Blick. »Aha. Der sensible Typ. Das ist eine ziemliche Herausforderung. Ich bin mehr der Draufgänger.«

»Das merke ich.« Cordelia legte die Flasche weg. »Und im Moment bin ich eher der hungrige Typ.«

»Essen kommt sofort.« Er bog auf die Fernstraße ab und fuhr weiter durch die malerische Landschaft mit den gewellten grünen Hügeln, noch höheren Bergen in der Ferne und den Flüssen und Seen, die durch das dichte Laub der Bäume an der Straße aufblitzten. Im Westen ging die Sonne unter und tauchte die Landschaft in ein goldenes Licht. Als der Himmel sich Dunkelblau färbte und der Abendstern über den Dächern erschien, erreichten sie Killarney.

»Es ist schon fast neun«, stellte Declan fest, als er den Wagen auf einem kleinen Parkplatz abseits der Hauptstraße abstellte. »Aber ich glaube, wir können einen Tisch im Steakhouse bekommen, wenn du magst. Steak und Pommes frites und Salat. Einfach, aber sehr gut, mit bestem irischem Rindfleisch.«

»Fabelhaft«, antwortete Cordelia. Ihr Magen knurrte so laut, dass sie beide lachten.

Im Restaurant war kaum etwas los, und schon bald saßen sie an einem Tisch im hinteren Teil des Raums und aßen Steak. Während des Essens beantwortete Declan die persönlichen Fragen, die Cordelia ihm stellte. Er erzählte ihr von seiner Zeit als politischer Reporter und wie er einen großen Korruptionsskandal aufgedeckt hatte. Als Folge davon war er von Politikern verfolgt und von der Zeitung gefeuert worden, und seine Fernsehsendung war abgesetzt worden. Er hatte Dublin verlassen, um sich zu erholen und einen beruflichen Neuanfang zu starten. »Whistleblower sind nicht gern gesehen«, sagte er. »Ich wollte nichts als Ruhe und Frieden und einen ungestörten Ort, und das habe ich hier in Kerry gefunden.«

Cordelia hörte zu, während sie den größten Teil von Declans Pommes frites aufaß.

Er sah ihr belustigt dabei zu und erklärte, dass er extra eine doppelte Portion bestellt habe, weil er schon vermutet hatte, dass sie welche wollte, obwohl sie sie zuvor abgelehnt hatte. »Wie ich sehe, hatte ich recht«, lachte er, als sie sich eine weitere Fritte nahm und in den Mund schob.

»Ich weiß«, erwiderte sie. »Bei der Bestellung möchte ich keine, aber wenn sie dann so lecker aussehen und riechen, muss ich sie einfach probieren.« Sie schaute ihn über den Tisch hinweg an. »Stört es dich?«

Er beugte sich vor und küsste sie auf die Wange. »Nein, ich finde es süß.« Er lehnte sich zurück. »Also. Ich habe dir meine Geschichte erzählt, und wie geht deine?«

»Meine Geschichte?«

»Ja. Ich weiß zwar, warum du hier bist, aber nicht viel darüber, wie du aufgewachsen bist oder ob du etwas über deine irischen Verwandten gewusst hast, bevor du Phil begegnet bist.«

Cordelia wischte sich an der Serviette die Finger ab. »Ich wusste nicht viel über Moms Familie in Irland. Sie hat nicht oft darüber gesprochen und meinte immer, es sei so lange her, dass sie fortgegangen ist, und ohnehin alle tot seien, daher gebe es nicht viel zu erzählen. Aber jetzt, da ich beweisen musste, dass ...« Sie brach ab.

»Was musstest du beweisen?«, fragte Declan interessiert. »Dass du tatsächlich du bist? Wegen des Testaments?«

»Nein.« Cordelia zögerte. »Ja. Ach, es ist alles ein ziemliches Schlamassel. Ich ...« Sie schluckte, weil sie nicht wusste, wie sie fortfahren sollte. Wie würde er reagieren, wenn sie ihm sagte, dass sie Kontakt zu Phil aufgenommen und sie belogen hatte, dass sie ihre Nichte war? Gut, sie hatte nicht direkt gelogen, aber etwas vorgegeben, von dem sie keine Ahnung gehabt hatte, ob es stimmte oder nicht.

»Ja?«

»Ich weiß nicht, wie ich es erklären soll«, sagte sie beinahe flüsternd. »Du könntest denken ...«

»Lass hören«, forderte er sie auf und schob den Teller mit dem Rest von seinem Steak von sich. »Einfach raus damit. Ich werde dich nicht verurteilen. Ich habe so das Gefühl, dass du sagen wirst, du hast das alles erfunden.« Er lachte. »Richtig?«

»Nicht ganz.« Cordelia trank einen Schluck Wasser gegen

ihren trockenen Mund. »Es ist etwas komplizierter. Seltsamerweise hat sich die anfängliche Lüge inzwischen als Wahrheit herausgestellt, und meine Mutter ist wirklich diejenige, als die ich sie ausgegeben habe.«

Declan runzelte die Stirn. »Wie meinst du das?«

Cordelia stützte den Kopf in die Hand. »Ach, es ist so schwer zu erklären.«

»Das schaffst du schon. Fang am Anfang an und lass nichts aus.«

»Na gut.« Cordelia wusste, dass er recht hatte. Sie musste ihm alles sagen. Sie holte tief Luft und erzählte ihm die ganze Geschichte von Anfang an bis hin zu dem Rätsel um die Geburtsurkunde ihrer Mutter. Als sie fertig war, atmete sie tief durch und sah Declan niedergeschlagen an. »Ich habe das Gefühl, als wüsste ich nicht mehr als zuvor.«

»Und du hast Phil belogen?«

»Eigentlich nicht, aber ich habe ihr auch nicht gesagt, dass ich Zweifel an unserer Verwandtschaft hatte«, sagte Cordelia leise. Sie wagte es nicht, ihm in die Augen zu schauen, aus Furcht vor dem, was sie dort sehen würde. Abneigung? Vielleicht sogar Abscheu? »Ich konnte einfach nicht anders. Es war, als hätte mir jemand tief in meinem Innern gesagt, dass ich ihr nichts sagen soll. O Gott, jetzt denkst du bestimmt, dass ich nur auf Phils Geld aus war.«

»Nein. Ich bin mir sicher, dass es nicht um Geld ging.«

»Das ging es wirklich nicht. Es ging darum, einen Menschen zu haben, dem ich etwas bedeute, eine Familie zu haben. Aber ich weiß, dass es trotzdem nicht in Ordnung war«, fügte Cordelia hinzu und sah ihn endlich an, bereit für seine unweigerliche Kritik.

»Es ist okay«, hörte sie ihn zu ihrer Überraschung sagen. »Wir sind alle schon mal in eine Lüge verwickelt worden.«

Sie sah ihn verblüfft an. »Du auch? Nur in eine?«

Plötzlich lachte er. »Ich weiß, dass man sich zu einer Lüge

hinreißen lassen kann, weil man nicht damit rechnet, dass sie Schaden anrichten kann. Es ist, als würde man die Wahrheit zu seinen Gunsten ein klein wenig verdrehen, so wie laut ausgesprochenes Wunschdenken. Man möchte, dass es wahr ist, daher erfindet man es und glaubt fast selbst daran. Und dann ...« Er brach ab. »Dann ist es zu spät, es zu ändern.«

»Ja, genauso war es«, sagte Cordelia, erleichtert, dass er das Gleiche erlebt hatte. Dann dämmerte es ihr, und sie sah ihn an. »Hat es etwas mit Roisin zu tun?«

Er nickte seufzend. »Ja. Aber ich möchte jetzt nicht darüber reden. Nur so viel: Ich habe mich nicht gerade wie der perfekte Gentleman verhalten.« Er wand sich unbehaglich auf seinem Stuhl und blickte auf seinen Teller, dann wieder zu Cordelia. »Ich bin also kein Engel und du auch nicht. Du hast gelogen, um das zu bekommen, was du nie hattest – eine Familie –, und ich werde dir helfen. Deine Geschichte hat meinen Reporterinstinkt geweckt. Ich will der Sache auf den Grund gehen.«

»Wirklich? Das ist wunderbar. Ich wollte dich um deine Hilfe bitten, wusste aber nicht recht, wo du anfangen solltest zu suchen.«

»Das ist kein Problem. Ich muss morgen aus beruflichen Gründen nach Dublin. Dort werde ich mir Geburts- und Heiratsurkunden ansehen und nach dem Mann suchen, den du für deinen Großvater gehalten hast. Wie war noch mal sein Name?«

»Jim Fitzgerald. Er wurde Jimmy Fitz genannt. Er und meine Großmutter haben im Stadtteil Ranelagh gelebt.«

»Ich weiß, wo das ist. Ich werde dort mit der Suche beginnen. Die Kirchenbücher sollten frei zugänglich sein. Und wer weiß? Vielleicht lebt er sogar noch.«

»Wenn ja, müsste er sehr alt sein«, gab Cordelia zu bedenken. »Ich bin mir sicher, dass er tot ist.«

»Sein Geburtsjahr müsste in den späten Zwanzigerjahren liegen.«

»Ja, ungefähr. Aber ich wette, dass du ihn nicht finden wirst.«

Declan zog eine Braue hoch. »Ich hatte schon schwierigere Aufträge. Ich wette alles, was ich auf der Bank habe, darauf, dass ich ihn finden werde, lebendig oder tot.«

»Wie viel hast du denn auf der Bank?«

»Nach den Reparaturen an meinem Haus? Ein paar Tausend. Aber okay, ich setze auch das Haus.« Er drückte ihre Hand. »Komm schon, Cordelia, hab ein bisschen Vertrauen.«

Sie lächelte ihn voller Dankbarkeit und Hoffnung an. »Ich glaube dir. Du wirst sicher Erfolg haben. Du weißt nicht, wie gut es tut, dass du mir hilfst.«

»Das ist die richtige Einstellung.« Es sah auf seine Armbanduhr. »Es ist schon spät. Wir sollten besser zurückfahren.«

Sie bezahlten die Rechnung und verließen das Restaurant. Als sie durch die dunkle Straße zum Wagen gingen, deutete Declan zum Himmel und sagte: »Sieh mal. Die Sterne sind rausgekommen. Sie werden uns den Weg nach Hause weisen.«

Cordelia blickte zu den Sternen und dem breiten, glitzernden Band der Milchstraße weit oben im endlosen, dunklen Himmel empor, und plötzlich fühlte sie sich sehr klein. »Das Universum«, murmelte sie und zog die Jacke enger um sich. »Es ist so gewaltig.«

»Bis zur Unendlichkeit und noch viel weiter«, sagte Declan und legte den Arm um sie. »Ich fand diesen Spruch von Buzz Lightyear immer sehr klug.«

»Ich fand ihn dumm. Ich habe immer gerufen: ›Hinter der Unendlichkeit ist nichts‹«, konterte Cordelia. »Aber was wusste ich schon?«

»Was weiß man schon?« Er half ihr ins Auto. »Komm. Es ist spät, und es war ein langer Tag.«

»Der beste Tag«, antwortete Cordelia und küsste ihn auf die Wange.

Während der Fahrt im Mondlicht sprenkelten die Sterne den dunkelblauen Samthimmel wie glitzernde Edelsteine. Es war bereits nach elf, als Declan schließlich vor Willow House vorfuhr und den Motor ausschaltete. »Da wären wir. Ich habe Aschenputtel vor Mitternacht nach Hause gebracht.«

Cordelia reckte sich und warf ihm ein schläfriges Lächeln zu. »Danke.«

»Wofür?«

»Für diesen Tag, den Bootsausflug, die Delfine, den Wal und das Meer. Und fürs Abendessen und dafür, dass du dir meine Geschichte angehört und deine Hilfe angeboten hast.«

»Nichts zu danken. Ich helfe gern, und es war schön mit dir.«

»Mit dir auch.« Cordelia öffnete gähnend die Tür. »Ich sollte zusehen, dass ich ins Bett komme.«

»Ja, ich auch.« Er verließ den Wagen und ging auf ihre Seite, um ihr die Tür zu öffnen. Als sie ausstieg, legte er die Arme um sie. »Wie wäre es mit einem Gutenachtkuss?«

»O ja.« Sie stellte sich auf die Zehenspitzen und hauchte ihm einen Kuss auf die Lippen. Declan jedoch hatte andere Vorstellungen. Er zog sie fest an sich und küsste sie leidenschaftlich. Unwillkürlich reagierte sie darauf, öffnete den Mund und schmiegte sich an ihn.

Plötzlich ging die Lampe über der Haustür an und tauchte den Vorgarten in helles Neonlicht. Sie sprangen keuchend und lachend auseinander, als die Tür aufging und Roisin dort stand und sie anstarrte.

»Hi«, sagte sie. »Entschuldigung. Ich dachte, ich hätte jemanden gehört, deshalb habe ich das Licht angemacht. Aus Sicherheitsgründen.«

»Natürlich«, antwortete Declan. »Aus Sicherheitsgründen. Man kann in diesem gefährlichen Teil des Landes gar nicht vorsichtig genug sein. Es hätte schließlich Mad Brendans Esel sein können, der einen Spaziergang unternimmt.«

»Sehr witzig«, blaffte Roisin.

»Aber wo bleiben meine Manieren«, entgegnete Declan ungerührt. »Hallo, Roisin. Wie geht es dir an diesem schönen Abend?«

»Bestens, vielen Dank. Kommst du rein, Cordelia?«

»Ja.« Cordelia ging über den Kies zur Treppe. »Auf Wiedersehen, Declan«, sagte sie über die Schulter. »Noch mal danke.«

»Das Vergnügen war ganz meinerseits, Darling«, entgegnete Declan. »Gute Nacht und schlaft schön, ihr beiden.« Er stieg in den Wagen, schlug die Tür zu und ließ den Motor an.

Roisin sah dem Auto nach, bis es in der Dunkelheit verschwand. »Ich nehme an, er war den ganzen Tag über der Charme in Person.«

»Es war schön«, entgegnete Cordelia, verblüfft über den Sarkasmus in Roisins Stimme. Sie zog die Tür auf. »Ich gehe ins Bett. Es tut mir leid, dass ich nicht rechtzeitig wieder da war, um die Website zu aktualisieren. Ich stehe morgen früh auf, um es vor dem Frühstück zu erledigen.«

»Großartig.« Roisin folgte Cordelia ins Haus und schloss die Tür, dann ging sie die Treppe hinauf und ließ Cordelia im dunklen Flur stehen. Cordelia wunderte sich, was Roisin hatte. Sie war barsch zu ihr und Declan gegenüber sehr gereizt gewesen. War sie traurig, dass ihre Freundschaft – oder was auch immer sie mit Declan gehabt hatte – vorbei zu sein schien? Vielleicht wollte sie sie ja auch nur schützen. In dem Fall war es gut, dass ein Familienmitglied sich so um sie sorgte.

Cordelia ging durch den langen Flur und beschloss, die Sache auf sich beruhen zu lassen. Sie musste sich um größere Probleme kümmern, die nicht so aussahen, als würden sie sich jemals lösen lassen. Wer war der wirkliche Vater ihrer Mutter? Was war zwischen ihr und Jimmy Fitz vorgefallen, dass Frances nach Amerika gegangen und nie mehr zurückgekommen war?

SECHZEHN

Am nächsten Tag fuhr Declan nach Dublin. Er schickte Cordelia eine kurze Textnachricht, in der er schrieb, dass er sich immer an ihren gemeinsamen Tag erinnern werde. Es klang wie ein Abschied, als ob der Tag zwar schön gewesen sei, aber nun nicht mehr als eine nette Erinnerung sein würde. Er schrieb nicht, wann er zurückkommen wollte, aber sie war überzeugt, dass er sich melden würde, falls er etwas herausfand, das ein Licht auf die Herkunft ihrer Mutter warf. Selbst wenn er keine Beziehung mit ihr wollte, würde er sein Versprechen halten und ihr helfen. Zumindest dessen war sie sich sicher.

Während der Tag, den sie mit Declan verbracht hatte, und die Erinnerung an seinen Kuss noch in ihrem Herzen brannten, beschäftigte sie sich mit dem Tagesgeschäft des Pensionsbetriebs, brachte die Website auf den neuesten Stand und kümmerte sich um die Buchungen. Roisin verkündete, sie wolle ihr bei der Bestandsaufnahme helfen, und so gingen sie zusammen die Räume durch. Sie begannen mit dem Arbeitszimmer, das früher einmal eine kleine Bibliothek gewesen war. Die Wände wurden von Bücherregalen eingenommen, die mit alten Lederbänden gefüllt waren. Es dauerte eine ganze Weile,

sie durchzusehen, weil sie immer wieder auf kleine Schätze stießen: Frühe Ausgaben von Klassikern von Dickens und Jane
Austen und sogar von George Bernard Shaw. Diese Bücher
legten sie beiseite, um später zu entscheiden, was damit
geschehen sollte.

»Unglaublich«, erklärte Roisin. »Ich hatte keine Ahnung,
dass es hier so tolle Bücher gibt. Ich habe mir diese verstaubten
alten Schinken nie richtig angesehen, weil ich lieber Enid
Blyton und später Agatha Christie gelesen habe, die oben in
Phils und Onkel Joes Bücherregal standen.«

Cordelia war fasziniert von den Besitzernamen der Famili-
enmitglieder, die in manche der Bücher hineingeschrieben
waren. Sie fand einige Bände, die Brian und Olive McKenna
gehört hatten, ein paar mit Phils und Patricks Namen darin und
sogar eine Ausgabe von *Vom Winde verweht,* auf deren Titel-
seite der Name »Clodagh Brennan« geschrieben stand. Sie stieß
einen erstaunten Ausruf aus und zeigte Roisin den Eintrag.
»Sieh mal, von meiner Großmutter.«

Roisin warf einen Blick auf den Namen und nickte. »Ja, das
muss sie sein. Du solltest dieses Buch und andere behalten, in
denen ihr Name steht.«

Aber es blieb das Einzige. Sie beendeten die Inventur des
Arbeitszimmers und beschlossen, sich als Nächstes das
Esszimmer vorzunehmen, sobald Maeve sich ihnen anschließen
konnte. Cordelia brachte das Buch in ihr Zimmer, schlug es
dort auf und strich über den in schöner Handschrift geschrie-
benen Namen. Sie wollte jetzt unbedingt wissen, was mit ihrer
Großmutter geschehen war und warum ihr Mann ihre Mutter
nicht als sein Kind anerkannt hatte. Sie hatte immer mehr das
Gefühl, dass es von entscheidender Wichtigkeit war, und sie
hoffte, dass sie bald von Declan hören würde. Sie fand Trost in
ihrer Arbeit und schaffte es an den meisten ihrer geschäftigen
Tage, die Gedanken an ihn zu verdrängen.

Es war Ende August und Hochsaison, daher gab es kaum

Gelegenheit zum Grübeln. Die Pension war jeden Tag ausgebucht. Cordelia machte das Frühstück, reinigte die Zimmer,
begrüßte neue Gäste und hatte für nichts anderes Zeit. Eigentlich wollten Maeve und Roisin das Gästehaus allein führen,
aber Cordelia wurde oft gebeten, auszuhelfen, wenn es hektisch
wurde. Roisin verteilte die Aufgaben und achtete streng auf
deren Ausführung, arbeitete jedoch genauso viel wie alle anderen, was nur »recht und billig« war, wie Kathleen es ausdrückte.

Die Bestandsaufnahme konnte nur nach und nach gemacht
werden, aber als sie mit dem Esszimmer und seiner großen
Menge von Porzellan und Glas fertig waren, hatten sie das
Schlimmste geschafft. Es blieb nur das Wohnzimmer, und das
würde mehr Spaß als harte Arbeit sein, erklärte Roisin. Obwohl
Cordelia so eingespannt war, gelang es ihr an den meisten
Tagen, an den Strand zu gehen, um zu schwimmen oder einen
Spaziergang zu machen. Das fand gewöhnlich am frühen Nach-
mittag statt, wenn es im Haus einigermaßen ruhig war und die
Gäste auf Besichtigungstour, schwimmen oder wandern waren.
Eines Abends hatte sie sogar Zeit, Sally zu besuchen – auf
»einen Schwatz, Bier, Würstchen und Kartoffelpüree«, wie
Sally es nannte.

Sallys reizender Bungalow lag etwas erhöht an der Hauptstraße in einem schönen Garten voller Hortensien und anderer
blühender Sträucher. Ein geschwungener Weg führte zu der
roten Haustür, an der ein Schild mit »Ende der Reise« hing.
Die Tür stand halb offen, und Cordelia spähte hinein, unsicher,
ob sie einfach eintreten sollte. Sie drückte auf die Klingel, und
das Läuten hallte ohne Antwort durchs Haus. »Hier draußen«,
rief eine Stimme dann. Cordelia ging ums Haus und entdeckte
eine Terrasse mit Holzstühlen und einem runden Tisch. Sally
war gerade dabei, einen Grill anzuzünden.

Sie drehte sich um. »Hallo. Ich schmeiße gerade den Grill
an. Ich dachte, wir grillen uns neben den Würstchen noch ein
paar andere Sachen. Nur Würstchen und Kartoffelbrei kamen

mir an einem Abend wie diesem zu langweilig vor. Ich habe
Nuala auch eingeladen, aber sie kommt erst später.« Sally
deutete auf den Gartentisch und die vielen Flaschen, die darauf
standen. »Nimm dir ein Bier, dann setzen wir uns und unterhalten uns ein bisschen, während wir warten.«

Cordelia nahm sich eine Flasche Harp und setzte sich an
den Tisch, wo sie die weite Aussicht auf die Küste und das
Meer bewunderte. Von hier oben konnte sie das ganze Dorf
überblicken, bis hin zu dem Dach von Willow House, das aus
den Bäumen hervorragte. In der Ferne war Maeves Cottage zu
sehen, und sie bemerkte eine Rauchfahne, die aus dem Schornstein aufstieg. »Maeve hat gerade den Kamin angemacht«,
sagte sie.

Sally folgte ihrem Blick. »Ja. Und ich sehe Paschal, der mit
der kleinen Aisling auf dem Arm vom Strand hinaufkommt.
Zumindest glaube ich, dass sie es sind. Vater und Kind. Schön.«
Sie seufzte, setzte sich an den Tisch und nahm einen Schluck
aus ihrer Bierflasche. »Scheint mir hundert Jahre her zu sein,
dass meine Kleine in dem Alter war. Und mein Mann ...« Sie
lächelte. »Damals dachte ich noch, es würde sich nie etwas
ändern und ich würde immer mit dem Mann verheiratet sein,
den ich liebte.«

»Du liebst ihn immer noch, oder?«, fragte Cordelia leise.

Sally nickte. »Ja. Ich kann nicht dagegen an, obwohl er sich
am Schluss nicht besonders gut benommen hat. Er hat mich
zwar nicht betrogen, aber er hat mich ohne einen Cent sitzen
lassen, abgesehen von dem Unterhalt für das Kind. Ich musste
mich erst einmal daran gewöhnen, dass ich plötzlich nur sehr
wenig Geld hatte. Aber zumindest hatte ich die Wohnung, die
er anständigerweise auf meinen Namen überschrieben hatte.
Eine schöne Vierzimmerwohnung am linken Ufer der Seine.
Jasmine und ich haben dort gewohnt, bis sie achtzehn war und
zum Studium nach Toulouse zu ihrem Vater gezogen ist.« Sally
zuckte die Achseln.

»Was hast du gemacht, nachdem dein Mann dich verlassen hat?«, erkundigte Cordelia sich. »Ich meine, womit hast du dir deinen Lebensunterhalt verdient?«

»Ich habe Arbeit in einem Haute-Couture-Haus gefunden, erst als Assistentin, und später habe ich dann die Modenschauen organisiert. Außerdem habe ich ein bisschen Marketing gemacht und den Modeschöpfer bei den Entwürfen beraten. Ich habe die Arbeit und mein Leben geliebt. Es hat Spaß gemacht und war interessant, und ich habe viele Menschen kennengelernt. Ich hatte natürlich auch den einen oder anderen Freund, aufregende und amüsante Männer. Paris war vor zwanzig Jahren wunderbar, aber das hat sich ja später durch die Gewalt und den Terrorismus geändert, wie in jeder Großstadt heutzutage. Meine Mutter ist nach der Pensionierung mit ein paar gleichaltrigen Frauen in dieses Haus gezogen. Sie waren sehr glücklich hier. Ich habe sie oft besucht, und als Mum vergangenes Jahr gestorben ist, bin ich hierhergezogen. Sie hat mir dieses Haus hinterlassen. Ich habe die Wohnung in Paris für einen guten Preis verkauft und von dem Geld den Laden gekauft. Und jetzt bin ich wieder hier, wo ich angefangen habe.«

»Und die aufregenden Männer?« Cordelia konnte sich die Frage nicht verkneifen.

Sally lachte. »Ach, die. Die waren im Grunde nur schicke Anhängsel. Nichts Ernstes, aber schön, solange es dauerte. Ich habe François und Jean und Philippe und all den anderen Traummännern meiner Vergangenheit Lebewohl gesagt und bin heimgekehrt.« Sally lächelte wie eine zufriedene Katze. »Aber natürlich werde ich sie nie vergessen und denke gern an sie zurück.«

Sie seufzte glücklich und warf einen Blick zum Grill. »Fast so weit. Ach, übrigens«, fuhr sie fort, »ich muss mich bei dir für den Tipp mit dem Magic Shop bedanken. Es hat mich wirklich inspiriert, was du von dem kleinen Laden in New Jersey erzählt hast. Dass sie auf Kunsthandwerksmärkten und Flohmärkten Einzelstücke kaufen und dann bei sich weiterverkaufen. Also habe ich letzten Montag, als der Laden geschlossen war, auf den Märkten und in kleinen Geschäften in Kerry gestöbert und ein paar sagenhafte Stücke gefunden, die sich blendend verkaufen. Es kommen immer mehr Kunden von weit her, manche sogar aus Cork und Limerick. Ich habe eine Facebook-Seite erstellt und hinterlasse überall meine Visitenkarten. Mein Laden brummt! Ich habe das Gefühl, dass die Entscheidung, den Laden zu kaufen, nach der ganzen Hektik die richtige war.«

»Und jetzt bist du glücklich?«

Sally nickte und stellte die Flasche auf den Tisch. »Glücklich? Ich würde es eher zufrieden nennen. Das Gefühl, endlich angekommen zu sein. So etwas wie dauerhaftes Glück gibt es nicht, nur glückliche Augenblicke, und davon habe ich eine ganze Menge. Männer? Wer braucht die schon? Sie machen nur Ärger und sind sehr fordernd, wenn sie älter werden.« Sally betrachtete Cordelia mit einem ernsten Ausdruck in ihren Augen. »Ich weiß, dass du gerade dabei bist, dich zu verlieben. Es ist ein unglaubliches Gefühl.«

»Wovon sprichst du?«, fragte Cordelia, erstaunt über die Bemerkung. War es so offensichtlich?

Sally lachte. »Jetzt komm aber. Leugnen ist zwecklos. Man sieht es in deinen Augen, wenn du seinen Namen sagst.«

»Oh.« Cordelia stieg die Hitze ins Gesicht.

»Declan ist wahrscheinlich genauso verliebt in dich«, fuhr Sally fort. »Ich kann es ihm nicht verdenken. Du bist schön, lieb und klug. Aber merk dir eins: Du solltest dich nie auf einen Mann stützen oder von ihm abhängig sein. Steh auf deinen eigenen Füßen, bleib bei deiner Meinung und lass die Finger von Sachen, die für dich nicht das Richtige sind. Frauen haben die Gewohnheit, ihr Leben nach den Männern auszurichten, die sie lieben, und das endet immer mit Tränen.«

»So habe ich das noch nie gesehen«, sagte Cordelia schaudernd. »Aber du hast sicher recht.«

Sally lachte. »Gut, ich höre jetzt damit auf. Ich sehe, dass ich dir Angst mache.«

Cordelia sah Sally an, während sie ihre Worte verdaute. »Nein, das tust du nicht. Du hast recht. Es ist leicht, in diese traditionelle Falle zu tappen. Frauen denken immer noch so und überlassen es den Männern, Entscheidungen für sie zu treffen. Und wenn nicht, dann läuft es wie meinen Eltern. Meine Mutter war stark und unabhängig, und ich bin mir sicher, dass mein Vater wollte, dass sie sich seinem Willen und seinen Entscheidungen fügte. Aber das hat sie nicht, also hat er sie verlassen. Ich weiß noch, dass sie traurig war und oft im Bett geweint hat, wenn sie dachte, ich würde schlafen. Aber das hat irgendwann aufgehört, und danach waren wir eine glückliche kleine Familie. Mom ist manchmal mit Männern ausgegangen, und ich erinnere mich dunkel daran, dass sie für eine Weile eine Beziehung mit einem Typ namens Ralph hatte. Nachdem sie sich getrennt hatten, gab es außer Freunden und Bekannten keine Männer mehr.« Sie seufzte und trank einen Schluck aus ihrer Flasche. »Meine Mom war schon etwas Besonderes. Sie war stark und gleichzeitig sanft.«

»Wie Phil«, bemerkte Sally. »Hey, hast du schon etwas über deine irische Familie herausgefunden?«

»Noch nicht. Aber Declan ist nach Dublin gefahren und will ein paar Sachen für mich nachsehen.«

»Du solltest auch nach Dublin fahren und selbst nach Spuren suchen. Schau, ob du in ihrem alten Wohnviertel jemanden finden kannst, der sie gekannt hat.«

»Oh.« Cordelia sah Sally überrascht an. »Nach Dublin fahren?« Bei dem Gedanken schlug ihr Herz plötzlich schneller. Natürlich musste sie dort hinfahren und selbst nachforschen. Sie suchte schließlich nach dem fehlenden Teil ihrer Identität. Das konnte sie nicht einfach jemand anderem überlassen. »Du hast recht. Nach dem Wochenende kann ich um ein paar freie Tage bitten.«

Sally stieß ein verächtliches Schnauben aus. »Meine Güte, als wärst du ihre Angestellte und nicht die Miteigentümerin. Sag einfach, du fährst, und basta. Lass dich nicht unterbuttern. Ich mag die beiden, aber sie sind manchmal ein bisschen zu anspruchsvoll, vor allem Roisin. Phil hat sie maßlos verwöhnt. Vielleicht hat sie das gewusst und dir deshalb einen Teil ihres Besitzes vermacht? Weil sie dachte, dass du ihnen schon beibringen würdest, dass nicht jedem die Sonne aus dem Hintern scheint.« Sie wirkte plötzlich zerknirscht. »Ich will damit nicht sagen, dass sie gemein sind, sie sind nette Frauen und sehr fair, aber sie haben dieses unerschütterliche Selbstvertrauen der McKennas.«

Cordelia konnte sich ein Kichern nicht verkneifen, obwohl sie etwas schockiert über Sallys Worte war. Sie enthielten jedoch ein Körnchen Wahrheit. Maeve und Roisin waren wunderbare Menschen. Sie waren ihr gegenüber sehr freundlich und hilfsbereit gewesen und hatten sie trotz des Fragezeichens in Bezug auf ihre Mutter in die Familie aufgenommen. Aber da waren immer ein Anflug von einer Art Hochnäsigkeit und das unbestimmte Gefühl, dass Cordelia nicht ganz ihren Anforderungen genügte. Vielleicht hatte Sally recht, dachte sie, während sie zusah, wie sie Hamburger auf den Grill legte. Es war Zeit, sich durchzusetzen und sich nicht mehr alles gefallen zu lassen …

»Ich fahre am Montag nach Dublin«, verkündete Cordelia, als sie am Samstagabend mit Roisin im Büro saß und die Buchhaltung machte.

Roisin schaute von den Quittungen auf und sah Cordelia an. »Dublin? Warum?«

»Ich möchte mich in Ranelagh umsehen und schauen, ob ich etwas über meine Großeltern herausfinden kann.«

»Was um alles in der Welt könntest du da herausfinden? Es ist über fünfzig Jahre her, dass sie dort gewohnt haben. Clodagh Brennan ist in den Siebzigerjahren gestorben, und ...« Sie brach ab. »Lebt Jimmy Fitz wohl noch?« Sie schüttelte den Kopf. »Ach was, wahrscheinlich ist er tot. Es wird niemanden mehr geben, der sich an sie erinnert.«

»Ich möchte trotzdem hinfahren«, beharrte Cordelia. »Durch die Straßen gehen und mir die Häuser in dem Stadtteil ansehen, in dem meine Mutter aufgewachsen ist. Vielleicht schaue ich mir auch ihre Schule an und ...«

Roisin seufzte. »Ich verstehe. Aber für uns ist das ganz schlecht. Wir haben Hochbetrieb, weil es auf Ende August zugeht, und wir sind noch nicht fertig mit der Inventur. Das Wohnzimmer muss noch gemacht werden, da sind eine Menge Dinge durchzusehen.«

»Ich weiß, aber das schaffst du schon. Das Wohnzimmer kann warten, bis ich zurück bin.« Cordelia richtete sich auf und bedachte Roisin mit einem stählernen Blick. »Ich habe hart gearbeitet, seit ich hergekommen bin – du warst krank, und Maeve hatte mit der kleinen Aisling alle Hände voll zu tun, daher habe ich getan, was ich konnte. Aber jetzt geht es dir besser und du kannst deine alten Aufgaben wieder übernehmen. Das Gleiche gilt für Maeve. Paschal hat Urlaub, er kann sich um Aisling kümmern. Und wenn dein Mann und die Jungen Ende der Woche zurückkommen, können sie auch mit Hand anlegen.«

Roisin wirkte leicht erschüttert. »Oh, äh ... ja.«

Cordelia sprang von ihrem Stuhl auf. »Wunderbar. Ich mache mir eine Tasse Tee. Willst du auch eine?«

»Ja, bitte«, antwortete Roisin, die immer noch wie vom Donner gerührt zu sein schien.

»Okay. Wenn der Tee fertig ist, können wir die Buchhaltung abschließen. Morgen ist viel zu tun, da alle Zimmer belegt sind. Fürs Frühstück müssen jede Menge Pfannkuchen gebraten werden. Sie sind sehr beliebt.«

»Wer soll die machen, wenn du weg bist?«, fragte Roisin.

»Vielleicht kannst du das übernehmen? Ich gebe dir das Rezept. Es ist ganz einfach, aber anstrengend, wenn viele gebraten werden müssen. Du musst zwei Bratpfannen nehmen, und dann ist da natürlich noch das irische Frühstück. Aber das kriegst du schon hin, alles andere erledigst du hier ja auch mit Bravour.«

»Den Papierkram ja, aber Hausarbeit und Pfannkuchen ...«

»Ach, komm schon, Roisin. Eine kluge Frau wie du hat doch im Handumdrehen den Bogen raus«, versicherte Cordelia ihr, während sie Roisins Unbehagen insgeheim genoss. Sie schenkte ihr ein fröhliches Lächeln und ging in die Küche, um den Tee zu kochen.

Sie jubelte innerlich bei dem Gedanken an die Reise nach Dublin. Sally hatte versprochen, sie nach Killarney zum Bahnhof zu fahren, und sie hatte ein Zimmer in einem Bed and Breakfast in Ranelagh reserviert, das mit der Straßenbahn, die in Dublin Luas hieß, erreichbar war. Sie hatte Declan noch nicht gesagt, dass sie kommen würde, aber sie wollte ihn später am Abend anrufen. Es ging voran. Sie wusste immer noch nicht, was die Zukunft für sie bereithielt, aber während der nächsten Tage würde sie vielleicht der Vergangenheit ihrer Mutter auf die Spur kommen.

Cordelia brauchte Declan nicht anzurufen, weil er sich bei ihr meldete, als sie gerade bei einem Strandspaziergang der Sonne dabei zusah, wie sie hinter den Skelligs unterging. Es war ein ruhiger, frischer Abend, der eine kalte Nacht zu werden versprach. Das Meer lag wie ein Spiegel da, und die Sonne war bereits fast verschwunden. Cordelia setzte sich auf ein großes Stück Treibholz und blickte auf die Bucht hinaus, versunken in den schönen Anblick. Als das Handy in ihrer Jackentasche klingelte, schrak sie zusammen und nahm es heraus. Sie schaute auf das Display: Declan.

»Hi«, lachte sie. »Ich wollte dich auch gerade anrufen, und rate mal, warum!«

»Nein, du musst raten«, unterbrach er sie, atemlos vor Aufregung. »Du wirst es nicht glauben.«

»Was werde ich nicht glauben?«

»Dass ich ihn gefunden habe.«

»Wen?«

»Jimmy Fitz.«

SIEBZEHN

Dublin war eine laute und lebhafte Stadt. Nicht so wie New York, aber der Lärm und das Gedränge des Bahnhofs Heuston waren nach der Ruhe und dem Frieden von Sandy Cove doch etwas gewöhnungsbedürftig. Cordelia blieb kurz auf dem Bahnsteig stehen, um sich zu orientieren, während um sie herum Menschen zum Ausgang strömten. Dann setzte sie sich in Bewegung und ging durch das Drehkreuz in die große Halle und durch den Eingang nach draußen. Als sie die Straßenbahn an der Haltestelle ankommen sah, schnappte sie sich auf echte New Yorker Art ihren kleinen Koffer, rannte los und quetschte sich in den überfüllten Wagen, gerade als die Türen sich schlossen. Atemlos lächelte sie einen Mann an, der ihr seinen Platz anbot. »Das ist sehr nett von Ihnen«, sagte sie mit einem dankbaren Lächeln und schob den Koffer beiseite, damit er nicht im Weg war.

Er erwiderte ihr Lächeln und nickte dann. »Gern geschehen, Darling. Fahren Sie weit?«

»Nach Ranelagh«, antwortete sie und fragte sich, ob sie sich wirklich mit einem Fremden unterhalten sollte. Er war jedoch schon recht alt und hatte graues Haar und ein freundliches Glitzern in den hellblauen Augen.

»Dann müssen Sie in der Abbey Street umsteigen«, erläuterte er ihr. »Steigen Sie vor Wynn's Hotel aus, die andere Haltestelle ist dann gleich um die Ecke. Die Linie bringt sie direkt nach Ranelagh.«

»Großartig. Haben Sie vielen Dank. Ist die Bahn immer so voll?«

»Meistens ja«, erwiderte er. »Wenn auch nicht so schlimm wie heute. Diese Woche findet die Dublin Horse Show statt, daher kommen viele Menschen vom Land. Der Zug war bestimmt auch proppenvoll.«

»Ja, aber ich habe einen Fenstersitz ergattert. Fahren Sie auch zu dem Turnier?«, fragte sie.

Er lachte. »Nein, ich bin kein Pferdemensch. Springreiten und Dressur sind nichts für mich. Ich wette allerdings hin und wieder auf der Curragh während des Irischen Derbys. Das ist unsere berühmteste Rennbahn«, erklärte er. »Wir haben nämlich die besten Rennpferde der Welt«, fügte er stolz hinzu.

»Das habe ich gehört.«

»Natürlich. Kommen Sie aus Amerika?«, fragte er weiter nach.

»Ja, aus New Jersey.«

»Ah. Ich habe einen Cousin in Boston, wie die meisten Iren. Aber da kommt meine Haltestelle«, sagte er, als die Straßenbahn langsamer wurde und dann stehen blieb. »Ich wünsche Ihnen einen schönen Tag, meine Liebe. Und viel Glück.« Er winkte ihr zu, stieg aus und verschwand in der Menge.

Während Cordelia die Straßen von Dublin und das Nebeneinander von alten und neuen Gebäuden betrachtete, richtete sie ihre Aufmerksamkeit auf den vor ihr liegenden Tag und das Treffen mit Jimmy Fitz. Es war unglaublich, dass es Declan nach nur wenigen Tagen gelungen war, den alten Mann aufzuspüren. Er habe Glück gehabt, hatte er gesagt. Er habe am eigentlich falschen Ende angefangen und sich die Pflegeheime in Dublin vorgenommen, anstatt einen Blick in die Kirchenbücher zu werfen oder sich einen der Volkszählungsberichte anzusehen, die seit den Zwanzigerjahren existierten.

»Das wäre eine Heidenarbeit gewesen, aber möglicherweise der einzige Weg«, sagte er zu Cordelia. »Ich dachte, ich versuche es mal bei den Pflegeheimen, und bei dem dritten habe ich einen Glückstreffer gelandet. Frag bitte nicht, wie ich sie dazu gebracht habe, die Patientennamen herauszugeben«, fügte er lachend hinzu. »Kein moralisches Verhalten, fürchte ich.«

»Solange du deswegen keinen Ärger bekommst«, bemerkte Cordelia.

»Ich habe meine Spuren ziemlich gut verwischt«, versicherte er.

Er hatte sie vom Zug abholen wollen, aber sie hatte abgelehnt und erklärt, sie wolle lieber allein zu dem B&B in Ranelagh finden. Sie wollte Dublin sehen und sich selbst ein Bild der Stadt machen. Das hier war ihre Reise, nicht Declans, auch wenn er derjenige war, der ihr den Weg ebnete.

Sie verließ die Straßenbahn vor Wynn's Hotel, einem alten viktorianischen Bau, und eilte die nächste Straße entlang. Dort stieg sie in eine kaum besetzte Bahn, die sie über den Liffey brachte. Sie fuhr am Trinity College vorbei und durch die Dawson Street, die von viktorianischen Häusern, Geschäften und Restaurants gesäumt war. Am Ende der Straße ging es am Mansion House vorbei, einem eleganten weißen Gebäude, in dem ihrem Reiseführer zufolge der Oberbürgermeister von Dublin seinen Amtssitz hatte. Dann fuhr sie an St. Stephen's Green entlang, einem baumbestandenen Park, in dem die Menschen umherschlenderten oder auf Bänken saßen.

Als sie durch die Harcourt Street fuhr, betrachtete Cordelia die hohen georgianischen Gebäude, die früher einmal die Stadthäuser reicher Familien gewesen und später in Büros verwandelt worden waren. Es war schön, dass die Gebäude restauriert statt abgerissen worden waren, dachte sie, während sie die Fassaden, die hübschen Haustüren und die Schiebefenster bewunderte. Unten waren kleine Läden und Cafés, und die Leute lasen Speisekarten oder gönnten sich eine Tasse Kaffee oder Tee, bevor sie sich auf den Heimweg machten. Dublin schien eine schöne Stadt zum Leben und Arbeiten zu sein, mit einem gemächlicheren Tempo als New York und einer freundlicheren Atmosphäre. Die Menschen um Cordelia plauderten miteinander, und ihre Sitznachbarin fragte sie lächelnd, ob sie wisse, wo sie aussteigen müsse. Cordelia nannte ihr die Adresse des B&B, und die Frau sagte ihr, dass sie an der Haltestelle Cowper aussteigen müsse.

Sie fuhren durch ruhige Straßen, die von zweistöckigen Häusern mit hübschen Vorgärten gesäumt waren, und erreichten im Handumdrehen Cordelias Ziel. Zu ihrer Überraschung erblickte sie Declan, der am Geländer lehnte und sie anlächelte.

»Hallo«, begrüßte sie ihn und hob ihren Koffer aus der Straßenbahn. »Woher um alles in der Welt wusstest du, wann ich ankomme?«

Er tippte sich an den Kopf. »Darin verbirgt sich das Gehirn eines Detektivs. Du hast mir gesagt, welchen Zug du von Killarney aus nimmst, und dann habe ich ausgerechnet, wie lange man von Heuston bis hierher braucht. Dein B&B ist gleich um die Ecke. Eine gute Wahl übrigens.« Er küsste sie auf die Wange, nahm ihr den Koffer ab und ging schnell die Straße entlang.

Cordelia musste halb rennen, um mit ihm Schritt zu halten. »Sally hat mir den Tipp gegeben. Die Pension ist ein Familienbetrieb. Sie steigt dort immer ab, wenn sie in Dublin ist.«

»Dann solltest du dich von deiner besten Seite zeigen«, neckte er sie.

»Tue ich das nicht immer?«, gab sie geziert zurück.

»Natürlich.« Er machte ein ernstes Gesicht. »Und du bist wegen etwas sehr Wichtigem hier – oder vielmehr jemand sehr Wichtigem.«

»Ja«, bestätigte Cordelia aufgeregt. »Was denkst du, wann ich ihn sehen kann?«

Declan blieb stehen und schaute auf seine Armbanduhr. »Es ist zwanzig nach fünf. Man hat mir gesagt, nach dem Tee, das würde also passen. Wir können auch morgen früh hingehen, falls du lieber warten und dich erst einmal ausruhen willst.«

»Nein!«, rief Cordelia. »Ich möchte nicht warten. Ich will ... ich *muss* ihn heute noch sprechen. Sonst kann ich nicht schlafen«, fügte sie flehend hinzu. »Können wir jetzt gleich gehen?«

»Ja, wenn wir uns beeilen. Wir bringen nur dein Gepäck ins B&B, dann können wir zu Fuß zum Pflegeheim gehen. Es sind ungefähr zehn Minuten von hier.«

»Großartig.«

Sie erreichten die Frühstückspension, die sich in einem weißen zweistöckigen Haus mit einem hübschen Vorgarten befand. Cordelia drückte auf die Klingel, und als eine Frau an die Tür kam, erklärte sie atemlos, dass sie noch etwas zu erledigen habe, später aber zurückkommen werde, und ob sie wohl ihren Koffer dalassen und erst später einchecken könne? Die Frau nahm ihr den Koffer ab und antwortete, sie werde ihn in Cordelias Zimmer stellen, das die Nummer zwei trage, oben die zweite Tür links. »Ich muss ohnehin die Kinder von ihrem irischen Tanzkurs abholen«, fuhr sie fort. »Daher bin ich erst um halb sieben wieder hier. Aber Sie brauchen nicht einzuchecken. Fühlen Sie sich ganz wie zu Hause, wir sehen uns dann morgen früh beim Frühstück.« Sie reichte Cordelia einen Schlüsselbund. »Das ist der für die Haustür und der ist fürs Zimmer. Ich wünsche Ihnen einen schönen Abend«, fügte sie hinzu und warf Declan ein schüchternes Lächeln zu.

Sie bedankten sich bei ihr und gingen die Straße entlang. Cordelia beschleunigte den Schritt, um ihr Ziel so bald wie möglich zu erreichen. Sie betrachtete die großen roten viktorianischen Backsteinhäuser mit ihren Erkerfenstern und gepflegten Gärten. Ein Auto bog in eine Einfahrt ein, und eine Mutter lud Einkaufstüten und Kinder mit Schultaschen aus. Cordelia sah, wie sie plaudernd die Treppe hinaufgingen, die Tür öffneten und im Haus verschwanden, und stellte sich vor, dass sie alle gemeinsam am Küchentisch zu Abend aßen.

Aktentaschen tragende Männer und Frauen in Geschäftskleidung stiegen aus der Straßenbahn und umarmten ihre Kinder, als sie an der Haustür ankamen. Familien, dachte Cordelia, die alle ganz normale Dinge taten, die zusammen waren und nicht allein, wie sie es gewesen war. Würde sie jemals eine eigene Familie haben? Sie warf einen Blick zu Declan, der vor ihr ging, und fragte sich, ob er sich je eine Familie gewünscht hatte. Er hatte ihr von seinen drei gescheiterten Ehen und vielen Beziehungen erzählt. Ob ihre eines Tages genauso enden würde? Sie kannten sich zwar noch nicht lange und hatten nur ein Date gehabt, doch sie fühlte sich bei jeder Begegnung stark zu ihm hingezogen. Es war, als ob sie füreinander bestimmt wären und nichts sie trennen könnte. Aber vielleicht war das nur Wunschdenken?

Cordelia schob die Gedanken beiseite, als sie ein großes gelbes Gebäude erreichten, das von Bäumen und Sträuchern umgeben war. Auf einem Schild stand: *Pflegeheim Bramleigh Lodge.*

»Da wären wir«, sagte Declan. »Nettes Heim. Es ist kein gewöhnliches Altenheim. Hier wohnen nur gut betuchte Rentner.«

Cordelia betrachtete das Haus. »Ach? Dann ist Jimmy Fitz also reich?«

»Er war es zumindest, bevor er angefangen hat, die Heimgebühren zu bezahlen. Er hat in seinen besten Zeiten viel Geld verdient. Ihm haben unter anderem eine Kinokette und mehrere Tanzlokale gehört, die in den Fünfzigerjahren sehr beliebt waren. Jetzt ist er siebenundneunzig und ein bisschen tatterig. Die diensthabende Krankenschwester meinte, sein Neffe verwalte seinen Besitz.«

»Oh«, murmelte Cordelia. Ihr klopfte das Herz bis zum Hals bei dem Gedanken, den Mann kennenzulernen, der mit ihrer Großmutter verheiratet und möglicherweise der Stiefvater ihrer eigenen Mutter gewesen war. Da auf der Geburtsurkunde »Vater unbekannt« stand, musste Cordelia annehmen, dass Jimmy Fitz nicht ihr Großvater war – aber wer war es dann?

Declan drückte ihre Hand. »Dann mal los«, sagte er und zog sie über den Kiesweg zur Eingangstür. »Zeit, endlich die Wahrheit zu hören.«

»Okay«, antwortete Cordelia mit trockenem Mund und ging mit zitternden Knien weiter. »Weiß er, dass wir kommen?«

»Die Krankenschwester hat ihm gesagt, dass ihn jemand besuchen kommt. Offenbar liebt er Besucher. Bekommt nicht allzu viele.«

Cordelia blieb plötzlich wie angewurzelt stehen. »Blumen«, stieß sie hervor, und Panik machte sich in ihr breit. »Ich hätte Blumen oder Pralinen oder so etwas mitbringen sollen.«

»Das ist bestimmt nicht nötig. Er wird sich wahrscheinlich freuen, überhaupt Besucher zu haben. Oder vielmehr eine Besucherin. Ich glaube, ich sollte dich allein mit ihm reden lassen.«

»Oh, äh ...«, begann Cordelia, nicht sicher, ob sie wirklich mit dem Mann allein sein wollte.

»Das entscheiden wir dann.« Declan ging mit ihr die Treppe hinauf und drückte die schwere Eichentür auf.

Sie betraten eine große helle Eingangshalle mit einem Empfangstisch. In der Mitte des glänzenden Linoleumbodens befand sich eine Sitzgruppe. Es roch schwach nach Möbelpolitur und Seife, und aus der Ferne war klassische Musik zu hören. »Eine ›Nocturne‹ von Chopin«, bemerkte Cordelia abwesend und sah sich um. »Wo können wir ihn finden?«

Eine Nonne kam durch die Tür neben dem Empfangstisch. »Nach wem suchen Sie?«, fragte sie freundlich.

»Jim Fitzgerald«, antwortete Declan. »Ich habe vorhin angerufen.« Er schob Cordelia vor sich. »Das ist seine ... Enkelin, die extra aus Amerika gekommen ist, um ihn zu besuchen.«

Die Nonne nickte. »Ich verstehe. Ich bringe Sie zu ihm. Er wartet in seinem Zimmer auf Sie.« Sie wandte sich an Cordelia. »Ich muss Sie warnen, dass sein Kurzzeitgedächtnis nicht so gut ist. Haben Sie also Geduld, wenn er Ihnen immer wieder dieselben Fragen stellt. Er ist sehr gebrechlich. Gehen Sie daher sanft mit ihm um. Er darf sich auf gar keinen Fall aufregen.«

Cordelia nickte. »Selbstverständlich.«

Die Nonne nickte ebenfalls. »Gut. Hier entlang, bitte.« Sie trat durch die Tür in einen Flur, ihre Gummisohlen waren auf dem Linoleum kaum zu hören. Cordelia schlich auf Zehenspitzen hinter ihr her und warf einen Blick über die Schulter, ob Declan noch da war. Er folgte ihr und schenkte ihr ein beruhigendes Lächeln.

Die Nonne blieb vor einer Tür stehen und klopfte leise, dann öffnete sie die Tür und spähte ins Zimmer. »Jimmy?«, rief sie. »Sie haben Besuch.« Sie konnten eine gedämpfte Antwort hören, und die Nonne bedeutete ihnen einzutreten. »Er scheint heute gut beieinander zu sein«, flüsterte sie. »Ich wünsche Ihnen einen angenehmen Besuch.« Sie lächelte, schloss die Tür hinter sich und ging.

Der Raum war hell und luftig und hatte Fenstertüren mit Blick auf den Park. An der gegenüberliegenden Wand befanden sich ein Bett und ein Nachttisch, und am Fenster stand eine Gruppe von Sesseln. In einem davon saß eine zusammengesunkene Gestalt und schaute hinaus. Cordelia ging zu dem alten Mann und musterte ihn. Er trug eine graue Strickjacke, und über seinen Knien lag eine blaue Decke. Sein spärliches weißes Haar war sauber über seinen rosigen Schädel gekämmt, und über seinem dünnen Mund trug er einen Schnurrbart. Sein Gesicht war von zahllosen Falten durchzogen, und er sah Cordelia mit einem verwirrten Ausdruck in den wässrigen blauen Augen an. »Wer sind Sie?«

»Hallo«, begrüßte Cordelia ihn und ergriff seine knochige Hand. »Ich bin ...« Sie brach ab und sah Declan hilfesuchend an. Aber Declan zuckte mit den Schultern und gab ihr mit einer Handbewegung zu verstehen, dass sie fortfahren sollte.

Cordelia setzte sich auf die Sesselkante dem alten Mann gegenüber. »Ich komme aus Amerika«, begann sie, da sie nicht wusste, was sie sonst sagen sollte.

Der alte Mann zuckte zusammen. »Amerika? Ich kenne niemanden da. Oder?« Er sah sie an, als versuchte er, sich an etwas zu erinnern. »Bis auf ein Mädchen namens Frances«, fuhr er fort, »das vor langer Zeit dort hingegangen ist. Sind Sie Frances?«

»Nein«, entgegnete Cordelia. »Ich bin Cordelia, ihre Tochter.«

»Tochter?«, wiederholte Jimmy. »Ich habe keine Tochter. *Sie* war nicht von mir, wissen Sie.«

»Ja, das ist mir bekannt«, flüsterte Cordelia, kaum fähig zu sprechen. Hier war die Bestätigung ihres Verdachts. Ihr war klar gewesen, dass dies die Erklärung für den Eintrag auf der Geburtsurkunde sein musste. »Vater unbekannt«, hallte es durch ihren Kopf, während sie den alten Mann betrachtete. »Aber wessen Kind war sie, wenn sie nicht von Ihnen war?«, brachte sie endlich heraus.

»Was?«, fragte Jimmy. »Sprechen Sie lauter, Mädchen. Wie spät ist es? Können wir Tee trinken?«

»Ich besorge Ihnen beiden Tee«, erbot Declan sich. Dann nickte er Cordelia zu und verließ den Raum.

»Wer war das?«, fragte Jimmy. »Mein verdammter Neffe?

Taugt nichts, der Junge. Ein Faulpelz und Drückeberger. Kennen Sie ihn?«

»Nein«, antwortete Cordelia, während sie fieberhaft überlegte, wie sie ihn zum Thema zurückführen konnte. »Ich bin gerade aus Amerika gekommen. Ich würde Ihnen gern einige Fragen über meine Mutter und meine Großmutter stellen.«

»Wen?« Jimmy hustete, nahm ein Taschentuch aus der Tasche und wischte sich damit über die Augen. »Ihre Mutter, sagten Sie? Wer ist das?«

»Frances«, sagte Cordelia. »Frances Brennan. Wie Ihre Ehefrau, die Clodagh Brennan hieß, nicht wahr?«

Jimmy nickte. »Ja. Prächtige Frau. Jung gestorben, die Ärmste.« Er beugte sich vor. »Wollte meinen Namen nicht annehmen, das sture Ding. Obwohl ich sie *gerettet* habe«, zischte er.

»Gerettet wovor?«, fragte Cordelia und fuhr leicht zusammen. Sie hatte das Gefühl, dass er von dem abschweifte, worauf sie hinauswollte.

»Vor der Schande«, antwortete Jimmy. »Der Schande, eine unverheiratete Mutter zu sein.«

»Oh.«

»Ja.« Er lehnte sich zurück und nickte. »Sie war nämlich in anderen Umständen, als wir uns kennengelernt haben.«

Cordelia starrte ihn an. Dann war Clodagh also bereits mit Frances schwanger gewesen, als sie Jimmy Fitz begegnet war. Und obwohl er das gewusst hatte, hatte er sie geheiratet? Jetzt musste sie die Geschichte von Anfang an hören. »Wie haben Sie Clodagh kennengelernt?«, fragte sie.

Plötzlich war es, als ob der Name etwas im Gehirn des alten Mannes ausgelöst hätte, und er sah Cordelia mit klaren Augen an. »Clodagh«, wiederholte er. »Meine geliebte Frau. Wie ich sie kennengelernt habe? Ach«, begann er und sah Cordelia wehmütig an. »Das werde ich wohl nie vergessen. Ich habe Urlaub in

Clifden gemacht, einem Ort im County Galway. Nettes Fleckchen am Meer. Ich saß an einem schönen Junimorgen im Café und begann ein Gespräch mit dem hübschen Mädchen am Nachbartisch. Wir plauderten über das Wetter und dies und das und stellten fest, dass wir aus dem gleichen Teil von Dublin kamen. Sie war Lehrerin an einer Gaelscoil in Rathmines.«

»Gaelscoil?«, fragte Cordelia nach. »Ist damit eine irischsprachige Schule gemeint?«

Jimmy nickte. »Ganz recht. Wie dem auch sei ... wo war ich?«

Cordelia lächelte. »In Clifden, bei Clodagh Brennan.«

»Ah, ja. Stimmt.« Ein sanfter Ausdruck trat in seine Augen. »Sie war ein reizendes Mädchen. Dunkles Haar und die strahlendsten blauen Augen, die ich je gesehen habe. Und ein Lächeln, das die Vögel von den Bäumen locken konnte.« Er seufzte. »Ich habe mich in all das verliebt, und in ihr Lachen und ihre schöne Stimme und ihre weiche Haut. Und wie wir uns unterhalten und gelacht haben ... ich hätte den ganzen Tag dort sitzen und mit ihr reden können.« Er schüttelte den Kopf. »So hatte ich noch nie geliebt. Es war ein Gefühl ... Wir haben uns auf Anhieb verstanden und die Welt mit den gleichen Augen gesehen. Wissen Sie, was ich meine, Mädchen?«

»Ich glaube, ja«, bestätigte Cordelia und dachte sofort an Declan. Sie hatte vom ersten Moment an genauso für ihn empfunden.

Jimmy rieb sich die Augen. »Ja. So war das. Aber als wir dann ein paar Tage später am Strand saßen, hat sie mir von dem Baby erzählt und dass es die Folge einer flüchtigen Affäre mit einem verheirateten Mann sei. Sie wohnte zu der Zeit bei Verwandten. Eigentlich hätte sie das Baby nach der Geburt zur Adoption freigeben müssen, aber sie wollte es behalten. Sie dachte, dass ich danach nichts mehr mit ihr zu tun haben wollte. Damals war es eine große Schande, und sie war sich nicht sicher, was sie tun sollte. Nach England zu fahren, um eine Abtreibung vornehmen zu lassen, kam für sie nicht infrage. Sie war streng katholisch und war überzeugt, eine große Sünde begangen zu haben. Dieses Schuldgefühl wurde sie für den Rest ihres Lebens nicht mehr los.«

»Wie haben Sie sich dabei gefühlt?«

Jimmy dachte kurz nach. »Zuerst war ich schockiert. Ich wollte sie da am Strand mit ihrer großen Schande sitzen lassen. Es war nicht mein Problem. Aber dann ... bin ich doch geblieben, und wir haben geredet, und ... ich kam nicht dagegen an. Wir kannten uns zwar erst seit drei Tagen, aber ich hatte mich bereits in sie verliebt. Ich sagte, ich würde sie heiraten, sobald wir es arrangieren konnten. Sie ... sie begann zu weinen. Und dann sagte sie, sie könne mein Angebot nicht annehmen. Doch ich ließ nicht locker, und nachdem wir noch mehr geredet haben, willigte sie schließlich ein, mich zu heiraten. Sie sagte, sie würde nicht von mir erwarten, dass ich das Kind anerkenne und meinen Namen als Vater auf die Geburtsurkunde setze. Das wäre eine Lüge, hat sie gesagt. Also habe ich es nicht getan.« Er hielt inne. »Nicht sehr gentlemanlike, nicht wahr?«

»Aber zumindest ehrlich«, sagte Cordelia.

Er nickte. »Ja, wahrscheinlich. Ich hoffe, es hat Ihnen keine Probleme bereitet.«

»Mir nicht, aber vielleicht Frances, meiner Mutter.«

»Frances ist Ihre Mutter?« Er beugte sich vor und musterte sie. »Sie sehen ihr überhaupt nicht ähnlich. Bis auf Ihre Augenfarbe. Genau die gleiche wie die von Frances – und von Clodagh.« Er lehnte sich zurück und wischte sich mit dem Handrücken über die Augen. »Wir waren glücklich, wissen Sie. Eine glückliche kleine Familie in dem Haus in Ranelagh. Cherry Lane Nummer zweiunddreißig. Wegen der Kirschbäume.«

»Das klingt zauberhaft.«

»War es auch.« Er betrachtete sie mit einem entrückten Ausdruck in den blassen Augen. »Bis sie starb und ich mich um

Frances kümmern musste. Sie war fünfzehn und zu einem hübschen Mädchen herangewachsen. Ich liebte ihre Musik. Ich habe ihr ein Studium an der Musikakademie bezahlt. Und dann wollte sie in Amerika studieren. Also haben wir einen Pass beantragt. Das war das erste Mal, dass sie ihre Geburtsurkunde sah. Und da hat sie erfahren, dass ich nicht ihr Vater war. Es war ein großer Schock für sie. Sie war zornig auf mich und auf ihre tote Mutter. Sie wollte wissen, wer ihr Vater war, aber ich habe mich geweigert, es ihr zu sagen. Ich konnte mich nicht dazu überwinden, den Namen preiszugeben und zu verraten, dass ihre verstorbene Mutter, die sie sehr geliebt hatte, eine Affäre gehabt hatte mit ... mit ...« Er brach unvermittelt ab, sein Gesicht war plötzlich rot. »Es wäre zu viel für das arme Mädchen gewesen. Aber sie fragte immer weiter, und ich hielt weiter dicht, und dann ist sie nach Amerika gegangen, und ich habe nie wieder von ihr gehört.« Er holte Luft. »Aber jetzt bist du hier, meine Liebe.«

»Ja«, flüsterte Cordelia. Sie wusste nicht, für wen er sie hielt. Seine Gedanken schienen ständig auf Wanderschaft zu gehen, was für jemanden seines Alters wahrscheinlich normal war. Sie legte ihm eine Hand auf das knorrige Knie. »Fühlen Sie sich wohl? Soll ich eine Schwester rufen?« Sie brannte darauf, mehr zu erfahren, und ihn zu bitten, ihr den Namen von Clodaghs Liebhaber zu verraten, aber er wirkte plötzlich sehr gebrechlich, als ob ihn das Erzählen seiner Geschichte erschöpft hätte. Es kam ihr rücksichtslos vor, ihn noch weiter zu bedrängen.

»Ja«, murmelte er. »Holen Sie bitte Schwester Attracta. Sie ist nett. Sie wird mir ins Bett helfen.«

Cordelia stand auf. »Ich rufe sie. Es war schön, Sie kennen-zulernen, Jimmy.«

»Wie wunderbar, dich wiederzusehen, Frances, Liebes. Wirst du mich noch einmal besuchen?«

»Ich ... ja, ganz bestimmt«, versprach Cordelia. Plötzlich

wünschte sie sich nichts sehnlicher, als von dort fortzukommen, hinaus an die frische Luft und weg von dem Geruch des Pflegeheims. Es fehlte noch ein Teil der Geschichte, aber sie hatte das Gefühl, dass der alte Jimmy nicht in der Lage sein würde, ihr zu sagen, wer der Vater von Clodaghs Baby gewesen war. Er wirkte zu erschöpft. Es war frustrierend, aber sie konnte ihn an einem anderen Tag besuchen, wenn es ihm besser ging. »Dann auf Wiedersehen«, verabschiedete sie sich von ihm.

Er nickte. »Auf Wiedersehen, meine Liebe.« Als sie sich zum Gehen wandte, hielt er sie an der Hand fest. »Nur eins noch«, sagte er mit pfeifendem Atem.

Cordelia blieb stehen. »Ja?«

»Dieser Mann ... dein Vater. Du verdienst es, endlich die Wahrheit zu erfahren, Frances.«

Cordelias Herz schlug einen Purzelbaum. »Wer war er?«

Jimmy bedeutete ihr mit einer Handbewegung, näherzukommen. »Ich bin der Einzige, der es weiß.«

Cordelia beugte sich herab und brachte ihr Ohr an seine Lippen. »Sag es mir«, flüsterte sie.

Und dann nannte er leise einen Namen. Einen Namen, den sie schon einmal gehört hatte und mit dem sie nicht gerechnet hatte.

Cordelia schnappte nach Luft, zog sich zurück und starrte ihn an. Das konnte nicht wahr sein. Ihr Großvater war – nein, es konnte nicht sein. Unmöglich. Cordelia war plötzlich übel. Ohne ein Wort verließ sie den Raum, die Knie wie Wackelpudding, während der Name in ihrem Kopf widerhallte.

ACHTZEHN

Declan kam ihr auf halbem Weg im Flur entgegen. Nach einem Blick in ihr Gesicht rannte er los, um sie aufzufangen, bevor sie fiel. »Was ist passiert?«, fragte er. »Du bist weiß wie ein Geist.«

»Jimmy«, stammelte sie und klammerte sich an seinen Arm. »Hol die Krankenschwester oder Nonne oder was auch immer sie ist.«

»Ist er tot?«

Cordelia schüttelte den Kopf. »Nein, aber er braucht Hilfe, um ins Bett zu kommen.«

»Ah. Okay. Wir werden am Empfang fragen.« Er sah sie an. »Aber was ist mit dir?«

Cordelia fühlte sich außerstande zu sprechen. »Bring mich hier raus«, krächzte sie. »Ich brauche Luft. Ich muss mich setzen, ich brauche ...«

»Schon gut. Im Garten steht eine Bank. Da bringe ich dich hin.« Declan trug sie halb den Flur entlang, durch die Eingangshalle und zur Tür hinaus, die Stufen hinunter und über den Kies. Er führte sie zu einer Bank in einer ruhigen Ecke des Gartens und half ihr, sich zu setzen. »So.«

»Danke«, flüsterte sie. Sie schloss für einen Moment die

Augen und atmete tief die nach Rosen duftende Luft ein. Als sie sich etwas besser fühlte, öffnete sie die Augen. »Könntest du mir ein Glas Wasser bringen?«

»Klar. Im Empfangsbereich steht ein Getränkeautomat mit Wasserflaschen. Und ich werde die Nonne bitten, sich um den alten Jimmy zu kümmern. Bist du okay?«

Sie nickte. »Es geht mir gut. Ich muss nur für einen Moment allein sein.«

»Natürlich. Ich hole dir das Wasser.«

»Danke.« Sie war immer noch fassungslos, als sie ihm nachsah. Dann war sie allein und hatte Gelegenheit, über das Gehörte nachzudenken. Sie wusste, dass Jimmy nicht ihr Großvater war, hatte es schon seit einiger Zeit gewusst. Aber sie hatte angenommen, dass er ebenfalls nicht wissen würde, wer es war, und dass Clodagh den Namen des Vaters ihres Kindes niemandem verraten hatte, aber nun war klar, dass sie es Jimmy erzählt hatte. Cordelia zweifelte nicht daran, dass er ihr die Wahrheit gesagt hatte, die Wahrheit, nach der sie gesucht hatte, das fehlende Stück im Puzzle der Vergangenheit ihrer Mutter – und ihrer eigenen. Aber ... o Gott, wie sollte sie damit nur umgehen? Wem sollte sie es sagen? Oder sollte sie es für sich behalten? Aber wie könnte sie das tun?

Als Declan mit einer Flasche Wasser zurückkam, hatte sie sich beruhigt und konnte sich darauf konzentrieren, zu trinken und das Stück Kuchen zu essen, das er in der Cafeteria gekauft hatte. Ihr wurde bewusst, dass sie seit dem Sandwich mittags im Zug nichts mehr zu sich genommen hatte. Sie verschlang den Kuchen und fühlte sich sofort besser. Sie lächelte Declan an. »Danke. Das habe ich gebraucht.«

»Dachte ich mir.« Er sah sie besorgt an. »Geht es dir gut? Du scheinst etwas Schockierendes gehört zu haben.«

Sie nickte und trank einen Schluck Wasser. »Ja.« Sie sah ihm in die Augen und fragte sich, ob sie es ihm sagen oder besser für sich behalten sollte. Sie vertraute Declan, der sie bei der ganzen Sache unterstützt hatte, aber die Information, die sie gerade erhalten hatte, könnte zu sensibel sein, um sie an jemanden außerhalb der Familie weiterzugeben. Dann hatte sie plötzlich das Gefühl, dass sie es jemandem sagen musste; es war einfach zu belastend. »Es ging um meinen Großvater«, begann sie. »Meinen richtigen Großvater, meine ich. Jimmy hat mir gesagt, wer er war. Ich dachte, er wüsste es nicht, aber Clodagh – meine Großmutter – muss es ihm erzählt haben.« Sie holte zittrig Luft. »O Gott, ich kann nicht glauben, was ich gehört habe. Ich kann nicht glauben, dass ...«

Declan legte einen Arm um sie. »Du musst es mir nicht sagen, wenn du nicht willst.«

Sie löste sich von ihm und sah ihn an. »Aber ich möchte es. Ich muss es jemandem sagen, sonst platze ich. Ich weiß sonst nicht, was ich tun soll.«

Er nahm ihre Hand. »Okay. Sag es mir, wenn du so weit bist. Keine Eile.«

Cordelia legte sich die Hände auf die heißen Wangen und schloss die Augen. »Das muss ein Albtraum sein.« Sie schlug die Augen auf und sah ihn wieder an. »Mein Großvater war ... Brian McKenna. Roisins und Maeves Großvater. Das bedeutet, dass meine Großmutter eine Affäre mit dem Mann ihrer Schwester Olive hatte.«

Declan schluckte. »Heilige Mutter. Wirklich?«

»Ja.«

Declan sah sie lange an, bevor er antwortete. »Meine Herren, das ist heftig. Okay, das bedeutet also, dass Phil und deine Mutter ...«

»Schwestern waren ... Halbschwestern.« Cordelia schüttelte ungläubig den Kopf. »Niemand kann davon gewusst haben. Oder vielleicht hat Olive es gewusst? War das der Grund, warum sie sich zerstritten haben? Und hat Mom es gewusst, aber weder mir noch sonst jemandem davon erzählt?« Sie stieß einen tiefen Seufzer aus. »Niemand weiß, was wirklich geschehen ist. Sie sind alle tot. Phil kann es nicht gewusst haben, sonst hätte sie etwas gesagt. Ich weiß nur, dass ihr Vater ein Draufgänger war, so hat Sally es zumindest ausgedrückt. Mit anderen Worten: ein Schürzenjäger. Er hat seine Frau von vorn bis hinten betrogen. Die arme Olive, das kann nicht leicht gewesen sein. Aber warum hat sie ihn nicht verlassen?«

»Im Irland der Fünfzigerjahre?«, entgegnete Declan. »Das war unmöglich. Scheidung war illegal, und das Stigma wäre enorm gewesen, vor allem für die Kinder.«

»Dann hatte also meine Großmutter eine Affäre mit ihrem Schwager, wurde schwanger und ging nach Clifden im Westen Irlands, um dort das Baby zur Welt zu bringen«, überlegte Cordelia laut, als spräche sie mit sich selbst, »und dann verliebte sie sich in Jimmy Fitz ... Meine Mutter hat erst erfahren, dass Jimmy nicht ihr leiblicher Vater war, als sie einen Pass beantragt hat, um nach Amerika auszuwandern. Hat sie da auch erfahren, wer ihr wirklicher Vater war? Oder hat sie es nicht gewusst? Ist das der Grund, warum sie den Mädchennamen ihrer Mutter geführt hat?« Cordelia schlug sich die Hände vors Gesicht. »So viele Fragen, die nie beantwortet werden. Oh, ich wünschte, ich hätte diese Suche nie begonnen. Ich hätte es auf sich beruhen lassen sollen. Ich wollte die Wahrheit herausfinden, und dann haben die McKennas angefangen, sich Gedanken zu machen, ob ich wirklich zur Familie gehöre, und Maeves und Roisins Mutter hat gesagt, ich müsse einen DNA-Test machen. Also habe ich überlegt, ob ich nicht auf andere Art einen Beweis bekommen könnte.« Cordelia holte Luft.

Declan stieß ein Schnauben aus. »Der DNA-Test wird eindeutig beweisen, dass du mit ihnen verwandt bist. Ich wette, ihr alle drei habt sehr ähnliche Gene. Du solltest ihn machen.«

»Das möchte ich aber nicht.« Cordelia sah Declan hilfesuchend an. »Aber was soll ich sonst tun? Maeve und Roisin davon erzählen? Er war schließlich ihr Großvater.«

Declan zuckte die Schultern. »Keine Ahnung. Du hast keinen Beweis, nur Jimmys Wort. Würde es sich auf das Testament auswirken?«

»Nein.«

»Dann solltest du vielleicht keine schlafenden Hunde wecken.«

»Ich bin mir nicht sicher. Es ist schwer, diese Last allein zu tragen. Außerdem bedeutet es, dass wir in gewisser Hinsicht direkte Cousinen sind.«

»In jeder Hinsicht.« Er schüttelte den Kopf. »Was für ein Dilemma. Aber du brauchst ihnen jetzt noch gar nichts zu erzählen. Wir sollten etwas zu Abend essen und ein Glas Wein trinken, und dann gehst du zurück ins B&B und versuchst zu schlafen. Morgen früh wird alles besser aussehen.«

»Warum sollte es?«, fragte Cordelia voller Bitterkeit. »An den Tatsachen ist nichts zu ändern.«

»Nein, natürlich nicht. Aber es kommt darauf an, wie du auf sie reagierst. Morgen kannst du bestimmt klarer denken.«

Cordelia nickte, aber sie war bereits zu einer Entscheidung gekommen.

Sie aßen in einem Gastropub in Blackrock, einem Vorort am Meer. Es war ein schöner Spätsommerabend mit einer leichten Brise und einer ruhigen See. Es herrschte Ebbe, und die Strandspaziergänger gingen am Rand des Wassers entlang. Das Meer erstreckte sich bis zum Horizont, wo eine lange Reihe von Frachtschiffen vor Anker lag und auf die Flut wartete. Howth Head, die Landzunge auf der anderen Seite der Bucht von Dublin, war klar zu sehen, und der Leuchtturm oben auf dem Kliff erinnerte Cordelia an den in Sandy Cove. Die Sonne versank hinter den Bergen im Westen und tauchte das Meer und die Küstenlinie in ein goldenes Licht.

Cordelia fiel es schwer, sich auf ihre Umgebung zu konzentrieren, während sie langsam Fish and Chips aß und an einem Glas Pinot Grigio nippte, auf dem Declan bestanden hatte. Er selbst trank nur Wasser, da er noch fahren musste, aber er schien das Essen zu genießen, während er versuchte, Cordelia mit Anekdoten aus seiner Vergangenheit als Reporter abzulenken. Sie nickte und lächelte, in Gedanken weit weg, obwohl sie ihm dankbar war für seine Freundlichkeit und seine Bemühungen, sie aufzuheitern. Sie sah ihn voller Zuneigung an und war froh, dass er bei ihr war.

Er sah auf und lächelte, als ihre Blicke sich trafen. »Woran denkst du gerade?«

Cordelia lächelte. »Ach, ich habe nur über alles nachgegrübelt. Es fällt mir im Moment schwer, darüber zu reden.« Sie sah aus dem Fenster und bemerkte plötzlich die schöne Aussicht. »Das ist ein hübscher Teil von Dublin. Hier scheint man gut leben zu können. Warum bist du weggezogen?«

Er lachte. »Du hast nur die guten Seiten gesehen, aber die Stadt hat auch ihre Schattenseiten. Der Verkehr ist grauenvoll und das Wohnen ist unglaublich teuer. Meine Mutter hat eine Einzimmerwohnung in Dundrum, in der ich übernachten kann, wenn sie nicht da ist. Ich habe meine Wohnung verkauft und mir von dem Geld in Sandy Cove ein ganzes Haus gekauft. Außerdem, wozu in der Stadt leben, wenn man es nicht muss?«

»Da hast du wohl recht. Ich wohne jetzt seit fast einem Monat in Sandy Cove und möchte nicht wieder weg. Aber ich habe es natürlich noch nicht im Winter erlebt.«

»So schlimm ist es gar nicht. Viele Stürme und starker Regen, aber oft ist es auch angenehm mild. Es kann tagelang regnen, aber daran gewöhnt man sich. Der Trick ist, dass man etwas zu tun haben muss. Ich habe meinen Schreibjob und einmal in der Woche die Radiosendung. Und wenn mir nach Unterhaltung ist, sind Killarney und Cork nicht weit.«

»Es war schön, dich im Radio zu hören.«

»Du könntest die einzige Zuhörerin gewesen sein.« Er nahm ihre Hand. »Aber reden wir über uns. Du bist sehr still heute Abend. Es ist für dich im Moment alles sehr verwirrend, aber ich frage mich, ob das nicht auch etwas mit mir zu tun hat?«

»Es ist nicht wegen dir, es ist nur einfach so, dass mir gerade alles über den Kopf wächst. Das Haus, Roisin und Maeve, das Testament, meine Mutter und jetzt auch noch mein Großvater. Ich glaube, ich brauche ein wenig Raum, um alles zu verarbeiten und mein Leben zu planen. Aus dem Grund«, fuhr sie mit einem kleinen Seufzer fort, »habe ich das Gefühl, dass wir eine kleine Pause voneinander brauchen.« Sie sah ihn an, überrascht von den Worten, die aus ihrem Mund gekommen waren. Als sie sich das erste Mal begegnet waren, war die Anziehung zwischen ihnen unleugbar gewesen, und sie hatte sich danach gesehnt, in Declans Arme zu fallen. Doch plötzlich hatte sie das Gefühl, dass sie nicht gleichzeitig eine Beziehung beginnen und die jüngsten Enthüllungen verarbeiten konnte. Es war alles zu viel. »Es hat nichts mit dir zu tun, Declan. Es ist nur so, dass ich ...«

Er ließ ihre Hand los und lachte. »Das gute alte ›Es liegt nicht an dir, sondern an mir‹, meinst du?« Er schüttelte den Kopf. »Das habe ich schon ein paarmal gehört.«

»Nein«, protestierte sie. »Das habe ich nicht gesagt. Bitte, versuche, es zu verstehen.«

Er seufzte. »Ja. Natürlich verstehe ich es. Aber es gefällt mir nicht besonders. Ich lebe seit einem Jahr wie ein Mönch, arbeite hart und versuche, meinem Leben einen Sinn zu geben. Die Sache mit Roisin letztes Jahr war ein bisschen verrückt.«

Cordelia starrte Declan an. »Was ist damals eigentlich passiert? Ich weiß nur, dass es etwas wirklich Schlimmes war, aber niemand hat es mir genau erklärt.«

Declan wandte kurz den Blick ab, und ein Schatten schien sich auf sein Gesicht zu legen. Dann sah er sie wieder an. »Du verdienst eine Erklärung, da du zu mir auch sehr ehrlich warst. Also ...« Er zögerte. »Als Roisin nach Sandy Cove kam, haben wir uns vermutlich beide nach einem Menschen gesehnt, dem wir uns anvertrauen konnten, ich wahrscheinlich noch mehr als sie. Ich dachte, sie würde sich von ihrem Mann trennen, hat sie aber nicht, und ich habe durch mein dummes und egoistisches Verhalten ihre Freundschaft verloren.«

»Wie das?«, fragte Cordelia.

»Wir waren zusammen bei einem gesellschaftlichen Anlass, und es war ein Foto von uns in der Zeitung. Roisin hatte einen kleinen Schwips, und ich habe ihr ein Bett in meinem Hotelzimmer angeboten. Es ist natürlich nichts passiert, aber die Presse hat die Sache unglaublich aufgebauscht, da ich kurz davor noch ein bekannter Journalist gewesen war. Dann haben die Klatschblätter die Story aufgegriffen, sodass die Sache für ziemliches Aufsehen gesorgt hat.«

»O Gott«, rief Cordelia. »Wie schrecklich.«

»Ja. Und was es noch schrecklicher gemacht hat, war, dass ich nichts dagegen unternommen habe.«

»Oh«, sagte Cordelia, während sie Information sacken ließ. »Aber hey, vielleicht war es ja am Ende gut, was du getan hast. Du hast die beiden wieder zusammengebracht, anstatt sie auseinanderzureißen.«

Declan lachte trocken. »Wenn man es von der optimistischen Seite sieht, ja. Aber es stimmt natürlich: Es hätte schlimmer sein können.« Er zuckte die Achseln.

»Danke, dass du es mir erzählt hast«, flüsterte Cordelia. Sein trauriger Blick rührte sie fast zu Tränen.

Er sah ihr in die Augen. »Und jetzt bist du entsetzt und willst mich nie wiedersehen.«

»Nein«, beteuerte sie. »Ganz und gar nicht. Aber ich brauche trotzdem ein wenig Raum. Ein bisschen Zeit, um diese ganzen seltsamen Ereignisse zu verdauen und dann zu entscheiden, wie ich weiter vorgehen will. Es müssen noch viele Fragen geklärt werden. Bleibe ich hier oder kehre ich nach New York zurück? Betsy würde mich wieder nehmen, sie hat gesagt, es würde immer einen Job für mich bei ihr geben. Außerdem ist meine Mutter in Morristown begraben. Wenn ich hierbleibe, würde das bedeuten, dass ich alle Verbindungen zu meinem Land abbreche. Ich bin mir nicht sicher, ob ich das kann. Es ist eine große Entscheidung. Aber zunächst einmal muss ich mir darüber klar werden, was ich mit dem neuen Wissen anfange. Ich muss die Sache mit Maeve und Roisin klären. Und vor allem muss ich Klarheit über meine Gefühle für dich gewinnen.« Cordelia sah Declan an und sandte ihm die stumme Botschaft, sie zu verstehen.

Declan legte seine Hand auf ihre. »Ich weiß. Und ich verstehe, dass die Klärung dieser Fragen Vorrang hat, und das ist okay. Du hast viel durchgemacht.«

»Ja.« Cordelia blinzelte gegen aufsteigende Tränen an. »Es hat in letzter Zeit so viel Tod und Trauer gegeben.«

Er strich ihr über die Wange. »Ja. Zu viel für eine schöne junge Frau. Du bist müde. Wir sollten gehen und dich in die Pension zurückbringen. Du brauchst eine ordentliche Mütze voll Schlaf.«

»Das stimmt.« Cordelia spürte, wie sie plötzlich eine Welle der Müdigkeit überkam.

»Ich wollte morgen nach Galway fahren, um jemanden für einen Artikel zu interviewen, und dann treffe ich mich mit meiner Mutter, wenn sie aus Schottland nach Dublin zurückfährt. Ich kann aber auch bleiben, wenn du …«

»Nein. Ist schon gut. Du hast schon so viel für mich getan, und dafür bin ich sehr dankbar. Du musst nach Galway fahren und dann deine Mom besuchen. Ich möchte ohnehin ein bisschen allein sein, und ich wollte einen Spaziergang durch Ranelagh unternehmen und mir das Haus ansehen, in dem meine Mutter aufgewachsen ist. Anschließend fahre ich mit dem Zug nach Hause.«

»Und dann …?«

»Du meinst, ob ich es Maeve und Roisin erzählen werde?«

Cordelia dachte kurz nach. »Ich glaube, das werde ich wohl müssen.«

»Sie werden dir vielleicht nicht glauben.«

»In dem Fall würde ich etwas tun, das beweist, dass es wahr ist.«

Er sah sie interessiert an. »Was denn?«

Cordelia lächelte. »Wird nicht verraten. Noch nicht.«

NEUNZEHN

Sally holte Cordelia in Killarney am Bahnhof ab.

»Und, wie war die Reise?«, fragte sie, als sie unterwegs waren.

»Seltsam«, antwortete Cordelia. »Überwältigend. Ich versuche immer noch, alles zu verdauen.«

»Das kann ich mir vorstellen.« Sally fuhr auf die Straße, die an Muckross vorbeiführte, und folgte ihr in Richtung Sneem. »Du kannst mir später davon erzählen. Zuerst muss ich dir etwas sagen – und dir einen Vorschlag machen.«

»Ach?«, fragte Cordelia interessiert. »Worum geht es?«

»In Willow House herrscht ein gewisses Chaos. Cian und die Jungs sind von ihrem Campingausflug zurück, und Roisin muss sich um sie kümmern und gleichzeitig die Gäste begrüßen. Die Jungs scheinen ein bisschen sauer darüber zu sein, dass sie in einem Zimmer schlafen müssen, und daher dachten wir, dass du vielleicht für eine Weile zu mir ziehen könntest. Wäre das okay? Dann können Cian und Roisin in Phils Zimmer schlafen, und die Jungs bekommen die beiden Dachzimmer. Roisin meinte, sie hätten schon mit dir darüber gesprochen.«

»Stimmt, ich fürchte nur, dass ich so in Gedanken war, dass ich nicht richtig zugehört habe. Aber es ist eine tolle Idee«, sagte Cordelia mit einem erleichterten Seufzer. Es wäre schön, ein wenig von Maeve und Roisin wegzukommen, und es würde ihr die Gelegenheit geben, abseits der Familie alles noch einmal in Ruhe zu überdenken. »Vielen Dank, Sally. Ich würde gern bei dir wohnen.«

»Gut. Dann fahren wir erst nach Willow House, damit du deine Sachen holen kannst, und dann zu mir.«

»Wunderbar. Du wohnst so nah, dass ich morgens problemlos rübergehen kann, um beim Frühstück zu helfen und mit Maeve und Roisin Bestandsaufnahme zu machen.«

»Genau. Dann wäre also alles geregelt.«

»Besser hätte man es nicht machen können.«

Sie hatten eine angenehme Fahrt an der Küste entlang und sprachen nicht mehr viel, abgesehen von Bemerkungen über das Wetter und den Urlaubsverkehr. Außerdem beklagte Sally lautstark den Zustand der Straßen.

Cordelia kehrte in Gedanken zu ihrem Vormittag in Dublin zurück, als sie durch Ranelagh gewandert war und vor dem Elternhaus ihrer Mutter gestanden hatte. Es war, wie alle Häuser in der Straße, ein rotes viktorianisches Backsteinhaus mit Erkerfenstern. Im Vorgarten standen Rosensträucher und eine große Eiche, an der eine alte Schaukel hing. Cordelia fragte sich, ob ihre Mutter als Kind wohl auf dieser Schaukel gesessen hatte, wahrscheinlich aber nicht, da das ja bereits sechzig Jahre her war – in der Zeit würde eine Schaukel verrottet sein. Sie hatte zu den oberen Fenstern hinaufgeschaut und überlegt, welches Zimmer wohl ihrer Mutter gehört hatte, und versucht, sich vorzustellen, wie das Haus in den Fünfzigerjahren ausgesehen haben mochte. Dann war sie um die Ecke gegangen und hatte eine Grundschule entdeckt, die Frances besucht haben musste, bevor sie auf das Loreto College in St. Stephen's Green gegangen war. Cordelia hatte es sich eigentlich ansehen wollen, bevor sie mit der Luas zum Bahnhof Heuston fuhr, um nach Sandy Cove zurückzukehren, aber sie hatte keine Zeit mehr gehabt, da sie sonst ihren Zug verpasst hätte. Sie nahm sich vor, das bei ihrem nächsten Besuch in Dublin nachzuholen.

Es war schön gewesen, für eine Weile in den belaubten Straßen auf den Spuren ihrer Mutter zu wandeln. Noch schöner wäre es gewesen, wenn sie es mit ihr gemeinsam hätte tun können, dachte Cordelia traurig, bemühte sich aber, es ihrer Mutter nicht übel zu nehmen, dass sie ihr nichts über ihre Kindheit erzählt hatte oder darüber, wie sie erfahren hatte, dass Jimmy nicht ihr Vater war. Aber sie war ein schweigsamer und zurückhaltender Mensch gewesen und hatte immer gesagt, dass sie lieber nach vorn schaue und nicht nachtragend sei. Cordelia hatte immer angenommen, dass sie von ihrer gescheiterten Ehe und ihrem untreuen Mann sprach, aber vielleicht hatte sie auch die Ereignisse in Irland gemeint. Cordelia seufzte. Sie hatten beide eine ähnliche Kindheit gehabt und waren ohne den leiblichen Vater aufgewachsen. Sie hätte gern mit ihrer Mutter darüber gesprochen, aber jetzt war es zu spät. Nie würde sie etwas darüber erfahren.

Sally sah Cordelia an. »Das war aber ein tiefer Seufzer. Bist du einsam und traurig?«

Cordelia lächelte. »Ein bisschen. Ich bin heute durch die Straßen gegangen, in denen meine Mutter als Kind gelebt hat, und habe mir ihr Haus angesehen. Es war schön, aber es hat mich auch traurig gemacht.«

»Das ist verständlich.« Sally nahm die Geschwindigkeit zurück und bog in den Weg ein. »Da wären wir, gleich sind wir bei Willow House. Ich helfe dir, deine Sachen zu packen, während du mit Roisin redest. Maeve ist nach Cork gefahren, um sich mit einer Kundin zu treffen, und Paschal passt auf Aisling auf. Alle haben zu tun.«

Cordelia war erleichtert, dass Roisin gerade damit beschäftigt war, den Jungen dabei zu helfen, sich einzurichten. Zwei Gäste waren angekommen, und Cordelia betreute sie beim Einchecken, während Sally in ihr Zimmer ging und alles einpackte, was Cordelia während der nächsten Tage benötigen würde. Den Rest konnte Cordelia später holen, wenn sie sich entschieden hatte, ob sie bleiben wollte. Sallys Haus war groß, und sie hatte gesagt, dass sie sich über Gesellschaft freuen würde.

Als Cordelia ins Büro kam, schaute Roisin vom Computer auf. »Hi. Wie war Dublin?«

»Toll«, antwortete Cordelia. »So eine schöne Stadt! Ich habe mich mit Declan getroffen. Wir haben in einem guten Restaurant in Blackrock zu Abend gegessen.«

»Und bist du auch dazu gekommen, ein paar Nachforschungen anzustellen?« Roisins Frage hing in der Luft, als Cordelia ihr in die Augen sah.

»Äh, ja. Ich war bei dem Haus, in dem meine Mutter aufgewachsen ist. Und ich habe jemanden getroffen, der sie gekannt hat.«

Roisins Augen wurden groß. »Wirklich? Was hat er gesagt?«

»Das ist eine lange Geschichte. Vielleicht später?«

»Definitiv«, stimmte Roisin lachend zu und schaltete den Computer aus. »Ich muss die Jungs auf Trab bringen und unsere Sachen in dein Zimmer bringen. Danke übrigens, dass du ausziehst. Es kommt mir zwar ungerecht vor, aber im Moment rettet es uns das Leben. Die Jungs haben noch zwei Wochen Ferien, und im September, wenn der Kauf abgeschlossen ist, haben wir Zugang zu dem Haus, das wir gekauft haben. Dann wird sich die Lage beruhigen, und du kannst wieder hier einziehen.«

»Kein Problem«, sagte Cordelia lächelnd. »Es war klar, dass man drei Teenager nicht in ein Zimmer stecken kann, außerdem hättet ihr euch das Badezimmer mit ihnen teilen müssen. Das stelle ich mir als totalen Albtraum vor.«

»O ja«, bekannte Roisin seufzend. Sie sah Cordelia an. »Du hast dich also in Dublin mit Declan getroffen und warst mit ihm essen?«

»Ja.«

»Dann seid ihr also ... zusammen? Ein Paar?«

»Nein, eigentlich nicht.« Cordelia zögerte. »Im Moment sind wir nur Freunde. Ich bin zur Zeit nicht in der Stimmung für eine Beziehung, um ehrlich zu sein. Das hat aber nichts mit Declan zu tun. Er war großartig.«

»Das ist sehr klug«, sagte Roisin zustimmend. »Es ist nie eine gute Idee, sich Hals über Kopf in eine Beziehung mit einem Mann zu stürzen. Aber das muss ich gerade sagen! Ich habe mich auf Anhieb in Cian verliebt und bin sofort mit ihm im Bett gelandet.«

Cordelia lachte. »Ach, du warst doch so jung! Und ihr seid immer noch glücklich zusammen.«

Roisin lächelte. »Ja, das sind wir. Älter und weiser und glücklicher denn je. Aber trotzdem ... es schadet nicht, vorsichtig zu sein. Vor allem mit ...« Sie brach ab. »Es tut mir leid, wenn ich etwas bissig war wegen Declan.«

Cordelia legte Roisin die Hand auf den Arm. »Er hat mir erzählt, was passiert ist. Ich verstehe, warum du ein bisschen angespannt warst und dass du dir Sorgen um mich gemacht hast. Es ist nicht nötig, noch einmal darüber zu sprechen.«

»Oh, das ist eine große Erleichterung.« Roisin drückte Cordelias Hand und erhob sich vom Schreibtisch. »Fall abgeschlossen. Jetzt muss ich nach oben zu den Jungs. Die Gäste sind alle da, du kannst also ganz beruhigt sein. Ich wünsche dir einen schönen Abend mit Sally, und dann sehen wir uns morgen früh.«

»Ich bin um halb acht hier, um Frühstück zu machen. Und

danach können wir uns das Wohnzimmer für die Bestandsaufnahme vornehmen.«

»Wunderbar. Bis morgen.« Roisin lächelte und verließ den Raum, und Cordelia ging in ihr Zimmer, wo Sally ihren Laptop in seine Tasche gepackt und ein paar Sachen zusammengesucht hatte, von denen sie dachte, Cordelia würde sie mitnehmen wollen. »Ich habe angefangen, deine Klamotten aus dem Kleiderschrank einzupacken. Roisin wird Platz für ihre und Cians Sachen brauchen.« Sie deutete auf den offenen Schrank. »Ich sehe hier einige Stücke aus Phils unglaublicher Pariser Sammlung hängen. Das erinnert mich wieder an die tolle Zeit damals. Wie schön, dass sie alles aufgehoben hat.«

»Ja, aber es ist auch etwas traurig, die Kleider zu sehen, die sie getragen hat. Wir werden sie unter uns aufteilen, wenn das Nachlassverfahren abgeschlossen ist.«

Sally nickte. »Das ist schön.« Sie deutete auf die Kommode auf der anderen Seite des Raums. »Ich habe alles aus der oberen Schublade in diese Tasche gepackt. Das war doch von dir, oder?«

»Ja. Danke. Ich brauche nur noch die Sachen aus dem Bad, meine Unterwäsche und den Badeanzug.«

»Sehr gut. Dann bringe ich schon mal das, was ich gepackt habe, ins Auto und warte dort auf dich.«

»Danke. Ich brauche nicht lange«, versprach Cordelia und ging ins Bad. Sie sammelte ihre Toilettenartikel und ihre Kosmetiktasche ein und packte dann den Rest ihrer Kleidung in den Koffer. Dann sah sie sich ein letztes Mal im Raum um und fragte sich, ob sie je wieder hier schlafen würde. Sie hoffte es, da sie sich jetzt noch mehr mit Willow House und den McKennas verbunden fühlte. Sie war eine von ihnen, in ihren Adern floss das Blut der McKennas. Aber sie war sich nicht sicher, ob sie es über sich bringen würde, ihnen zu erzählen, was sie herausgefunden hatte – denn das würde einschlagen wie eine Bombe.

· · ·

Später am Abend, nach einem köstlichen *poulet basquaise* – einem Hühnerauflauf in Tomatensauce –, saßen Cordelia und Sally auf der Terrasse, betrachteten den Sonnenuntergang und unterhielten sich.

»Das Essen war fantastisch«, bemerkte Cordelia.

»Ich koche unheimlich gern, und jetzt kann ich dich bekochen. Ich habe in Paris einen Kurs in der Kochschule Le Cordon Bleu besucht und alles über die französische Küche gelernt. Du wirst dich einmal quer durch mein Repertoire essen, solange du hier bist.« Sally hielt ihr Rotweinglas hoch. »Übrigens, cheers. Und herzlich willkommen in meiner bescheidenen Behausung.«

»So bescheiden nun auch wieder nicht«, wandte Cordelia ein und warf einen Blick durch die Fenstertüren in das große, helle Wohnzimmer mit den bequemen Sofas, den bunten Teppichen auf dem glänzenden Eichenparkett und der Sammlung von Aquarellen an den Wänden. »Es ist ein schönes Haus, und die Schlafzimmer sind süß. Ich liebe mein kleines Bad mit der Powerdusche. Die werde ich bestimmt zweimal am Tag benutzen.«

»Dann wirst du das sauberste Mädchen Irlands sein«, witzelte Sally. »Das Haus ist für vier alte Damen gebaut worden und hat eine behindertengerechte Ausstattung mit allen Extras. Ich finde, es war eine großartige Idee, dass die alten Hühner hier mit einer Haushälterin leben konnten und nicht in ein trostloses Pflegeheim mussten. Wenn ich das Glück habe, so alt zu werden wie sie, will ich auch so leben.« Sie nippte an ihrem Wein.

Cordelia leerte ihr Glas und stellte es auf den Tisch. »Also ... zu dem, was ich in Erfahrung gebracht habe ...«

»Ja?«

Cordelia holte tief Luft. »Es ist schwer, darüber zu reden, aber wenn ich es nicht laut ausspreche, werde ich nie glauben, dass es wahr ist.«

»Ich bin ganz Ohr, und meine Lippen sind versiegelt.«

»Ich weiß.« Cordelia berichtete Sally alles, was in Dublin passiert war, einschließlich der Enthüllung, wer ihr Großvater war. Es fiel ihr immer noch schwer, es zu glauben.

»Was?«, stieß Sally hervor. »O mein Gott! Das ist ja unglaublich.«

»Ich weiß.«

»Glaubst du, es ist wahr? Oder ist er ein verwirrter alter Mann, der sich alles nur ausgedacht hat?«

Cordelia schüttelte den Kopf. »Nein. Er war manchmal ein wenig verwirrt, aber als er mir die Geschichte erzählt hat, war er vollkommen klar im Kopf. Er hat die Wahrheit gesagt, das spüre ich. Es erklärt den Familienstreit und warum Frances einfach so auf und davon ist. Nicht wahr?«

Sally nickte. »Ja, es erklärt alles. Aber heilige Mutter, was muss das für ein Skandal gewesen sein! Wer mag damals davon gewusst haben?«

»Ich schätze, das war der Grund, warum die Schwestern sich zerstritten haben. Aber hat meine Mutter gewusst, wer ihr leiblicher Vater war? Ich bin mir nicht sicher. Jimmy hat gesagt, dass er es ihr nie verraten hat und dass sie stinksauer war, als sie herausfand, dass man ihr verschwiegen hatte, dass er nicht ihr Vater war. Sie ist nach Amerika gegangen und hat in New York eine Musikschule besucht, die Jimmy bezahlt hat. Und dann hat sie den Kontakt abgebrochen und ist nie wieder nach Irland zurückgekehrt.« Cordelia holte Luft. »Das ist der Grund, warum sie nie über ihre Familie reden oder mir etwas über sie erzählen wollte. Deshalb habe ich nicht gewusst, wer meine Verwandten waren, bis ich Phil begegnet bin.«

»Zumindest hat sich so herausgestellt, dass ihr direkt miteinander verwandt seid«, bemerkte Sally. »Unglaublich.«

»Das hat Declan auch gesagt.«

Sallys Augen wurden groß. »Du hast es ihm erzählt?«

Cordelia nickte. »Ja, natürlich. Er war da, als ich aus

Jimmys Zimmer gekommen bin und ausgesehen haben muss
wie ein Geist. Und außerdem ...«

»Ihr kommt euch langsam näher?«

»Ja.« Cordelia drehte den Kopf und schaute hinaus auf die
Bucht und die Landspitze, die von den letzten Strahlen der
untergehenden Sonne in ein rosiges Licht getaucht wurden. »Es
ist komisch, aber ich habe das Gefühl, als würde ich ihn schon
lange kennen – als ob er hier auf mich gewartet hätte.« Sie
seufzte und wandte sich wieder Sally zu. »Verrückt, was?«

»Er war dreimal verheiratet und wurde vom Fernsehen
gefeuert, ganz zu schweigen von dem kleinen Flirt mit Roisin
letztes Jahr«, gab Sally zu bedenken. »Aber gleichzeitig wirkt er
auch ein bisschen verloren und einsam. Ich glaube, er ist ein
netter Mann, der viel Pech hatte und die falschen Entscheidungen getroffen hat.«

Cordelia nickte. »Das Gefühl habe ich auch manchmal bei
ihm. Er hat wahrscheinlich sein Päckchen zu tragen, aber wer
hat das nicht?«

»Seins könnte etwas schwerer sein als das der meisten
Menschen«, bemerkte Sally trocken. »Aber bei meiner Erfolgs-
bilanz darf ich mir darüber kein Urteil erlauben. Ich habe mich
ständig in die falschen Männer verliebt. Jedes Mal schien es der
Richtige zu sein, aber dann hat er sich doch wieder als der
Falsche entpuppt.«

»Na, also«, erwiderte Cordelia lächelnd. »Da Declan der
Falsche zu sein scheint, muss er also mein Mister Right sein.«
Sie seufzte. »Scherz beiseite, ich weiß, was du sagen willst. Aber
Phil meinte immer, dass man mit dem Herzen denken soll,
nicht nur mit dem Kopf. Ich bin mir nicht sicher, ob sie recht
hatte. Als ich nach meinem Großvater gesucht habe, war
Declan für mich da. Er hat sich um mich gekümmert und mich
unterstützt. Und ich habe mich in ihn verliebt, das stimmt.
Aber dann habe ich angefangen, mit dem Kopf zu denken, und
habe mich zurückgezogen und ihm gesagt, dass wir eine Pause

einlegen müssten. Ich glaube, das hat ihm nicht gefallen, er hat sich auch nicht mehr gemeldet, seit wir uns in Dublin verabschiedet haben. Also wird das Ganze – was auch immer es ist – vielleicht auch nichts. Und wenn doch, liegt die Entscheidung bei ihm. Ich bin mir sicher, dass wir zusammen glücklich sein könnten.« Sie stieß einen tiefen Seufzer aus. »Aber vielleicht wird überhaupt nichts draus, auch wenn ich es mir wünschen würde. Er scheint perfekt für mich zu sein. Dann hat er eben eine Vergangenheit, na und? Wen interessiert, was früher war?«

»Niemanden«, antwortete Sally mit Nachdruck. »Aber wir beide werden auf jeden Fall Freundinnen. Ist das nicht großartig?« Cordelia lächelte, gerührt von den Emotionen in Sallys Stimme. Sie hielt ihr Glas hoch. »Darauf trinken wir.«

Sally hob ebenfalls das Glas und lächelte. »Und auf Phil, die uns zusammengebracht hat. Ich spüre förmlich, wie sie die Arme um uns legt. Du nicht auch?«

»O ja.«

Sie ließen die Gläser aneinanderklirren und tranken, dann wandten sie sich dem Sonnenuntergang zu und hatten das Gefühl, dass von oben jemand auf sie herabschaute und lächelte. Nach dem Essen fragte Sally, ob Cordelia alles dabeihabe, was sie aus Willow House brauche.

»Ich habe noch nicht nachgesehen, aber ich bin mir sicher, dass alles Wichtige da ist«, entgegnete Cordelia.

»In der obersten Schublade war eine Schachtel mit Fotos. Ich habe sie in die Laptoptasche gelegt.«

»Eine Schachtel mit Fotos? Nein, die gehört mir nicht. Ich sehe sie mir mal an.«

»Und ich koche uns einen Tee«, schlug Sally vor.

»Gut.« Cordelia ging in ihr Zimmer und griff nach der Tasche mit ihrem Laptop und ihren persönlichen Unterlagen. In der Vordertasche steckte eine flache Schachtel. Sie nahm sie heraus. Es war eine alte abgenutzte Box mit Stockflecken. Cordelia hatte sie in der obersten Schublade in ihrem Zimmer in Willow House gesehen, aber angenommen, dass sie Roisin und Maeve gehörte. Doch jetzt sah sie die verblasste Aufschrift »Mums Fotos« in Phils krakeliger Handschrift. Vielleicht waren es Familienfotos? Cordelia ging mit der Schachtel ins Wohnzimmer und stellte sie auf den Couchtisch vor dem großen Sofa am Kamin. Gleichzeitig kam Sally mit einem Tablett mit zwei dampfenden Tassen und einem Teller mit kleinen Muffins herein.

Sie warf einen Blick auf die Schachtel, als sie das Tablett danebenstellte. »Das ist sie. Sie gehört also nicht dir?«

»Nein, sie muss Phil gehört haben«, antwortete Cordelia und setzte sich aufs Sofa. »Es scheinen alte Fotos von ihrer Mutter zu sein. Ich werde Roisin die Schachtel zurückgeben, aber vorher möchte ich sehen, was drin ist.«

»Mach sie auf«, forderte Sally.

Ohne zu zögern öffnete Cordelia die Schachtel und fand einen Stapel vergilbter Schwarz-Weiß-Fotografien. Sie nahm die oberste heraus. Sie zeigte ein kleines Mädchen in einem weißen Kleid mit Schleier, und hinter ihr standen ein Mann und eine Frau. Alle drei lächelten breit. Cordelia betrachtete das Mädchen mit dem hübschen Gesicht, den großen dunklen Augen und dem lockigen Haar. »Das ist Phil«, rief sie. »Ihre Erstkommunion. Und das müssen ihre Eltern sein.« Sie sah sich das Paar genauer an. Der Mann war groß und dunkelhaarig. Er sah sehr gut aus, und sein Lächeln verriet ihr, dass er sich dessen bewusst war. Die Frau war attraktiv und hatte klassische Gesichtszüge, aber trotz ihres Lächelns stand ein trauriger Ausdruck in ihren Augen. »Mein Großvater«, murmelte Cordelia.

Sally nahm ihr das Foto aus der Hand und betrachtete es. »Er sieht aus wie ein Filmstar, aber seine Frau wirkt unglücklich. Wann das wohl aufgenommen wurde?«

Cordelia drehte das Foto um. »Auf der Rückseite steht 1955.«

»Muss ungefähr zur Zeit der Affäre gewesen sein.«

»Ja«, pflichtete Cordelia ihr bei. »Meine Mom ist 1956 zur Welt gekommen.«

Sally runzelte die Stirn. »Was für ein selbstgefälliger Trottel, bei der Erstkommunion seiner Tochter heile Welt zu spielen, während er heimlich seine Frau betrog.«

»Sie muss es gewusst haben«, sagte Cordelia und griff nach dem nächsten Foto – dieselbe Frau in einem hübschen Kleid mit einem Baby im Taufgewand. »Sieh mal, Phil als Baby.«

Sally betrachtete das Bild. »Sie war ziemlich niedlich. Und hier sieht ihre Mutter sehr glücklich aus. Schau dir nur das Lächeln an.«

»Traurig, sich vorzustellen, was danach passiert ist.«

»Ein paar Jahre später haben sie einen Sohn bekommen. Maeves und Roisins Vater.«

»Ja, richtig.« Cordelia sah Sally an. »Du bist etwa fünf Jahre jünger als Mom. Hast du die Familie gekannt, als du hier aufgewachsen bist?«

»Nein«, antwortete Sally. »Wir haben damals noch nicht hier gewohnt. Meine Mutter stammte aus Sandy Cove, aber mein Vater war aus Cork und hat dort gearbeitet. Er war Arzt und hatte eine gut gehende Praxis. Wir sind zwar in den Sommerferien hergekommen, aber ich erinnere mich kaum an die McKennas, außer dass sie in dem großen Haus gelebt haben. Ich habe Phil erst in Paris kennengelernt.« Sie hielt inne und trank einen Schluck Tee.

Cordelia und Sally sahen Fotos von anderen Erstkommunionen, Taufen, Hochzeiten, verschiedenen Familienfeiern und Weihnachtsfesten der Zwanziger- und Dreißigerjahre in Willow House durch. Sie suchten nach Aufnahmen von Cordelias Großmutter, aber es schienen keine dabei zu sein, bis sie ganz unten im Stapel auf ein Bild von zwei Frauen stießen. Eine von ihnen war eindeutig Olive, die andere eine viel jüngere und hübschere Ausgabe von ihr. Cordelia drehte das

Foto um und schaute auf die Rückseite. »Olive und Clodagh auf dem Jagdball in Kildare, 1944«, las sie laut vor. »Wow«, flüsterte sie. »Sieh dir nur diese Ballkleider an.«

»Was?« Sally riss sich von den Fotos von Willow House in den frühen Dreißigerjahren los und betrachtete über Cordelias Schulter hinweg die beiden Frauen auf dem Foto. »Die Kleider sind wirklich traumhaft. Clodagh muss mindestens zehn Jahre jünger gewesen sein als Olive. Sie sieht aus wie siebzehn. Bildhübsche junge Frau. Schau dir nur diese Augen und die Grübchen an. Kein Wunder, dass der alte Brian hingerissen von ihr war.«

»Aber da muss er schon mit Olive verheiratet gewesen sein.« Cordelia sah sich die ältere Schwester genauer an. »Ja. Sie trägt einen Ehering und einen Verlobungsring mit einem Diamanten.«

»Stimmt«, pflichtete Sally ihr bei. »Sie könnte sogar schon schwanger gewesen sein.«

»Phil wurde 1945 geboren, glaube ich«, sagte Cordelia nach kurzem Nachdenken. »Hoffentlich ist sie ein paar Jahre glücklich gewesen, bevor ...«

»Ganz bestimmt. Bis er anfing, sich zu langweilen, und mit der jüngeren Schwester geflirtet hat.« Sally legte die Fotos zurück in die Schachtel. »Und was machst du jetzt?«

»Ich werde die Schachtel zurückbringen. Sie gehört nach Willow House.« Cordelia nahm das Foto von Olive und Clodagh in die Hand. »Aber das hier behalte ich.«

»Ich meinte nicht die Fotos, sondern die Tatsache, dass Brian McKenna dein Großvater war. Wirst du es ihnen sagen?«

Cordelia seufzte und griff nach der Tasse mit dem inzwischen lauwarmen Tee. »Ich weiß es nicht. Sie werden wahrscheinlich aus allen Wolken fallen, und ihr Vater auch.«

»Dein Onkel«, murmelte Sally nachdenklich.

»Ja«, sagte Cordelia mit einem Schaudern. »Er darf es nicht erfahren. Es wäre zu schmerzhaft, und wer weiß, ob er mir glauben würde. Ich glaube es ja selbst kaum. Aber eins habe ich beschlossen«, fuhr Cordelia fort. »Ich werde meine Einwilligung zu dem DNA-Test geben. Ich werde sogar darauf bestehen.«

ZWANZIG

Während der kommenden Woche hatte Cordelia keine Gelegenheit, auf den DNA-Test zu sprechen zu kommen. Sie hatten mit dem ausgebuchten Gästehaus alle Hände voll zu tun, hinzu kamen der Verwaltungskram, den der Abschluss des Nachlassverfahrens mit sich brachte, und die Bestandsaufnahme des Hausrats. Roisin kümmerte sich um die Jungen und die letzten Einzelheiten des Hauses, das sie gekauft hatten, und Maeve musste Arbeit und Familienleben unter einen Hut bekommen. Cordelia sorgte währenddessen für einen reibungslosen Ablauf in der Pension.

Doch am meisten beschäftigte sie die brennende Frage der Enthüllung der Identität ihres Großvaters. Sie bekam es nicht aus dem Kopf. Während Cordelia mit Maeve und Roisin den Inhalt des Wohnzimmers erfasste und alte Unterlagen und Fotos in den Schubladen durchging, hatte sie nach Spuren der Beziehung zwischen ihrer Großmutter und deren Schwager gesucht. Sie fand jedoch nichts, nur weitere Fotos von Familienfesten, Hochzeiten, Taufen und Geburtstagsfeiern von Menschen, die sie nicht kannte. Selbst Maeve machte eine Bemerkung über die Zahl der ihr unbekannten Verwandten, die in den Dreißiger- und Vierzigerjahren große Ereignisse in Willow House gefeiert hatten.

»Meine Güte«, sagte sie und fügte dem Stapel auf dem Couchtisch ein weiteres Familienfoto hinzu. »Das Haus scheint selbst von den entferntesten Verwandten zum Feiern besonderer Anlässe genutzt worden zu sein.«

Roisin hielt die Fotografie eines dicken Mannes hoch, dessen Smoking sich über seinem Bauch spannte und der mit einer großen Frau in einem rückenfreien Abendkleid tanzte. »Seht euch den an. Er tanzt Charleston oder was man damals getanzt hat. Wer ist das überhaupt?«

Maeve betrachtete das Foto. »Habe ich noch nie gesehen. Aber schau dir das Esszimmer an. Sie müssen den Tisch an die Wand geschoben und den Teppich aufgerollt haben, um Platz zum Tanzen zu schaffen. Im Hintergrund kann man die Anrichte mit Champagnerflaschen und herausgeputzte Leute sehen.«

»Das ist ein tolles Kleid«, urteilte Cordelia. »Ich frage mich, wer sie ist.«

»Keine Ahnung. ›Charlies Fünfzigster, 1932‹«, las Roisin laut von der Rückseite vor. »Das Foto ist witzig. Wir sollten es einrahmen und im Esszimmer an die Wand hängen.«

»Gute Idee«, begeisterte Maeve sich. »Was hältst du davon, Cordelia?«

»Auf jeden Fall«, erwiderte Cordelia und betrachtete das Gruppenfoto einer Familie. »Und hier ist eins von 1919. Die Kleider und Hüte sind der Hammer.«

»Das lassen wir auch rahmen«, entschied Roisin. »Und das von dem Haus, als es gerade erbaut worden war. Es ist so schön, Erinnerungen an das Haus zu haben, wie es früher war.«

»O ja«, murmelte Cordelia und ging weiter den Stapel mit Fotografien durch. Beim Betrachten der Familienfotos überkam sie in dem geheimen Wissen, dass dies auch ihre Verwandten waren, eine tiefe Freude. Sie hatte das Gefühl, dass sie dazugehörte und dass ihre eigene Vergangenheit jetzt mit der des Hauses verknüpft war. Sie sah zu ihren Cousinen und fragte sich, ob oder wann sie ihnen die Neuigkeit überbringen sollte. Sie musste ihnen auch noch von der Schachtel mit Fotos erzählen, die sie gefunden hatte, und sie verspürte den Drang, es sofort zu tun. Aber das Gefühl verging, als sie sich den Rest der Einrichtung vornahmen – die Möbel, die Lampen, die Silberschalen und Aschenbecher –, von dem nichts einen echten Wert besaß, aber untrennbar mit Willow House und seiner Geschichte verbunden war.

»Wir müssen überlegen, was wir mit den ganzen Sachen machen wollen«, seufzte Roisin. »Ob wir sie vielleicht unter uns aufteilen. Was sagt der Anwalt dazu, Maeve?«

Maeve zuckte die Achseln. »Er meinte nur, dass wir schauen sollen, wer was haben will. Solange es keinen Streit gibt, gibt es auch kein rechtliches Problem, sagt er. Wir könnten auch einfach alles hier lassen.«

»In dem Fall stimme ich für letztere Lösung«, erklärte Cordelia. »Ich meine, was soll ich damit anfangen?«

»Das gilt auch für uns«, pflichtete Roisin ihr bei. »Es muss alles hierbleiben. Willow House sollte so bleiben, wie es immer war.«

»Unbedingt«, erklärte Maeve. Sie stand vom Sofa auf. »Wenn das alles ist, gehe ich jetzt wieder nach Hause. Kann jemand die Fotos rahmen lassen? Und ruhig auch andere, wenn sie schön sind.«

»Das übernehme ich«, erklärte Roisin sich bereit. »Ich fahre ohnehin morgen mit den Jungs nach Killarney, um Sportsachen für die Schule zu kaufen.«

Cordelia wollte sagen, dass sie noch ein Foto hatte, das bei den anderen hängen sollte, beschloss aber, es vorerst nicht zu erwähnen. Das würde nur zu weiteren Fragen führen. *Später*, dachte sie. Als sie alles aufgeräumt hatten, kehrte sie zu Sally zurück und hatte das Gefühl, einer Entscheidung einen kleinen

Schritt näher gekommen zu sein. Sie würde es ihnen sagen müssen. Die Frage war nur, wann.

Später in der Woche eröffnete Cordelia ein irisches Bankkonto, und als ihr Pass da war, konnte sie eine Aufenthaltsgenehmigung für Irland beantragen und sich eine Sozialversicherungsnummer geben lassen, mit der sie beim Finanzamt registriert wurde und wie jeder irische Bürger Anspruch auf Sozialleistungen hatte. Es war ein stolzer Augenblick für sie, als sie endlich ihren irischen Pass in den Händen hielt, aber sie war auch erleichtert, dass sie ihre amerikanische Staatsbürgerschaft behalten durfte. So hatte sie das Gefühl, nicht alle Brücken hinter sich abgebrochen zu haben. Plötzlich kam sie sich aber ein bisschen irisch vor und verspürte ein Gefühl der Zugehörigkeit. Das Geld aus der Erbschaft sorgte für eine willkommene Entlastung ihrer angespannten finanzielle Lage, und Phils Tantiemen würden ihr zumindest für die nächsten Jahre ein Einkommen sichern.

»Wir sollten feiern«, sagte Maeve eines Abends, als sie in die Küche kam, um bei der Wäsche zu helfen. »Lass uns gleich im Wohnzimmer einen Drink trinken«, fügte sie hinzu, während sie Bettlaken zusammenlegten. »Heute haben wir keine Gäste, und die neuen kommen erst morgen Vormittag an, da können wir uns doch einen schönen Abend machen. Wir haben viel zu besprechen.«

»Okay. Klingt großartig.« Cordelia nahm den Stapel Laken auf den Arm. »Ich bringe die nur schnell in den heißen Schrank oder wie wie man das nennt.«

Maeve lachte. »Wäscheschrank um den Heißwasserbereiter. Ich glaube nicht, dass es so etwas in einem anderen Land auf der Welt gibt.«

»Doch, in England«, sagte Roisin, als sie aus dem Büro hereinkam. »Habe ich das Wort ›Drink‹ gehört?«

»Ja. Wir werden den Weinkeller plündern«, bestätigte
Maeve. »Und in der Speisekammer liegt aus unerklärlichen
Gründen ein überreifer Brie. Aber der Wein ist für euch, ich
trinke im Moment nicht.«

»Ach?«, fragte Roisin überrascht. »Warum nicht? Sag bloß
nicht, dass du jetzt auch die Windpocken hast.«

»Nein, es ist etwas anderes. Gehört das Stück Gubbeen-
Käse dir?«

»Es ist Cians, aber er ist Gott sei Dank mit den Jungs nach
Killarney ins Kino gefahren und wird es nicht vermissen. Nach
dem Film wollen sie Pizza essen gehen, ich habe also jede
Menge Freizeit.«

»Und Paschal bringt Aisling ins Bett«, warf Maeve ein.
»Also kann ich für ein Weilchen die Füße hochlegen.«

»Ich auch«, meldete Cordelia sich zu Wort. »Sally ist heute
Abend bei Nuala zum Essen eingeladen, daher hänge ich
sowieso etwas in der Luft. Und ich habe euch etwas zu sagen.«

»Oh.« Maeve sah Cordelia an. »Das klingt aber ernst. Okay,
wenn du die Laken in den Wäscheschrank räumst, hole ich den
Wein, und Roisin kann sich um Käse und Cracker kümmern.«

»Gut.« Cordelia ging mit einem unguten Gefühl im Magen
nach oben, um die Laken wegzuräumen. Sie ahnte, dass dies ein
Wendepunkt war, und dem Ausdruck in Maeves Augen nach
zu schließen würde sie nicht die Einzige sein, die eine verblüf-
fende Nachricht zu verkünden hatte.

Sie machten es sich im Wohnzimmer auf den großen gelben
Samtsofas vor dem Kamin bequem. Maeve hatte ein Tablett mit
Wein, Holunderblütensirup, Gläsern und einem Krug Wasser
auf den antiken Couchtisch gestellt. Roisin kam kurz nach ihr
mit einem Käsebrett und einem Korb mit Crackern und
Knäckebrot herein. Die zarten cremefarbenen Vorhänge
wogten sich im Wind, der durch die offenen Schiebefenster
wehte, und aus dem Garten war Vogelgezwitscher zu hören.

Maeve lehnte seufzend den Kopf gegen die Kissen. »Ach,

diese himmlische Ruhe. Wir drei saßen nicht mehr zusammen seit ... seit ... ich kann mich nicht einmal mehr erinnern.«

»Seit letzter Woche«, erinnerte Cordelia sie. »Als wir uns dieses Zimmer vorgenommen haben.«

»Das war aber Arbeit«, wandte Roisin ein. »Ich glaube, richtig unterhalten haben wir uns zuletzt, als wir nach dem Besuch beim Anwalt in Muckross zu Mittag gegessen haben«, überlegte sie und schenkte sich ein Glas Wein aus der staubigen Flasche ein, die Maeve aus dem Weinkeller geholt hatte. »Bedien dich, Cordelia. Wir können uns die Flasche teilen. Hast du schon etwas gegessen?«

Cordelia nickte und goss sich Wein ein. »Ja. Ich habe im Two Marys einen Burger und Pommes frites gegessen. Sally kocht heute nicht, daher gab es für mich diesmal keine Haute Cuisine.«

Maeve lachte. »Sally muss glücklich darüber sein, dass sie jemanden bekochen kann.«

»Überglücklich«, bestätigte Cordelia grinsend. »Sie tischt jeden Abend die unglaublichsten Gerichte auf. Aber manchmal habe ich auch Lust auf Junkfood. Ich meine, jeden Tag *Boeuf bourguignon* oder Bouillabaisse à la was auch immer ist wunderbar, aber es kann ziemlich mächtig sein.«

»Ja, wahrscheinlich«, gab Maeve ihr recht. Sie legte sich ein Stück Gubbeen auf einen Cracker. »Also«, begann sie. »Wir brennen alle darauf, unsere Neuigkeiten loszuwerden. Wer macht den Anfang?«

»Ich«, sagte Cordelia. Sie nahm einen großen Schluck Wein und hoffte, dass er ihr Mut machen würde. »Ich ... Gott, ich weiß nicht, wie ich es sagen soll ...«

»Sprich weiter«, drängte Roisin, »wir sind doch Freundinnen, nicht?«

»Ich möchte den DNA-Test machen«, erklärte Cordelia. »Ich habe darüber nachgedacht und bin zu dem Schluss gekommen, dass es eine gute Idee ist.«

Roisin sah sie überrascht an. »Warum der plötzliche Sinneswandel? Mum hat uns zwar gedrängt, den Test zu machen, aber wir haben es nicht für nötig gehalten. Du hast die notwendigen Unterlagen vorgelegt, und ...«

»Wenn Cordelia den Test machen will, sollten wir es tun«, unterbrach Maeve sie. »Dann gibt Mum endlich Ruhe und wir können weitermachen und entscheiden, was aus dem Haus werden soll.«

»Aus dem Haus?«, wiederholte Cordelia. »Du meinst dieses Haus? Aber wir sind doch gemeinsame Eigentümerinnen, oder?«

Roisin und Maeve tauschten einen Blick. »Ja, natürlich«, sagte Roisin nach einem kurzen Schweigen. »Aber Maeve und ich haben uns über die Zukunft von Willow House unterhalten.«

»Die Zukunft?«, fragte Cordelia verwirrt. »Du meinst das Gästehaus?«

»Ja«, bestätigte Roisin. »Wir haben uns die Konten angesehen und die Rückzahlung des Darlehns, das Phil für die Sanierung aufgenommen hat. Wenn wir die Pension noch sechs Monate betreiben und auch während der Wintermonate am Wochenende Gäste aufnehmen, sind wir aus den roten Zahlen raus und können das Gästehaus im Frühling schließen. Und dann ...«

»Dann was? Wer wird dann hier leben?«

»Darüber haben wir noch nicht nachgedacht«, entgegnete Roisin.

»Ich schon«, verkündete Maeve. »Das ist es, worüber ich mit euch reden wollte.« Sie zögerte und wurde rot. »Es ist so ... Ich bin ... ich bin schwanger.«

»Was?«, rief Roisin und starrte Maeve an. »Du bist schwanger? Wie ist das denn passiert?«

Maeve verdrehte die Augen. »Na, was denkst du denn?«

Roisin wedelte mit der Hand. »Ja, ja, ich weiß. Aber ich dachte ... in deinem Alter, und der Arzt hat doch gesagt ...«

»Er hat sich geirrt«, erklärte Maeve strahlend. »Gut, ich bin dreiundvierzig und hätte nicht gedacht, dass ich überhaupt ein Kind kriegen würde. Dann habe ich Aisling bekommen, und der Arzt hat gesagt, mehr würde es nicht geben, aber meine Hormone waren da anscheinend anderer Ansicht. Also tun mir jetzt die Brüste weh und ich muss mich jeden Morgen übergeben. Das Baby soll Anfang März kommen. Ist das nicht wunderbar?«

Cordelia konnte nicht anders als lächeln. »Herzlichen Glückwunsch. Das ist großartig. Paschal muss sehr glücklich sein.«

Maeve nickte. »Er ist völlig aus dem Häuschen. Er glaubt, dass es diesmal ein Junge wird.«

»Aisling ist dann auch noch fast ein Baby«, überlegte Roisin. »Das wird dich ganz schön auf Trab halten, meine Liebe. Und wo zum Geier wollt ihr das Baby unterbringen? Euer Cottage ist jetzt schon zu klein. Wollt ihr einen Anbau dransetzen?«

»Nein, das gibt das Grundstück nicht her. Aber ich habe einen Vorschlag. Paschal und ich haben es schon besprochen.«

»Ohne mich zu fragen?«, brummte Roisin.

»Äh, ja«, gestand Maeve und wirkte ein wenig schuldbewusst. »Ich war mir bis gestern nicht sicher, ob ich wirklich schwanger bin. Es gibt noch mehr Neuigkeiten. Wir haben die erste Ultraschalluntersuchung gemacht, und ... der Arzt meint, dass es vielleicht Zwillinge werden.«

»O Gott«, stieß Roisin hervor. »Drei Kleinkinder auf einmal – oha. Das wird heftig. Wie fühlst du dich?«

»Großartig«, antwortete Maeve fröhlich. »Abgesehen von der Morgenübelkeit und so. Aber es bedeutet, dass wir umziehen müssen. Und unser Leben und unsere Arbeit müssen auch umorganisiert werden.«

»Natürlich«, sagte Cordelia und sah Maeve beeindruckt an. Zwillinge. Und dazu ein lebhaftes kleines Mädchen. Maeve hatte ihre Karriere als Innenarchitektin für eine Weile weitestgehend auf Eis gelegt, aber ihr Mann hatte mit seiner Forschung und den Vorlesungen an der Universität so viel zu tun, dass er vielleicht nicht viel würde helfen können. »Ich kann mir nicht einmal ansatzweise vorstellen, was du vorhast.«

»Nun«, begann Maeve. »Paschal und ich haben einen Vorschlag. Wir passen nicht mehr in das Cottage, daher werden wir es verkaufen.«

»Aber wo wollt ihr leben?«, fragte Roisin.

»Hier«, erklärte Maeve. »In Willow House.«

Roisin und Cordelia starrten Maeve an. »Hier?«, wiederholte Roisin.

»In Willow House?«, fragte Cordelia.

Maeve lachte und nahm sich noch einen Cracker. »Ja. Hier. Wir möchten euch beiden euren Anteil auszahlen und die alleinigen Eigentümer des Hauses werden. Durch Phils Geld können wir es uns leisten, und für den Rest nehmen wir eine Hypothek auf. Wir werden den Marktwert ermitteln, und dann ...«

»Und dann zahlst du uns aus. Einfach so«, blaffte Roisin verärgert. »Vergiss es, Maeve. Ich will nicht ausgezahlt werden. Das hier ist ebenso mein Haus wie deins. Ich bin eine McKenna. Dieses Haus ist unser Erbe. Es ist Familienbesitz. Natürlich nicht von Cordelias Familie. *Sie* kannst du meinetwegen auszahlen. Sie ist schließlich keine McKenna.«

Cordelia richtete sich entrüstet auf und funkelte Roisin an, zornig über ihren geringschätzigen Ton. »Was würdest du sagen, Roisin, wenn ich dir mitteile, dass auch ich eine McKenna bin?«, hörte sie sich selbst fragen und bereute es sofort. Aber jetzt konnte sie es nicht mehr zurücknehmen. Sie erwiderte Roisins verwirrten Blick mit trotziger Miene. Nach außen hin war Roisin meist nett gewesen, aber ihr heimlicher

Argwohn und ihre Bedenken waren in unachtsamen Momenten nicht zu übersehen. Und gerade jetzt hatte Cordelia das Gefühl, als würde sie ihr die kalte Schulter zeigen.

»Was soll das heißen?«, fragte Maeve. »Das ist nicht möglich.«

»Ich fürchte, doch«, antwortete Cordelia. Sie wusste, dass sie ihnen jetzt, wo sie angefangen hatte, alles erzählen musste.

Roisin runzelte die Stirn. »Was redest du da? Du bist keine McKenna, sondern eine Brennan«, fügte sie verwirrt hinzu.

»Ja?«, fragte Cordelia. »Nun, ich habe Neuigkeiten für euch. Als ich in Dublin war, wollte ich nicht nur die Stadt besichtigen oder mich mit Declan treffen. Ich bin hingefahren, um herauszufinden, wer mein Großvater war. Wir wussten, dass es nicht Jimmy Fitz war. Wer war der Mann, der meine Großmutter geschwängert und dann sitzen gelassen hat? Natürlich ein verheirateter Mann. Aber jetzt ratet mal, mit wem er verheiratet war.«

»Mit wem?«, hakte Roisin nach.

»Mit ihrer eigenen Schwester«, antwortete Cordelia grimmig.

Maeve schnappte nach Luft. »Doch nicht ...?«

Cordelia nickte und verspürte eine seltsame Genugtuung angesichts der schockierenden Nachricht, die sie nun verkünden würde. »O doch. Mit Olive, eurer Großmutter.«

Maeve schüttelte ungläubig den Kopf. »Heilige Mutter«, sagte sie mit heiserer Stimme. »Ist das wirklich wahr?«

»Dann war also dein Großvater, der Mann, der Clodagh im Stich gelassen hat ... unser Großvater?« Roisin flüsterte beinahe, und ihr Gesicht war aschfahl.

»Ja«, bestätigte Cordelia. »Genau.«

»Wie hast du das erfahren?«, fragte Maeve.

»Jimmy hat es mir gesagt. Er ist siebenundneunzig und lebt in einem Pflegeheim, aber sein Verstand ist glasklar. Er hat mir von Clodaghs kurzer Affäre mit ihrem Schwager erzählt.«

»Das ist schockierend«, murmelte Maeve. »Wie kann man nur so etwas Abscheuliches tun? Ich meine, Clodagh war schließlich eine angesehene Lehrerin.«

Cordelia zuckte die Achseln. »Wer weiß? Er war sehr attraktiv und charmant. Er könnte sie in einem ungeschützten Moment angemacht haben. Sie war jung und hübsch und möglicherweise leicht zu beeindrucken. Es gibt hundert Möglichkeiten, wie es passiert sein könnte. Sie waren vielleicht allein in einem Haus. Oder«, fügte sie hinzu, um den Schlag abzumildern, »sie waren vielleicht ineinander verliebt.«

»Das werden wir nie erfahren«, seufzte Roisin. »Ist Jimmy der Einzige, der davon gewusst hat?«

»Ich glaube schon. Zumindest ist er der Einzige, der noch lebt und den wir fragen können.« Cordelia goss sich mit zitternder Hand Wein nach. Jetzt bekam sie Gewissensbisse. Die beiden waren bestürzt und verwirrt, und allmählich bereute sie es. »Ich hätte es euch nicht sagen sollen«, begann sie. »Aber als Roisin damit anfing, ich sei keine McKenna, als ob ich dadurch euch gegenüber weniger wert wäre ...«

»Entschuldige«, murmelte Roisin und nahm einen großen Schluck Wein. »Ich meinte es nicht ...«

»Ist schon gut. Ich verstehe schon«, sagte Cordelia. »Das muss ein schrecklicher Schock für euch sein.«

Maeve nickte. »Es ist kaum zu glauben, dass unser Groß-vater sich so benommen hat.«

»Und meine Großmutter«, warf Cordelia ein.

»Dieser Jimmy Fitz muss ein toller Kerl gewesen sein«, bemerkte Roisin. »Eine Frau zu heiraten, die mit dem Kind eines anderen Mannes schwanger war – alle Achtung. Er muss sie sehr geliebt haben.«

»Mehr als alles auf der Welt«, bestätigte Cordelia. »Das habe ich bei unserem Gespräch sehr deutlich gespürt.«

»Das ist wohl das Beste an der ganzen Geschichte«, sagte Maeve mit traurigen Augen. »Aber Gott, was muss das für eine entsetzliche Situation gewesen sein. Jimmy hat Clodagh davor bewahrt, ihr Baby hergeben zu müssen, wie Frauen es damals tun mussten.«

»Wenn sie es getan hätte, würden wir jetzt nicht hier sitzen.« Roisin lächelte. »Frances wäre adoptiert worden, und wir hätten nie von ihrer Existenz erfahren. Ist das nicht unglaublich?«

Cordelia erwiderte ihr Lächeln. »So habe ich das noch gar nicht betrachtet.«

»Und jetzt gehörst du erst recht zur Familie«, fuhr Roisin fort. »Und zu Willow House. Es tut mir wirklich leid, dass du dich ... ausgeschlossen gefühlt hast, Cordelia. Ich habe es nicht so gemeint.«

»Ich hätte es euch nicht auf diese Weise sagen sollen«, erwiderte Cordelia reumütig. »Ich dachte, ihr würdet mir nicht glauben. Ich habe mir solche Mühe gegeben, bei der Führung des Gästehauses zu helfen, weil es Phils Wunsch war. Und mit der Zeit wuchs in mir das Gefühl, hierherzugehören. Schließlich ist mir durch das, was ich in Dublin erfahren habe, klar geworden, dass Willow House auch Teil meiner Herkunft ist. Deshalb möchte ich den DNA-Test machen. Er wird beweisen, dass Jimmy mir die Wahrheit gesagt hat.«

Maeve berührte Cordelia am Arm. »Wenn du willst, machen wir ihn. Aber ich glaube dir so oder so.«

Cordelia sah Maeve überrascht an. »Wirklich?«

»Ja.« Maeve nickte. »Es passt alles zusammen. Unser Großvater starb vor unserer Geburt, 1972, glaube ich. Aber unsere Granny lebte noch und wohnte in diesem Haus, bis sie 1986 starb. Ich war damals zehn, und es war mein erster Sommer in Willow House mit Phil und Onkel Joe. Weißt du noch, Roisin?«

Roisin sah Cordelia nachdenklich an. »Ja. Ich erinnere mich auch an Granny aus der Zeit, als wir noch klein waren. Sie war immer so heiter und glücklich. Später habe ich gehört, dass man sie im Dorf ›die fröhliche Witwe‹ genannt hat. Sie soll nach dem Tod ihres Mannes wie ausgewechselt gewesen sein. Und ... sie hat nie über ihre Schwester gesprochen. Nach ihrem Tod meinte Phil, dass sie sich immer gefragt habe, warum die Schwestern sich zerstritten hatten, und dass Granny es ihr nicht erzählen wollte. Sie hat einfach dichtgemacht, wenn man sie danach gefragt hat, und irgendwann haben sie aufgehört zu fragen. Daddy hat so ziemlich dasselbe gesagt.« Roisin nickte. »Ja, es passt alles zusammen, nicht? Wenn auch auf schreckliche, traurige Art. Ich fühle mich ganz komisch dabei.«

»Geht mir genauso.« Maeve belegte sich noch einen Cracker mit Käse. »Und ich bekomme Hunger davon.«

»Das liegt an deiner Schwangerschaft«, bemerkte Roisin.

»Stimmt.« Seufzend schob sie sich den Cracker in den Mund. »Tut mir leid, aber die Schwangerschaft scheint mich von allem abzulenken. Wenn ich mich nicht übergebe, habe ich Heißhunger. Essen beruhigt mich.«

»Mich aber auch. Stress macht mich hungrig, obwohl ich nicht schwanger bin.« Roisin griff nach ihrem Handy. »Ich bestelle mir eine Pizza von Nualas neuem Lieferservice. Noch jemand?«

»O ja«, stöhnte Maeve. »Bestell mir eine Margherita, ja?«

»Geht klar.« Roisin sah Cordelia an, die den Kopf schüttelte, wählte die Nummer und bestellte schnell zwei Pizzen. Dann schob sie das Telefon zurück in ihre Tasche und richtete den Blick auf Maeve und Cordelia. »Und was machen wir jetzt? Wem erzählen wir es?«

»Niemandem«, sagte Maeve ernst. »Wozu? Wir werden diese DNA-Geschichte machen und einschicken. Der Test wird unwiderlegbar beweisen, dass wir miteinander verwandt sind. Dann sollte Mum zufrieden sein. Danach sehen wir weiter und machen Pläne.«

Roisin runzelte die Stirn. »Ja. Wir müssen eine Entscheidung wegen dem Haus fällen. Vielleicht ...« Sie warf Cordelia einen Blick zu. »Vielleicht sollten wir einfach Maeve das Haus überlassen, aber Miteigentümer bleiben? Stille Teilhaber sein? Es bedeutet mir viel, einen Anteil daran zu besitzen. Ich habe als Kind die Sommerferien hier verbracht, und ich liebe es über alles. Ich kann es nicht ertragen, mich davon zu trennen. Was ist mit dir, Cordelia?«

»Ich bin mir nicht sicher, wie ich dazu stehe. Es ist schön, einen Anteil an diesem wunderbaren Haus zu besitzen. Aber ...« Cordelia dachte kurz nach, dann kam ihr eine Idee, die sie nach Luft schnappen ließ. »Oh ...«, murmelte sie. »Das wäre ...« Sie sah Maeve an. »Mir ist gerade ein Gedanke gekommen ... aber vielleicht bist du nicht damit einverstanden.«

Maeve sah sie interessiert an. »Raus damit. Sag es.«

»Wie wäre es, wenn wir die Häuser tauschen?«, schlug Cordelia vor. »Du bekommst meinen Anteil an Willow House, und ich bekomme euer Cottage. Es wäre wie geschaffen für mich. Ich liebe das Häuschen. Es wäre mein erstes richtiges Zuhause, und ich würde ganz in deiner Nähe wohnen und kann hier in Sandy Cove bleiben und ...« Cordelia holte Luft und lächelte. »Das ist mir jetzt einfach so rausgerutscht, keine Ahnung, wie ich darauf gekommen bin. Es ist nur so, dass ich mich hier bei euch in Sandy Cove so heimisch fühle. Ich habe das Gefühl nie gekannt, eine Familie zu haben, und ihr habt mir eine geschenkt. Mir ist klar, dass das Cottage vielleicht nicht so viel wert ist wie mein Anteil an Willow House, aber das spielt für mich keine Rolle. Ich wäre sehr glücklich, wenn ich etwas Eigenes in eurer Nähe hätte. Es würde mir sehr viel bedeuten.«

»Oh.« Maeve sah Cordelia voller Gefühl an. »Ich hatte immer schon eine Ahnung, dass wir verwandt sind, aber ich hätte nicht gedacht, dass die Verwandtschaft so eng ist.«

»Und wir mögen dich auch unabhängig von den Familienverhältnissen«, ergänzte Roisin. »Ich muss zugeben, dass ich mich bisweilen gefragt habe, ob du ehrlich warst. Deine Geschichte war irgendwie zu glatt und hat zu gut gepasst. Aber es war wirklich beeindruckend, dass du alles stehen und liegen gelassen hast, um herzukommen, die Ärmel hochzukrempeln und dich in die Arbeit zu stürzen. Das hast du großartig gemacht, Cordelia, und es tut mir leid, wenn ich gelegentlich etwas zickig war.«

»Das ist verständlich«, beruhigte Cordelia sie. »An deiner Stelle hätte ich vielleicht auch Zweifel gehabt. Ich habe mir viele Gedanken gemacht, ob ich euch erzählen soll, wer mein richtiger Großvater war. Ich habe sogar überlegt, es für mich zu behalten.«

»Ich bin froh, dass du es nicht getan hast«, sagte Roisin mit Überzeugung.

»Ich auch«, pflichtete Maeve ihr bei und nahm sich einen weiteren Cracker. »Wo bleibt eigentlich die Pizza?« Sie lachte. »Tut mir leid, aber ich brauche bald etwas zu essen.« Sie wandte sich an Cordelia. »Was das Cottage betrifft …«

»Vergiss es«, fiel Cordelia ihr ins Wort. »Es ist zu verrückt. Ich werde schon eine andere Lösung finden.«

Maeve sprang vom Sofa auf. »Nein! Ich werde es nicht vergessen. Das ist perfekt! Paschal wird bestimmt begeistert sein. Was meinst du, Roisin?«

Roisin lachte. »Ja, ich finde die Idee genial. Es ist die perfekte Lösung für dich, Cordelia, und auch für uns. Wir können alle zusammen sein, ohne dass wir uns gegenseitig auf die Füße treten. Daran sollten wir arbeiten. Es hat keine Eile, aber Maeve sollte umgezogen sein, bevor sie das Baby bekommt – oder die Babys, falls es Zwillinge sind. Wenn wir alle zusammenhalten, schaffen wir das schon.«

Maeve setzte sich wieder. »Ja.« Ihre Miene hellte sich auf, als es an der Tür klingelte.

Roisin erhob sich. »Ich geh schon. Wir sollten in der Küche essen, damit es keine Tomatenflecken auf dem Sofa gibt.«

»Auf meinem Sofa«, korrigierte Maeve sie mit gespielter Affektiertheit.

»O ja, Euer Ladyschaft«, gab Roisin zurück. Sie zwinkerte

Cordelia zu. »Wart's nur ab, bald wird sie die Gutsherrin sein. Als Nächstes müssen wir vor ihr einen Knicks machen.«

Cordelia lachte, und als Roisin gegangen war, drehte sie sich zu Maeve um. »Bist du dir sicher, dass es für dich in Ordnung ist, wenn ich das Cottage kaufe?«

Maeve grinste. »O ja, ich finde die Idee großartig. Es wird schön sein, wenn du nebenan wohnst. Vielleicht könntest du manchmal babysitten?«

»Ich habe zwar keine Ahnung von Babys, aber ich lerne gern dazu«, antwortete Cordelia und lächelte ihre Cousine an. Es war eine große Erleichterung, dass sie den Schwestern das schreckliche Geheimnis offenbart hatte, und eine noch größere, dass sie so vernünftig und ohne allzu großes Drama damit umgegangen waren.

Eine Familie, dachte sie. *Das ist ein größeres Geschenk als alles Geld der Welt. Phil wollte mir eine Familie schenken, und das ging nur, indem sie mich ins Testament aufnahm. Was für eine kluge, wunderbare Frau sie doch war.*

EINUNDZWANZIG

Declan holte Cordelia am nächsten Abend bei Sally ab. Er hatte am Tag zuvor angerufen, gerade als Cordelia dachte, dass er sie wahrscheinlich nie wiedersehen wollte. Jetzt, da das Rätsel um die Identität ihres Großvaters gelöst war und die fehlenden Teile sich in das Puzzle gefügt hatten, hatte sie Zeit gehabt, über ihre Gefühle für Declan nachzudenken. Seit ihrem Abschied in Dublin hatte sie nichts mehr von ihm gehört, und sie war zu dem traurigen Schluss gelangt, dass sie ihn für immer vertrieben hatte. Aber dann rief er an, und obwohl er etwas kurz angebunden klang, machte ihr die Tatsache Hoffnung, dass er sie sehen wollte. Er sagte, er würde abends für sie kochen, weil er ihr etwas mitzuteilen habe. Dann hatte er sich schnell verabschiedet und aufgelegt. Cordelia war verwirrt gewesen, da sie nicht gewusst hatte, ob er sie treffen wollte, um ihr zu sagen, dass er Sandy Cove aus irgendeinem Grund verlassen würde, oder weil er wollte, dass ihre Beziehung ernster wurde.

Cordelia hatte Schmetterlinge im Bauch, als sie sich für den Abend zurechtmachte. Nach mehreren Wochen warmen

Sommerwetters war es nass und windig geworden. Das sei normal für Kerry, meinte Sally und fügte hinzu, dass es in Irland im Grunde gar keine Jahreszeiten gebe. »Aber dafür haben wir Wetter. Im Dezember kann es lau sein wie an einem Sommertag, und im Juli kalt und stürmisch«, erklärte sie. »Das macht den Reiz dieser Gegend aus. Man weiß nie, was Petrus als Nächstes vorhat.« Das Wetter war die geringste von Cordelias Sorgen gewesen, daher hatte sie nur genickt und war in ihr Zimmer gegangen, um sich fertig zu machen.

Nachdem sie sich den Kopf darüber zerbrochen hatte, was sie anziehen sollte, und ihre magere Garderobe durchgegangen war, hatte sie aufgegeben und einfach ihre übliche Jeans und eine weiße Bluse unter einem dunkelblauen irischen Strickpullover angezogen. Sie bürstete sich das Haar und tuschte sich die Wimpern. Mehr Make-up brauchte sie nicht, da sie eine hübsche Sonnenbräune bekommen hatte, die ihre Augen noch blauer erscheinen ließ. Ganz gleich, was er ihr mitteilen wollte, der Gedanke, ihn wiederzusehen, erfüllte sie mit einem aufgeregten Kribbeln, das sie nicht unterdrücken konnte. Ihre Augen leuchteten vor Vorfreude, und als sie sich im Spiegel betrachtete, umspielte ein Lächeln ihre Lippen. Auf dem Weg zur Haustür machte sie einen Zwischenstopp im Wohnzimmer.

»Du siehst großartig aus«, sagte Sally aus den Tiefen des Sofas neben dem Kamin. »Du strahlst ja förmlich.«

»Das ist die Nervosität«, gestand Cordelia. »Ich habe keine Ahnung, was er mir sagen will. Vielleicht will er mich nie wiedersehen?«

»Das bezweifele ich stark. Wenn er mit dir Schluss macht, ist er ein Narr. Ich bin mir sicher, dass du mit noch mehr Sternen in den Augen zurückkommen wirst.«

»Danke«, antwortete Cordelia und warf ihr eine Kusshand zu. »Lieb von dir, dass du mich aufmunterst. Du brauchst nicht auf mich zu warten.«

Sally lachte. »Ich wünsche dir einen schönen Abend, und du kannst zurückkommen, wann du magst. Aber das weißt du ja.« Sie setzte sich auf und legte Holz im Kamin nach. »Ich werde faulenzen, mir etwas Leckeres zu essen machen und dann früh ins Bett gehen. Ich habe morgen einen anstrengenden Tag vor mir. Erst bin ich kurz im Laden, und dann mache ich zu und fahre nach Cork. Dort findet ein Kunsthandwerksmarkt statt, und ich hoffe, ein paar Stücke zu ergattern, die ich verkaufen kann. Meine letzten Sammlungen haben schnell Liebhaber gefunden. Und das verdanke ich nur dir. Ich spiele mit dem Gedanken, den Laden auszubauen und eine neue Abteilung mit Wohndekoration hinzuzufügen. Falls ich genug Geld dafür aufbringen kann.« Sie scheuchte Cordelia lächelnd hinaus. »Aber geh nur. Ich habe draußen ein Auto gehört. Das muss dein Märchenprinz sein.«

Cordelia warf einen Blick aus dem Fenster. »Ja. Er ist auf dem Weg zur Tür.« Sie griff nach ihrer Handtasche und ihrer Jacke. »Gute Nacht, Sally. Wir sehen uns morgen Abend.«

Sie öffnete die Tür und lief direkt in Declan hinein. Einen Moment lang schaute sie ihn wortlos an. Er erwiderte lächelnd ihren Blick und sie spürte, wie sie innerlich dahinschmolz. Sein Lächeln und der Ausdruck in seinen Augen sagten ihr, dass er nicht die Absicht hatte, ihr den Laufpass zu geben. »Hi«, begrüßte sie ihn schüchtern. »Nett, dich wiederzusehen.«

»Nett?«, knurrte er und zog sie an sich. »Das ist mehr als nett, meine Liebe.«

»Ich weiß«, flüsterte sie.

»Du hast mir gefehlt«, sagte er und küsste sie auf beide Wangen. »Komm, lass uns gehen. Oder muss ich reingehen und höflich sein?«

Cordelia lachte. »Nein. Sally liegt im Halbschlaf auf dem Sofa.«

»Gut.« Sie gingen zum Wagen und fuhren in die nasse, windige Nacht hinaus. Declan warf ihr ab und zu einen Blick zu. »Ich habe alles vorbereitet. Das Essen, das Feuer, den Wein. Das Einzige, was fehlt, bist du.«

»Ich bin hier«, beteuerte Cordelia und berührte seine Hand.

Er lächelte. »Dann wird alles perfekt sein.«

Declans Haus lag am Dorfrand an der Straße nach Ballinskelligs. Der einstöckige Bau stand auf einer steilen Anhöhe, von der man nicht nur einen Blick auf die Bucht von Sandy Bay und die dahinterliegenden Inseln hatte, sondern auch eine weite Aussicht auf die Küste bis hin nach Waterville. Es war einst ein strohgedecktes Bauernhaus mit einem kleinen Vorgarten gewesen, den Declan in eine Terrasse verwandelt hatte. Ein gepflasterter Weg, der durch eine niedrige Steinmauer vor dem Wind geschützt wurde, führte hinters Haus.

Cordelia wandte den Blick zum Dach. »Wie ich sehe, hast du es neu machen lassen.«

Declan schaltete den Motor aus. »Ja, ich habe es mit Schiefer eindecken lassen. Ich dachte, das hält länger als Stroh.«

»Ein Strohdach hält angeblich fünfundzwanzig Jahre«, sagte Cordelia und dachte an das Cottage, das bald ihr gehören würde.

»Mag sein, aber bei dem Wind hier fühle ich mich unter einem Schieferdach sicherer.« Declan stieg aus, ging um den Wagen und öffnete die Beifahrertür. »Komm, gehen wir rein. Es soll die ganze Nacht regnen. Ich habe schon den Kamin angemacht und das Essen vorbereitet.«

Sie stiegen die in den Fels gehauenen Stufen hinauf zur Haustür. Cordelia drehte sich um und betrachtete die Aussicht und die dunklen Wolken, die sich am Horizont zusammenballten. »Wow. Von hier sieht es richtig dramatisch aus.«

»Ich liebe es. Wild und schön und unberechenbar.« Declan

drückte die Tür auf. »Willkommen in meiner bescheidenen Behausung, Euer Ladyschaft.«

Cordelia lachte und trat ein. Sie stand in einem geräumigen Wohnzimmer. Beeindruckt sah sie sich um. Das Haus musste einst aus mehreren kleinen Räumen bestanden haben, die nun zu einem großen Raum vereint worden waren. Die unverputzten Wände waren weiß gestrichen und mit den verschiedensten Gemälden und Postern in kräftigen Farben gepflastert. Als Cordelia aus einem der großen Fenster sah, hatte sie das Gefühl, mit Meer und Himmel eins zu sein – wobei die Wärme des lodernden Feuers den Raum einladend machte und vor den Elementen schützte. Zwei kleine grüne Sofas flankierten den Kamin, und unter dem größten Fenster befand sich eine breite gepolsterte Fensterbank. Der Rest der Einrichtung bestand aus einem Schreibtisch an der hinteren Wand, einem Esstisch und Stühlen vor dem kleineren Fenster und einem großen rotblauen Teppich mit keltischem Muster auf den Holzdielen. Die Fenster hatten keine Vorhänge, aber da man nicht ins Haus sehen konnte, schien es auch nicht notwendig, sie zu verhängen. Die alten hellgrau gestrichenen Fensterrahmen wurden so zu einem Teil der Aussicht und verschönerten den Raum.

Declan lächelte, als ihre Blicke sich trafen. »Gefällt es dir?«

»Ich bin verliebt«, entgegnete Cordelia. Der schöne Raum und das Gefühl der Intimität zwischen ihnen hatten ihr den Atem geraubt. Sie schaute sich suchend um. »Aber wo ist die Küche? Und die Schlafzimmer?«

»Da hinten.« Er zeigte auf eine Tür in der gegenüberliegenden Wand. »Dort ist ein Flur. Die Küche ist rechts, die Schlafzimmer links und das Hauptschlafzimmer geradeaus. Es ist ein Anbau, aber so geschickt gemacht, dass man meint, er gehörte von Anfang an zum Haus. Er stammt vom Vorbesitzer. Aber die Einrichtung der Küche ist von mir«, fügte er stolz hinzu.

Cordelia ging zur Tür und machte sie auf. Sie blickte in eine helle, moderne Küche mit den neuesten Geräten, darunter ein erhöhter Backofen und ein Induktionsherd mit einer Dunstabzugshaube aus Edelstahl. Schlicht und modern – die Küche passte zum Haus und seiner spartanischen Einrichtung. Zwei der Schlafzimmer waren groß und luftig und nur spärlich möbliert. Sie hatten ein gemeinsames Badezimmer. Das Hauptschlafzimmer hingegen war opulent. Es wurde beherrscht von einem Himmelbett, auf dem sich Kissen türmten, und einem Orientteppich auf dem Boden. Die Fenster gingen auf den Garten hinaus und waren mit dunkelroten Samtvorhängen geschmückt, die von dicken Seidenkordeln gehalten wurden. »Oh«, murmelte Cordelia, als sie in den Raum schaute. »Nicht ganz, was ich erwartet habe.«

Declan legte von hinten die Arme um sie. »Das ist mein Geheimversteck«, flüsterte er in ihren Nacken.

»Für mich sieht es aus wie das Schlafgemach eines Scheichs«, sagte sie kichernd. »Verführst du hier die Frauen?«

»Ich habe hier noch niemanden verführt.« Er ließ sie los und setzte sich aufs Bett. »Es ist mein geheimer Ort, an dem ich lese, mich ausruhe, träume und schlafe. Hier habe ich andauernd über dich nachgedacht, seit wir uns begegnet sind. Außer dir hat diesen Raum noch nie jemand gesehen.«

»Es ist mir eine Ehre, die Erste zu sein«, sagte Cordelia mit gespielter Keckheit. Was er gesagt hatte, rührte sie, und der Ausdruck in seinen Augen ließ sie noch etwas anderes empfinden.

Er hielt ihr die Hand hin. »Komm her.«

Cordelia setzte sich neben ihn. Sie strich ihm über die Wange und fragte sich, was er ihr sagen würde. Wollte er doch fortgehen und freundlich und behutsam mit ihr Schluss machen? »Ich wollte es dir schon früher sagen, bin aber noch nicht dazu gekommen«, begann sie, um Zeit zu schinden, bevor er ihr die schlechte Nachricht überbringen würde. »Ich wollte dir für deine Hilfe danken. Ohne dich hätte ich Jimmy nie gefunden. Was er mir erzählt hat, war das letzte Teil des Puzzles, sodass ich endlich damit abschließen konnte.«

»Es freut mich, dass ich helfen konnte.« Er griff nach ihrer Hand. »Ich wusste, wie schockiert du warst, als du die Geburtsurkunde deiner Mutter gesehen hast. Als ich die Verzweiflung in deinen Augen sah, nachdem du mir davon erzählt hast, wollte ich dir helfen. Ich konnte spüren, wie verletzt und verwirrt du warst. Zwar wusste ich nicht, ob ich etwas herausfinden würde, aber ich war entschlossen, mein Bestes zu geben. Es war pures Glück, dass ich Jimmy auf Anhieb gefunden habe.«

Das Mitgefühl in seiner Stimme ließ Cordelias Augen brennen. Sie blinzelte die Tränen weg und lächelte ihn an. »Ich kann dir gar nicht genug dafür danken.«

»Der Ausdruck in deinen Augen ist der einzige Dank, den ich brauche.«

»Du bist zu gut, um wahr zu sein«, seufzte Cordelia.

Er lachte und küsste sie, und sie tat das Einzige, was sie von Anfang an hatte tun wollen. Sie erwiderte seinen Kuss und schob ihre Ängste beiseite, dass dies ihr letzter gemeinsamer Abend sein könnte. Wenn das der Fall war, war sie zu allem bereit, nur um etwas zu haben, woran sie sich erinnern konnte, wenn er fort war.

Er lehnte sich lächelnd zurück, und sie sahen sich an, während die Anziehungskraft zwischen ihnen stärker wurde denn je. Sie berührte sein Gesicht, dann küsste sie ihn sachte auf den Mund und schloss die Augen, als er sie an sich zog und ihren Kuss erwiderte. Dann lösten sie sich voneinander und lächelten sich an, und sie wussten beide, was als Nächstes passieren würde. Cordelia begann, ihre Bluse aufzuknöpfen, doch er zog sie ihr mit einer schwungvollen Bewegung aus, legte sie aufs Bett und schaute ihr in die Augen. »Das ist der Moment«, sagte er, ohne den Blick von ihr abzuwenden.

»Der Moment, von dem an es kein Zurück mehr gibt«, flüsterte sie und überließ sich seinem Mund und seinen Händen und seinem Körper. Sie zogen sich ganz aus und schlüpften nackt unter die Decken. Cordelia sah ihn an. Dies war ein Mann, der sich häufiger verliebt und entliebt hatte, als sie sich vorstellen konnte. Trotzdem hatte sie das Gefühl, als wäre es ihr erstes Mal und dass sie nie wieder für einen anderen Mann so empfinden würde. Und das Gefühl hatte er wohl auch, selbst wenn sie sich nie wiedersahen.

Als sie sich danach lächelnd in den Armen lagen, zeichnete Declan mit dem Finger ihren Wangenknochen nach und strich ihr über den Hals. »Ich kann dich in meinem Herzen und in meiner Seele spüren«, sagte er und küsste sie. »Mein wildes, schönes Mädchen von der anderen Seite des Ozeans. Du wirst es nicht glauben, aber mit dir habe ich mich irgendwie neugeboren gefühlt. Der ganze alte Kram ist fortgespült.«

»Ich weiß.« Sie nahm seine Hand und küsste sie. »Mir geht es genauso. Du lässt mein Herz singen.« Dann lachte sie. »Wenn ich so kitschige Sachen sage, komme ich mir vor wie in einem Hollywoodfilm, aber ich meine es wirklich ernst. Was immer als Nächstes passiert, nichts kann diesen Augenblick zerstören.«

»Gar nichts«, stimmte er ihr zu. »Ich werde ihn niemals vergessen.« Er zog sie an sich. »Du bist das Beste, was mir je passiert ist. Wenn ich mit dir zusammen bin, fühle ich mich ganz.«

»Selbst wenn ich dir die Pommes stehle?«

»Vor allem dann.«

Sie seufzte und schmiegte sich an ihn. »Bei dir fühle ich mich geliebt und geborgen.«

»Ich liebe dich mehr, als ich sagen kann. Aber ich bin nicht gut in Liebesgeflüster. Es fällt mir schwer, auszudrücken, was ich wirklich fühle.«

Cordelia lächelte. »Bis jetzt machst du das ganz großartig.«

»Freut mich, dass du das denkst.« Er begrub die Nase in ihrem Haar. »Ich liebe deinen Geruch und deine ...« Er brach ab. »Was war das für ein Geräusch?«

Sie kicherte. »Mein Magen knurrt. Ich bin halb verhungert.«

Er wirkte plötzlich erschüttert. »Das habe ich ja ganz vergessen. Ich wollte dich mit Essen und Wein verwöhnen und dann ...«

»Und dann wolltest du mich in dein Schlafgemach locken?«

»So was in der Art. Aber zum Glück brauchte ich dich nicht zu locken. Das zählt nicht zu meinen Stärken.« Er lachte.

»Ich bin froh, dass es so passiert ist ...« *Selbst wenn wir uns nie wiedersehen,* dachte sie, und ein kalter Schauer durchlief sie.

»Ich auch.« Er küsste sie und setzte sich auf. »Aber ich sollte mich wirklich ums Essen kümmern ... Wie magst du deine Lammkoteletts?«

»À point«, antwortete sie.

»Kommen sofort.« Er zog sich Hemd und Hose an und ging zur Tür. Dann blieb er stehen und sah sie an.

»Ich springe schnell unter die Dusche, während du kochst.« Nach der Dusche in dem hochmodernen Badezimmer trocknete Cordelia sich glücklich und entspannt mit dem dicken, flauschigen Handtuch ab und bewunderte den Luxus und Komfort seines Schlafzimmers. Sie hatten nicht viel Gelegenheit gehabt, sich zu unterhalten, aber das würden sie während des Essens nachholen. Jetzt, da die sexuelle Spannung gelöst war, würde es einfacher sein, über alles zu reden, auch über das, was ihm offenbar unter den Nägeln brannte. Es konnte nicht so wichtig sein, dass es etwas zwischen ihnen ändern würde, dachte sie. Oder doch?

Er kam direkt zur Sache, als er die Teller mit Lammkoteletts, Salat und Ofenkartoffeln vor sie hingestellt hatte und die Weinkelche füllte. »Also«, begann er und nahm das Besteck in die Hand.

Cordelia nickte und schnitt sich ein Stück Lamm ab. »Ich höre. Und esse«, fügte sie hinzu und steckte sich den Bissen Fleisch in den Mund. »Aber sag mir, was du auf dem Herzen hast«, fügte sie hinzu, denn sie hatte nun wirklich das Gefühl, dass es nicht so schlimm sein konnte, wie sie befürchtet hatte.

Er nickte. »Also gut. Es geht um meine Mutter.«

»Deine Mutter?«, wiederholte Cordelia, und ihr wurde bang ums Herz, als sie sah, wie besorgt er war. »Ist sie ernsthaft krank?«

»Das nicht, aber ihre Gesundheit verschlechtert sich.«

»Es tut mir sehr leid, das zu hören. Ist sie im Krankenhaus?«

»Nein, aber als sie letzte Woche zurückgekommen ist, ging es ihr sehr schlecht. Ihr Asthma hat sich verschlimmert, und sie war nach dem Wanderurlaub in Schottland vollkommen erschöpft. Ihr Arzt war sehr besorgt und hat ihr Ruhe verordnet, am besten an einem Ort mit sauberer Luft, irgendwo am Meer. Aus dem Grund vermietet sie jetzt ihre Wohnung und wird in ein paar Wochen zu mir ziehen. Sie wird für längere Zeit hier sein, vielleicht bis zum Frühling. Der Winter ist hier relativ mild, und das Haus ist trocken und warm. Sie kann am Strand spazieren gehen und vielleicht an den Aktivitäten der Seniorengruppe teilnehmen.« Er verzog das Gesicht zu einem schiefen Lächeln. »So wie ich sie kenne, wird sie im Handumdrehen die Leitung der Gruppe übernehmen. Sie ist zweiundachtzig, aber abgesehen von ihrem Asthma körperlich und geistig jung. Trotzdem muss sie einen Gang runterschalten. Du wirst sie sehr mögen, glaube ich. Aber ...« Er runzelte die Stirn. »Das bedeutet, dass ich Anfang September für eine Weile von hier wegmuss, um ihr zu helfen, in Dublin alles zu organisieren. Und dann, wenn sie herkommt ...«

»Dann bist du ganz allein in deinem Scheichsgemach«, neckte Cordelia ihn. »Während Mami nebenan fragt, ob du saubere Unterwäsche trägst und deine Hausaufgaben gemacht hast ... und bitte keine Mädchen im Zimmer.«

Er wirkte leicht verärgert. »Ja, sehr witzig. Es bedeutet eine große Veränderung für mich. Und für dich, falls ...«

Cordelia sah ihn an. »Falls was? War das die Neuigkeit, wegen der ich mich so verrückt gemacht habe? Ich dachte, du würdest mir sagen, dass du mich nie wiedersehen willst oder dass du für immer fortgehst.«

Er sah sie erstaunt an. »Wie kommst du denn darauf? Und was ist eigentlich mit dir? Ich habe keine Ahnung, was du vorhast, ob du nach Amerika zurückkehren willst oder nicht. Du hast nichts über deine Pläne erzählt, jetzt, wo die Suche nach deinem Großvater beendet ist.«

»Das liegt daran, dass ich mir selbst nicht sicher war. Aber jetzt ... die jüngsten Ereignisse haben mir die Entscheidung abgenommen.«

»Welche Ereignisse?«

Cordelia lachte, leerte ihr Glas und hielt es ihm hin, damit er ihr Wein nachschenkte. »Phänomenale Ereignisse. Ich hatte gestern Abend ein langes Gespräch mit Maeve und Roisin. Übrigens haben wir den DNA-Test gemacht, nachdem ich ihnen erzählt habe, was ich über meinen – und ihren – Groß-vater herausgefunden habe.«

»Das muss sie ziemlich erschüttert haben.«

»Und wie. Sie waren, gelinde gesagt, schockiert. Wir haben auch über Willow House gesprochen und über die Möglichkeit, dass sie mich auszahlen. Es gibt Gründe dafür, aber wir haben beschlossen, dass ich im Austausch für meinen Anteil Maeves und Paschals Cottage bekomme, da sie im Frühling in das große Haus umziehen wollen, das dann wieder ein Familienheim sein wird.« Cordelia holte tief Luft.

Declan sah sie an. »Maeves und Paschals Cottage? Neben Willow House?«

»Ja. Es wird dann Cordelias Cottage sein«, bemerkte sie mit einem Anflug von Aufregung. »Zum ersten Mal in meinem Leben werde ich ein eigenes Haus haben.«

»Dann wirst du also dauerhaft dort wohnen?«

»Gott, was ist schon dauerhaft?«, überlegte Cordelia laut. »Es ist genau das, was ich jetzt will – mein eigenes Haus, meinen eigenen Raum. Und es ist eine gute Investition. Falls ich irgendwann einmal umziehen möchte, kann ich es vermieten oder verkaufen. Aber das ist Zukunftsmusik. Im Moment möchte ich hier leben. Und ich möchte in deiner Nähe sein.«

»Oh«, sagte er hörbar erleichtert. Er griff nach ihrer Hand. »Das ist wunderbar. Ich dachte ... ich hatte Angst, dass du fortgehen willst. Ich dachte, es würde eine weitere kaputte Beziehung werden und dass ich dich nie wiedersehen würde.«

»O nein«, rief Cordelia. »Das wusste ich nicht! Die Suche nach meinen Wurzeln hat mich völlig vereinnahmt, und ich hatte wirklich keine Ahnung, was ich danach tun würde. Aber jetzt, mit uns und dem Cottage und überhaupt, ist es so, als würde sich alles fügen, so als ob ich angekommen bin.« Cordelia legte ihr Besteck beiseite, schaute ihm in die besorgten Augen und bemühte sich, ihn zu beruhigen. »Du kannst jederzeit bei mir wohnen. Ich habe nicht vor, Sandy Cove oder Irland in absehbarer Zeit zu verlassen.«

»Oh.« Er stieß einen langen Seufzer aus und sah sie nachdenklich an. »Ich weiß nicht, wo das mit uns hinführen wird, aber ich möchte, dass wir zusammen sind.«

Cordelia lächelte. »Ich auch.«

Sie zogen aufs Sofa um, wo sie sich einen Schokoladenkuchen schmecken ließen, den Declan, wie er gestand, im Two Marys gekauft hatte, und dann redeten sie, bis es Nacht wurde und das Feuer erlosch. Danach gingen sie zu Bett und liebten sich noch einmal. Und dann schliefen sie eng umschlungen ein, während der Regen ans Fenster prasselte und der stürmische Wind im Schornstein heulte, und sie wussten, dass sie das Beste im Leben gefunden hatten.

Am nächsten Morgen wachte Cordelia früh auf. Declan schlief friedlich neben ihr, und sie schlüpfte aus dem Bett und gab sich alle Mühe, ihn nicht zu wecken. Sie schaute auf ihre Armbanduhr auf dem Nachttisch. Halb acht. Die Sonne schien durch den Gardinenschlitz. Der Wind schien nachgelassen zu haben, und sie konnte Vogelgezwitscher aus dem Garten hören. Sie zog Declans Hemd an, das über einem Stuhl lag, und schlich auf Zehenspitzen in die Küche, wo sie sich eine große Tasse Tee und Vollkorntoast machte, das sie im Brotkasten gefunden hatte.

Sie ging mit ihrem Frühstück ins Wohnzimmer, setzte sich auf die gepolsterte Fensterbank und schaute auf den Strand, wo die Wellen brachen und die Möwen am makellos blauen Himmel dahinglitten. Es war einer dieser strahlend schönen Tage, an denen die Welt von Wind und Regen reingewaschen worden zu sein schien. Am liebsten wäre sie rausgegangen, über den Sand gelaufen und in die Wellen eingetaucht, um das kalte Salzwasser auf der Haut zu spüren.

Erinnerungen an die vergangene Nacht kamen ihr in den Sinn und entlockten ihr ein Lächeln. Sie hob den Hemdsärmel an die Nase und atmete Declans Geruch von Seife und Rasierwasser ein, gemischt mit etwas Rauch von dem Feuer, das er am vergangenen Abend angezündet hatte. *Und dem Feuer in meinem Herzen,* dachte sie. *Einem Feuer, das nie erlöschen wird.* Und dann dachte sie an ihre beiden Cousinen, die jetzt fast wie Schwestern für sie waren. Zwei unglaubliche Frauen, die sie ohne Frage als eine der ihren angenommen hatten. Sie hatten sich sogar gegen ihre eigene Mutter gestellt, als diese

einen Beweis für Cordelias Identität verlangt hatte. Nun, jetzt
würde sie ihn bekommen, dachte Cordelia grinsend. Sie hatten
den DNA-Test spät am Abend gemacht, nachdem sie die gelie-
ferten Pizzen gegessen hatten, indem sie in die Teströhrchen
gespuckt und den Umschlag versiegelt hatten. Maeve wollte
ihn am Montag per Post verschicken, und in drei Wochen
würden sie das Ergebnis erhalten. Sie hatten vereinbart,
niemandem, nicht einmal Maeves und Roisins Vater, etwas
über die Identität von Cordelias Großvater zu sagen. »Lasst die
Toten in Frieden ruhen«, hatte Roisin gefordert. Cordelia hatte
gestanden, dass sie es sowohl Sally als auch Declan gesagt hatte,
aber beide würden es niemandem erzählen. »Ich weiß, dass
Sally dichthalten wird«, hatte Maeve bemerkt. »Aber was ist
mit Declan?«

»Er wird schweigen«, hatte Cordelia versprochen. »Er hat
sogar selbst vorgeschlagen, dass es nicht erzählt werden sollte.«

»Dann wird er kein Wort verraten«, pflichtete Roisin ihr bei
und warf Cordelia einen wissenden Blick zu. »Denn sonst
würde er viel verlieren.« Danach hatten sie Pläne geschmiedet
und über die Zukunft geredet, die so strahlend und vielversprechend aussah.

Jetzt trank Cordelia ihren Tee, blieb am Fenster sitzen und
schmiedete ihre eigenen Pläne, während sie in Gedanken ihr
neues Cottage einrichtete.

Sie fuhr zusammen, als sie plötzlich Declan in Jeans, aber
ohne Hemd neben sich stehen sah. »Da ist mein Hemd also
geblieben«, sagte er und küsste sie auf den Kopf.

Sie lachte und berührte seine nackte Brust. »Du solltest dir
besser ein anderes anziehen. Ich mag es und werde es
behalten.«

Er setzte sich neben sie. »Das darfst du. Du hast mehr
gestohlen als mein Hemd. Viel mehr.« Er nahm ihr die Tasse
aus der Hand und stellte sie auf den Boden, dann schlang er die
Arme um sie. »Ich glaube, das ist mein glücklichster Augenblick

seit sehr langer Zeit. Dich hier zu finden, in meinem Hemd, und zu wissen, dass du nicht wegziehst, dass du hier in Sandy Cove leben wirst, in deinem Haus oder in meinem, und dass niemand uns das wegnehmen kann. Oder?«

Cordelia lehnte den Kopf an seine Schulter. »Nein.«

»Es gibt keinen besseren Ort für einen Neuanfang als Sandy Cove, nicht wahr?«

»Auf der ganzen Welt nicht«, bestätigte sie und wusste, dass es die Wahrheit war.

EPILOG

Cordelia zog zwei Wochen vor Weihnachten in ihr neues Heim. Es hatte mehrere Monate gedauert, den Hausdeal abzuschließen, da er so gerecht und juristisch korrekt wie möglich über die Bühne gehen sollte. Sie hatten zwei verschiedene Makler mit der Ermittlung des Marktwerts der beiden Immobilien beauftragt sowie ein unabhängiges Gutachten erstellen lassen. Sobald sie sich einig gewesen waren, hatten Maeve und Roisin Cordelias Anteil an Willow House gekauft. Da die Summe weit über dem Preis für das Cottage lag, hatte Cordelia genug Geld, um es zu kaufen und nach ihren Bedürfnissen und ihrem Geschmack einzurichten. Maeve hatte ihr das rote Samtsofa und das große Doppelbett überlassen. Die restlichen Möbel waren nach Willow House gebracht worden, wo sie perfekt hinpassten. Cordelia kaufte einen dicken rot-blauen Wollteppich fürs Wohnzimmer und hellblaue Vorhänge für die beiden Schlafzimmer. Sie hatte großen Spaß in den Antiquitätenläden in Cork, wo sie mit Declans Hilfe schöne alte Beistelltische, Lampen und zwei Seestücke für die Wände fand. Sie hängte auch Poster und Fotos auf, darunter das gerahmte Foto der beiden Schwestern Olive und Clodagh und eins von Phil und Frances. Das Ergebnis war eine wunderbare Mischung aus Stilen und Farben, die das Cottage wohnlich und einladend machten.

Roisin und Cian hatten sich zu der Zeit in ihrem neuen Haus mit Blick auf den Hauptstrand niedergelassen, nur wenige Gehminuten von Willow House entfernt. Maeve war »gerade rechtzeitig«, wie sie sagte, in Willow House eingezogen, da sich herausgestellt hatte, dass sie tatsächlich Zwillinge erwartete. Die Schlafzimmer im oberen Stock boten reichlich Platz für Maeve und Paschal, und die kleine Aisling und die Babys würden ihr erstes Jahr im Kinderzimmer neben dem Schlafzimmer der Eltern verbringen. Sie würden ein Kindermädchen brauchen, und Kathleen hatte bereits ihre Dienste angeboten, da sie als Älteste von vier Geschwistern jede Menge Erfahrung besaß. Das Wohnzimmer im Erdgeschoss war ein perfektes Büro für Maeve, und Phils Schlafzimmer sollte als Gästezimmer dienen.

»Es hat sich alles wunderbar gefügt«, bemerkte Cordelia zu Sally, als sie an einem kalten Nachmittag auf einen Sprung in den Laden kam, um sich den Weihnachtsschmuck anzusehen, den Sally von ihrer jüngsten Reise in die Normandie mitgebracht hatte.

»O ja«, pflichtete Sally ihr bei, während sie die Pakete auspackte. »Im Moment scheint alles seltsam perfekt zu sein. Vor allem, dass du dich in mein Geschäft eingekauft hast und wir den Laden im Frühling erweitern und das Nachbargebäude hinzunehmen werden.«

»Das ist das Beste an allem«, stimmte Cordelia ihr zu und zog die Handschuhe aus. »Ich bin so froh, dass ich den Sprung gewagt habe. Zeig mal, was du da hast.«

»Hilf mir beim Auspacken, dann siehst du es. Es sind alle möglichen hübschen Sachen.«

Sie packten alles aus und breiteten es auf der Theke aus. Cordelia betrachtete die schönen Christbaumkugeln, die kleinen holzgeschnitzten Engel, die dunkelroten Seidenblumen und die anderen Weihnachtsartikel. Daneben gab es noch handgemachten Silberschmuck: Ohrringe, Ketten und Armreifen mit Halbedelsteinen, die im Lampenlicht funkelten. »Es ist alles so schön. War es teuer?«

»Nein«, antwortete Sally. »Das ist alles Kunsthandwerk von verschiedenen Dorfmärkten. Die Reise hat Spaß gemacht, war aber auch sehr anstrengend, vor allem die Fahrt vom Fährhafen in Rosslare hierher. Aber es hat sich gelohnt, meinst du nicht auch?«

»Auf jeden Fall«, stimmte Cordelia ihr zu. »Und ich habe in Killarney hübsches handgedrucktes Geschenkpapier gekauft, sodass wir Geschenke einpacken können.«

»Wunderbar.« Sally räumte die Sachen in ein Regal und faltete das Papier und die Pappkartons für die Papiertonne zusammen. »Man sollte meinen, dass so kurz vor Weihnachten keine Weihnachtssachen mehr gehen, aber viele Leute erledigen ihre Einkäufe in letzter Minute. Ich glaube, dass der Schmuck sich sehr gut verkaufen wird. Viele Männer suchen hier nach Geschenken für ihre Frauen oder Freundinnen.«

»Da hast du wahrscheinlich recht. Wir können alles mit Preisschildern versehen, bevor wir morgen öffnen, und dann einen Teil im Schaufenster auslegen.«

»Da wir gerade von Männern und Freundinnen sprechen«, sagte Sally. »Wie kommst du mit Declans Mutter aus? Sie ist nicht gerade die typische irische Mami, oder?«

»Lieber Gott, nein.« Cordelia lachte bei dem Gedanken. »Sie ist großartig. Wir unterhalten uns oft so angeregt, dass Declan überhaupt nicht zu Wort kommt.«

Das stimmte, dachte Cordelia. Sie und Derval hatten sich auf Anhieb verstanden und waren schnell enge Freundinnen geworden. Es wurde kein Wert auf Förmlichkeit oder besondere Höflichkeit gegenüber älteren Menschen gelegt, da Derval die Art von altersloser Frau war, die einfach sie selbst war. Sie hatte den gemieteten Transporter mit ihren Sachen selbst von Dublin nach Sandy Cove gefahren und mit angepackt, als es ans Ausladen und Auspacken ging, nachdem sie Declan und Cordelia mit den Worten verscheucht hatte, sie sei doch noch keine hundert. Groß und sportlich, mit kurzem grauem Haar und markanten Zügen, die nur von wenigen Falten um Mund und Augen durchzogen waren, sah man ihr ihr Alter überhaupt nicht an. Aber am Abend war Derval beim Essen fast über ihrem Teller mit Irish Stew eingeschlafen, und Cordelia hatte ihr ins Bett geholfen, während Declan den Abwasch erledigt hatte.

Cordelia lächelte bei der Erinnerung daran, dass Derval am folgenden Morgen voller Tatendrang gewesen war. Sie hatte Pläne geschmiedet und nach dem Dorf und seinen Bewohnern gefragt. Es hatte nur wenige Wochen gedauert, bis sie die Gruppe für aktive Senioren leitete und einen Walking-Club für ältere Menschen ins Leben rief, die sich zweimal in der Woche zu einem strammen Spaziergang am Strand trafen. Außerdem spielte sie Bridge im Gemeindesaal und brachte die Mitglieder des Tidy-Towns-Committees auf Trab, damit sie das Dorf säuberten und die Grünstreifen und Blumenbeete in Ordnung brachten. »Im Frühling werden überall Blumenampeln aufgehängt«, bemerkte eine Frau im Lebensmittelladen zu Cordelia. »Und wir werden das sauberste Dorf in Irland sein«, fügte sie hinzu. »Das haben wir alles Derval O'Mahony zu verdanken. Man sollte meinen, sie hätte ihr ganzes Leben hier verbracht und nicht erst ein paar Wochen.«

»Sie hat hier schon überall das Sagen«, bemerkte Sally und riss Cordelia aus ihren Gedanken. »Aber wenn man so eine hochkarätige Journalistin war und die engagierteste Feministin im Land, ist es vermutlich schwer, einen Gang runterzuschalten und einfach nur eine alte Dame zu sein. Aber ich habe sie gern, und alle anderen auch. Sie steckt voller Lebenskraft. Ich hoffe, dass ich auch mal so bin, wenn ich das Glück habe, so lange zu leben.«

»Du wirst sogar noch besser sein«, antwortete Cordelia und dachte, dass Derval nicht immer so tatkräftig und stark war. Abends war sie müde und aß oft im Bett, und wenn sie Asthmaanfälle hatte, musste sie sich anschließend lange ausruhen. Aber gesundheitlich ging es mit ihr dennoch bergauf, sie schlief besser und die Attacken wurden seltener. Declan kümmerte sich rührend um seine Mutter, und Cordelia liebte ihn dafür umso mehr.

»Das Weihnachtsessen«, begann Sally, während sie den Schmuck in kleinen Samtbeuteln verstaute. »Maeve und Paschal haben mich netterweise zu ihrer großen Feier eingeladen.« Die ganze Familie sollte kommen. Maeves und Roisins Eltern würden mit dem Flugzeug aus Spanien anreisen, und Roisin, Cian und die Jungs würden natürlich auch da sein, genauso wie Cordelia, Declan und Derval. »Wie wird Maeve mit so vielen Gästen zurechtkommen? Sie ist jetzt schon dick und rund.«

»Paschal und ich kochen das Essen, Roisin wird sich um den Tisch kümmern, und die Jungs haben versprochen, beim Servieren und Spülen zu helfen«, antwortete Cordelia. »Wir haben ihnen natürlich eine äußerst großzügige Belohnung angeboten, sonst hätten sie es nicht gemacht. Nach langwierigen Verhandlungen konnten wir einen guten Preis mit ihnen ausmachen. Aber es sind Roisins Kinder: Knallhartes Verhandeln wurde ihnen quasi in die Wiege gelegt.«

»Und wir machen uns schick«, sagte Sally. »Da ist Abendgarderobe gefragt. Was ziehst du an?«

»Das ist eine Überraschung«, antwortete Cordelia mit einem geheimnisvollen Lächeln. »Aber ich verspreche, dass es nicht langweilig sein wird.«

Sally lachte. »Da bin ich ja mal gespannt. Das wird die beste Party seit Jahren.«

»Die beste und die glücklichste«, gab Cordelia ihr recht und verspürte einen Anflug von Aufregung. Es würde wirklich die beste Weihnachtsfeier sein, auch wenn die beiden Frauen, die sie am meisten geliebt hatte, nicht dort sein würden. *Sie werden im Geiste dabei sein*, dachte sie und versuchte, sie sich im Himmel vorzustellen, Arm in Arm wie die Schwestern, die sie, ohne es zu wissen, gewesen waren.

Es war ein sternenklarer Abend, und über dem Dach von Willow House ging die Sichel des Neumonds auf. Am Tag zuvor hatte es einen Kälteeinbruch gegeben. Die Äste der Bäume waren mit einer Eisschicht überzogen, und das gefrorene Gras schimmerte im Licht der Fenster. Maeve hatte einen Weihnachtskranz mit roten Schleifen an die Haustür gehängt und Kerzen in der Eingangshalle entzündet. Im Haus roch es nach dem Holz, das im Kamin im Wohnzimmer brannte, und nach gebratenem Truthahn aus der Küche.

Die drei Cousinen, die Stücke aus Phils Modesammlung trugen, versammelten sich im Flur, um die Gäste zu begrüßen. Sie traten vor den Spiegel, betrachteten sich und lächelten einander an. Roisin, in einem schwarzen Rock und einer dunkelblauen Rüschenbluse, wirbelte im Kreis herum, während Cordelia sich fragte, ob die dunkelhaarige Frau in dem roten Etuikleid von Dior wirklich sie selbst war. Maeve hingegen hatte sich einen bestickten Schal um den Babybauch geschlungen.

»Meine Güte, seht euch an«, sagte sie. »Die reinsten Glamourgirls – während ich aussehe wie ein lustiger Teewärmer.«

»Du siehst toll aus, Maeve«, entgegnete Roisin. »Der Schal steht dir wirklich super. Und Cordelia, du siehst aus wie ein Fotomodell aus den Sechzigern, das Phils alten Modezeitschriften entsprungen sein könnte. Declan wird Augen machen, wenn er dich sieht.«

Auf der Treppe erklang das Klappern von Absätzen, als Anne-Marie McKenna in einem Lurex-Rock und passendem Oberteil mit schnellen Schritten herunterkam, das blonde Haar zu einem Knoten hochgesteckt. »Da seid ihr ja«, begrüßte sie die drei fröhlich und gab ihnen Luftküsse. »Ihr seht fabelhaft aus.«

Cordelia lächelte höflich und dachte an das Familiengeheimnis, von dem sie nie erfahren durfte. Während Anne-Marie mit ihren Töchtern plauderte, betrachtete Cordelia sich im Spiegel. Sie sah selbstbewusst und glücklich aus, wie jemand, der nach einer langen, ereignisreichen und manchmal herzzerreißenden Reise endlich sein Ziel erreicht hatte. Es kam ihr unglaublich vor, dass sie in nur fünf Monaten ein neues Land, eine Familie und finanzielle Unabhängigkeit gefunden hatte und dass sie dem Mann begegnet war, den sie für den Rest ihres Lebens lieben würde.

Als es klingelte, öffnete sie die Tür und lächelte Declan an. Er sah umwerfend aus in seinem Smoking. Dann zog sie ihn hinein in das Licht und die Wärme der strahlenden Zukunft, die sie beide erwartete.

EIN BRIEF VON SUSANNE

Vielen Dank, dass ihr *Unsere Träume vom Haus am Meer* gelesen habt. Ich hoffe, ihr habt es genauso genossen wie ich das Schreiben. Aktuell bin ich damit beschäftigt, weitere Geschichten zu entwickeln, die in diesem wunderschönen Teil Irlands spielen. Wenn ihr mehr von mir lesen und über meine Neuerscheinungen informiert werden wollt, dann meldet euch einfach über folgenden Link an. Eure E-Mail-Adresse wird nicht an Dritte weitergegeben und ihr könnt euch jederzeit abmelden.

www.bookouture.com/bookouture-deutschland-sign-up

Für eine Rezension wäre ich euch sehr dankbar. Ich bin wirklich gespannt, wie euch die Geschichte gefallen hat. Außerdem helfen Rezensionen neuen Leserinnen und Lesern, meine Bücher für sich zu entdecken.

Ich würde gern von euch hören – schreibt mir auf Facebook, Twitter oder Goodreads oder über meine Website.

Vielen Dank

Susanne

www.susanne-oleary.com

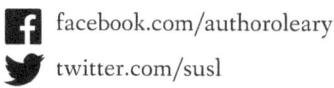

facebook.com/authoroleary

twitter.com/susl

DANKSAGUNGEN

Zunächst einmal danke ich meiner wunderbaren Lektorin Jennifer Hunt, die mich mit fester, aber sanfter Hand in die richtige Richtung lenkt. Außerdem bedanke ich mich bei Debbie Clement, die die schönen Einbände dieser Serie entworfen hat, bei Kim Nash und Noelle Holten, zwei hervorragenden Marketingmanagerinnen, und bei allen Mitarbeiterinnen und Mitarbeitern von Bookouture, der auch weiterhin der beste Verlag ist, den man sich als Autorin nur wünschen kann. Vielen weiteren Menschen ist zu danken, meiner Familie und Freundinnen und Freunden, die mich unterstützen und anfeuern. Einen dicken Kuss an alle, die mich auf dieser unglaublichen Reise begleiten!

www.ingramcontent.com/pod-product-compliance
Lightning Source LLC
Chambersburg PA
CBHW051136190726
48290CB00006B/1868